乔忠延

客体散文

乔忠延 著

山西出版传媒集团

山西人民出版社

图书在版编目（CIP）数据

乔忠延客体散文／乔忠延著．—太原：山西人民
出版社，2015.9

ISBN 978-7-203-09272-8

Ⅰ．①乔⋯　Ⅱ．①乔⋯　Ⅲ．①散文集—中国—当代
Ⅳ．①I267

中国版本图书馆 CIP 数据核字（2015）第 217331 号

乔忠延客体散文

著　　者：乔忠延
责任编辑：魏　红
装帧设计：刘彦杰

出 版 者：山西出版传媒集团·山西人民出版社
地　　址：太原市建设南路 21 号
邮　　编：030012
发行营销：0351-4922220　4955996　4956039　4922127（传真）
天猫官网：http：//sxrmcbs.tmall.com　电话：0351-4922159
E - mail：sxskcb@163.com　发行部
　　　　　sxskcb@126.com　总编室
网　　址：www.sxskcb.com

经 销 者：山西出版传媒集团·山西人民出版社
承 印 厂：山西出版传媒集团·山西人民印刷有限责任公司

开　　本：720mm×1010mm　1/16
印　　张：18
字　　数：260 千字
印　　数：1—2000 册
版　　次：2015 年 9 月　第 1 版
印　　次：2015 年 9 月　第 1 次印刷
书　　号：ISBN 978-7-203-09272-8
定　　价：38.00 元

论客体散文

傅书华

　　大约在2012暑期的时候,我在北戴河与乔忠延先生相遇,他兴致勃勃地向我讲述了他关于客体散文的构想,引发了我对此极大的赞同。分手后,时过境迁,我也忙于杂务,也就将此话题搁置脑后了。其间,在与朋友闲聊中,知道忠延先生承担了中国作协的中国百位文化历史名人传记的写作任务,并且在2014年出版了他所承担的《关汉卿传》,与之前后,他还承担了山西省的"百位历史文化名人传记"的写作任务。也是在此期间,我收到了他托人送我的新出版的《乔忠延散文选集》,在某一次学术会上,我还知道了对散文素有研究的四川大学的博导曾绍义教授与他的高足合著出版了《乔忠延散文探论》。今年春节,忠延先生以他在《人民日报》、《光明日报》刊发的两篇谈羊年的长篇散文,在公众中引发了一阵热议。因之,当我收到了即将出版的他近些年尝试写出的客体散文集的文稿后,我对此的惊异是不言而喻的,为忠延先生的认真、执著、勤奋、才情及对文学的献身精神而感动。

　　在今天这样的一个浮躁的时代,在我所略略了解的学界,有多少人为了功名与实利,大批量地复制他人也复制自己,并在这种复制所生产出来的成果中,享受"成功"的喜悦。以忠延先生在文坛的盛名,他是可以轻车熟路地以自己习惯的写法,让自己的文字频频亮相于大江南北的。但他基于许多散文大家名家之作,虽然每篇个别读来,篇篇精彩,但放在一起集中来读,却给人以重复、新意不再的现状与教训,"自讨苦吃"地与自己"较劲",不计成败荣辱地试图以客体散文走出这一困局,以自己对客体散文理念的提出与写作的实践,甘作第一个吃"螃蟹"的人。这就是现在呈现在大家面前的他的这本客体散文集。

对客体散文,忠延先生在这本书中的《客体散文:探求散文创作新常态》中谈了自己的理解,大致说来,就是让作品的魂、神、气、形、体,贴近大千世界中自己写作的对象,并因了这对象的各不相同,从而让所写出的作品也各不相同,使每篇作品都是一次新的尝试,都是一次全新的写作,都是对昨日自己的一次走出,让自己既不在原地踏步,也不围绕着自己既定的写作定势打转,而是让自己永远在行走的路上。他的这本集子中的几十篇散文,就是他根据自己这一理论写作实践的成果。

我在读了他这几十篇作品后,曾想结合这些作品,谈谈他的客体散文的写作得失,优劣短长。但几次下笔,均无法成篇,以至于我再次怀疑我对具体的文本的审美感知能力,是不是在经院化格式化的所谓"学术写作"中,麻木了消退了。我可没有忠延先生那种明知山有虎、偏向虎山行的勇气,于是,我选择了一条讨巧的便捷之路,那就是泛泛地谈一谈我对客体散文的看法。

但凡一个时代的变动,总是会在散文的变化中有所体现,或者说,散文的变化,往往体现着时代的变动,成为一个时代精神风尚的风标、气象。中华民族在自己经济、政治、文化形成期的厚土中,种下了自己精神的种子,扎下了自己的精神之根,这就是先秦诸子的散文。秦帝国所奠定的中国自然经济社会结构的能量,在盛唐时代达到顶峰,标志了一个完整的中国的历史时代,这之后,北宋时代的商业经济的形成,开始了中国经济、政治等等的社会转型——这一转型,直到今天,也还没有全部完成。因之,有了唐宋散文八大家的为人所瞩目。五四时代,是中国从传统走向现代的起跑线,因而,用鲁迅的话说,五四时代"小品文的成功,在小说、诗歌之上"。大时代的变迁之于散文是这样,小的阶段性的历史变化也是这样。20世纪50年代前期,中国提前结束了新民主主义的社会形态,走向了社会主义形态的构建,对个人日常物质生活的满足及其价值性认可的历史性要求与这要求的实际上的不可能实现，使杨朔的散文，以《香山红叶》为标志，重视脱离物质的精神的纯净，重视脱离个人的集体的神圣，在1956年之后，完成了自己的散文转型，成为一个模式，并为那一时代所普遍接受，成为一个时代的精神表征。诸如巴金的《随想录》之于新时期的新启蒙，韦君宜的《思痛录》之与一个时代的反思，也大致如此，不再赘述。

20世纪90年代之后的中国，伴随着市场经济从根本性的经济基础上对中国社会结构的改变，中国社会出现了时代性的价值动荡。这一价值动荡从属性上说，与五四时代颇多相似之处，然五四时代这一价值动荡基本上是在文化思想层面上发生的，而今天中国的价值动荡，却是社会各阶层的全民性的渗透到每一个人日常生活中的价值动荡。在这一动荡中，中国思想界出现的现代自由主义、新左派、文化保守主义、后现代主义、民主社会主义、民族主义、新威权主义等各种思潮，标示了中国思想界的活跃。中国的文学创作，作为敏感的情感对应体，在这一动荡中，由于不能如20世纪80年代那样承载中国民众精神情感的价值指向，为中国民众提供审视现实精神情感价值困境的力量，所以，日益边缘化了。中国的文学创作界之所以如此，是与中国文学创作界主体面对中国社会的历史性大变局，缺乏相应的思想资源价值资源的来支持自己是分不开的，而这种缺失，又是历史的既定形成。

面对这一既定形成的中国文学创作的困境，中国文学创作不能再以原有的观念去面对新的现实并给以表达，而急需重新构建自己的观念世界，用全新的观念去审视现实，创造文学的世界，并为此为民众提供精神情感滋养。在重新构建自己的观念世界时，读万卷书——汲取思想界的成果是一个方面，行万里路——从变动着的现实世界中汲取营养，改变、构建自身的观念形态，是另一方面。而恰恰是在这个方面中，我们看到了忠延先生所提出的客体散文创作之于现实的迫切意义。那就是，不是用原有的或者预定的作者心目中的价值指向来形塑、评判自己所写的对象，而是在对象中汲取营养，重新构建自身，且又在重新构建自身中，形成对自身更为深刻的表达，对所写对象的更为深刻的再现。由于所写对象的各不相同，且在这写作中，使作者时时地改变着自己，自然使作品不会有篇篇重复之病；也由于不同作者虽然所写对象虽然同一，但不同的作者是在与他人不同的自身原有的"前结构"中，相遇同一写作对象，所以，不同作者自身在相遇同一写作对象时，"前结构"的不同，也使作者之间不会相似——在这里，最为重要的仍然是作者独立的主体力量，而不是用"整体"的观念代替自己的"前结构"，如是，具有不同"前结构"的作者，在面对同一写作对象时，其笔下的形态自然各不相同，风格即人，这一结论仍然是存在的。

其实，客体散文这一概念虽然是第一次提出，但其包含的写作真理却仍然是对前人写作经验的继承。王国维在讲到意境时曾说过：有"有我之境"有"无我之境"。有我之境，是以我观物，物皆着我之色彩；无我之境，是以物观物，故不知何者为我，何者为物。有我之境的艺术力量，在于"我"的力量如何，物是我的一部分；在无我之境中，"我"亦为"物"，无我之境的艺术力量，在于物物相遇时的力量如何，物是物本身。

五四时代的两座高峰是周氏兄弟。表现在散文创作中，鲁迅的散文，是以自己强大的精神之光灼照万物，让万物在这灼照之下熠熠生辉。周作人的散文，则是围绕着自己所写对象，东抄一点，西抄一点，让自己所写的对象体现在这众多的所抄之文中。

20世纪40年代初，面对着文学创作界、文学创作者与文学创作对象的疏离和隔膜，毛泽东也曾在《在延安文艺座谈会上的讲话》中倡导过，让创作者去熟悉、了解、在情感上去亲近自己的创作对象，以出现一种新的适应一个新的社会形态的创作气象。

20世纪50年代的胡风，曾经以强调创作时作家的主观力量而名动一时且影响深远。胡风认为，作家的创作过程，就是作家自己与所写对象这主客观"相生相克""相互搏斗"的过程，在这一过程中，作家改变着所写对象，作家所写对象，也在改变着作家自己。所以，胡风还认为，作家的创作过程，就是深入生活的过程。

但是，客体散文在今天的提出，尤具现实的迫切性，这原因，一是因了我前面说过的，作家在今天面对变动中的现实，在现实中汲取营养，重新构建自己的观念世界，以此提升自己审视现实的力量，并因此为大众面对现实时的价值动荡提供价值资源与精神支持。另一方面，还由于在中国的意象造型观的文学创作传统中，往往更多地强调创作者面对创作对象的支配力量，不管这一支配力量是以服从"整体"的个人出现，还是以独立的个人出现，但均不大尊重创作对象自身的存在价值。这在强调"整体"或者强调"个人"的时代，都自然有其应该被重视的理由，但在今天，更应该尊重的，是创作对象自身的存在价值。

之所以如此，是因为在今天的价值动荡中，我们更应该放弃"以我为主"而强调对话，强调在对话中寻求共识。我在承认自己是一个主体的时候，也应该相应地承认他人也是作为主体而存在的，相互之间的承认、对话并在这其中形成共识，在共识中相辅相成，这才是现代人之间所应该倡导的"主体间性"关系。而当我们在客体散文中，将所写的我们认可或者不认可的客体，也当作一个主体而予以重视、尊重时，我们就在写作实践及所提供的作品中，彰显、倡导着这样的一种现代人的"主体间性"关系的建立。这样的客体散文的出现，谁又能说不是散文写作的一次时代性变革呢，谁又能说不是时代性变迁在散文世界里的具体体现呢，谁又能说这样的散文不是时代的风向标与气象呢！

是以为序，并以此祝贺、鼓励忠延先生对客体散文写作的提倡与实践。

目 录
CONTENTS

童话岁月

合欢树下

我们村中央有个大院。大院原来是村庙,庙里有正殿和东西配殿。院子里有两棵大树,树干离得不近,枝丫却紧紧交织在一起。太阳出来,树叶张开了;太阳下去,又聚合了。立夏不多日,树梢开了花。花是粉红色的,像个小绒球。绿树一下变得富丽堂皇,大院里也让香气灌得满满的。村里人叫它绒线树,书上称它合欢树。

合欢树下的庙院曾是我们村的学校,我的初小生活就在这儿度过。那时候,村里人口不多,学生娃也少。东西配殿是我们的教室。每个教室两个班,复式的。学校有两位老师,一位教一、三年级,一位教二、四年级。我们一、三年级在西教室,教课的是位姓周的女老师。周老师刚从师范学校毕业,年轻活泼。她个头不高,脸皮白嫩,和我们说话很温和,和村里人说话脸就红。她穿戴很讲究,衣服三天两头换洗,没有一点尘灰褶皱。宿舍里也收拾得极干净,被子叠得像刀割下的豆腐块,桌子抹得油光发亮。周老师爱唱爱跳,课余时教我们唱歌跳舞。我们在合欢树下围成一圈,男娃女娃拉起手,像梢头的小鸟儿一样唱呀跳呀!

可惜没过多久,周老师调走了。她调动的缘由很可能因为太干净。那会儿,村里人还喜欢到学校串门。有一回,毛崽娘抱着孙子到学校来,把娃搁在桌上和周老师拉呱,不料那娃尿了一桌子。毛崽娘撩起袄襟赶紧擦,紧擦慢擦,还是浸湿了周老师的备课本。周老师没敢埋怨,皱了下眉,还是被那婆子瞥见了。那婆子逢人便说:"你婶子,学堂里那女先生还穷周正哩,那×窟窿里给钻出几个来,看她还有啥能耐?"不知为啥,村里人那么相信毛崽娘的话,每逢周老师从村巷走过,看见的人总在背后指指点点,说长道短。这话越传越远,上级知道了,把周老师调走了。周老师走时,我们都哭了,合欢树下"呜呜"的一片。两个班的学生都骂毛崽娘不是人,那婆子从此再没敢走进学校的门。

周老师走了,我们的歌声也走了。唱来唱去,总是那几支老掉牙的歌,没味了,不唱了。舞蹈也不能跳了,每天活动时李老师都让我们背书。我们沿西教室圪台一溜坐下,大声念着,说是念书,实际是咿咿呀呀地哼唱:

秋天——来——了,
一群——大雁——向南——飞去——
一会儿——排成个——一字
一会儿——排成个——人字——

唱书声四处飞扬,大人们说全村都听得见。念上一阵儿,口干舌燥,停了嘴。你挤我,我挤你,挤上一会儿,没趣了。不知谁突然喊:"老师来了!"大家又猛劲地喊书,震得耳朵嗡嗡响。喊过几声,有人发现上当了,逐渐停下来东张西望,院落里顿时静了。正静时,人窝里发出一丝轻响,便有人憋不住了,悄悄笑那响声。这时,就听三年级的连奎一本正经地呵斥:"笑屁呀!"

这一下掀起了笑的大潮,有搂腰的,有岔气的,有擦眼睛的,女同学倒成了一团。要不是老师及时赶来,笑的瘟疫还要蔓延。老师很快查明了制造事端的连奎,命他站起来,把他好好收拾了一顿,还说不好好学习休想升级。连奎蔫乎了,老师戳到了他的疼处。和他同岁的伙伴高小也毕业了,连奎却还是三年级。

我上学报名的那天,正碰上连奎爸来找李老师。李老师五十来岁,头发全落了,常板着脸,严肃得怕人。连奎爸陪个笑脸,问:"李先生,我娃在三年级念了一星期年了,还不让升级呀?"

李老师想笑,张张嘴,硬使劲闭住,停一停才说:"我早想让你娃升级,就是成绩太差。你看这分数……"

说着,李老师翻出连奎的卷子,在他爸脸前摇晃。连奎爸不识字,瞅着那红红的圈圈发愣:"李先生,你看我这穷命,喂的鸡不下蛋,养的娃倒下开蛋了!"

李老师绷紧的嘴咧开了,掉了牙的豁儿也露了出来。

我怕像连奎那样留级,念书很用功,安下心学习。有一天,李老师突然把全校学生集合在树下,说是要大跃进啦,还要上大课哩! 我不明白"大跃进"是咋回事儿,只见村里不少墙壁刷得雪白雪白,有人用刷子往墙上写字,别的我不认识,只认得这么一行:

"一天等于二十年!"

我好奇怪,一天就是一天,算术课本上明明写着一年要三百六十五天,怎么忽然变了? 我回家问妈妈:

"妈,我多大啦?"

妈妈剜我一眼,说:"傻坏子,越闷啦!"

我挠挠头,故意装糊涂。

妈妈上当了,说:"记住,八岁啦!"

"不对!"我马上反驳说:"我二十八岁啦!"

这回轮着妈妈糊涂啦,她在我头上揉一把:"去吧,别捣乱了!"

我不走:"不是说一天等于二十年嘛? 明天我就四十八啦!"

妈妈慌忙捂住我的嘴:"可不敢胡说,外面……"

过了几天,老师通知,上学时书包里背个碗,要去金殿镇上大课了,晚上才能回家。我们离开合欢树,抬着课桌出发。刚上路,大家笑嘻嘻的,猜着大课堂是咋个样？还没出村，手先被勒疼了，渐渐胳膊有点酸，走不了几步，就搁下桌子歇歇。李老师跑前去又返回来，喊同学们加油，千万不能落后，落后了给咱挂白旗。我们使劲往快里赶，平时来来回回，我一点也没觉得路长，这天却好像走了十万八千里。到了地方，松手放下桌子，同学们都坐在圪台上喘粗气。兄弟学校比我们路远，我们到得早，夺了红旗。

人到齐了，桌子并在一块，在院里上大课。六个村子，二百名学生，没有那么大的教室，院子里坐了一大片。一个留分头的老师在前面讲课，其余老师下地劳动去了。分头老师课讲得真好，声音一会儿高，一会儿低；一会儿快，一会儿慢。高的时候如响鼓重敲，槌槌震耳；低的时候如秋虫轻吟，引人屏气静听；快的时候如骏马飞奔，听得人手舞足蹈；慢下来又如清水潺潺，缓缓流进我们的心窝里。大课堂出奇的静。

晌午时分，我们排着队去领饭。一人一个白馒头，一碗热烩菜，吃得肚子鼓鼓圆。上大课蛮有意思。倒霉的是碰上雨天，我顶个草帽，穿双布鞋，擦擦滑滑上学去。到了学校，衣服湿了，脚上成了一团泥。一二百名学生像一群刚出壳的小鸡。桌子在院里淋雨，教室里又装不下这么多人，课没法上。我们只好站在屋檐下等着雨停。可天气好像专门跟我们作对，下个没完没了。大家愁坏了。有人哼起从小听会了的《避雨谣》，大伙都和着：

> 老天爷老天爷别下啦，
> 山上的青石头沤烂啦！
> 老天爷老天爷别下啦，
> 地里的田禾苗水淹啦！
> ……

天使劲下，我们使劲地唱。谁也没有听见老师让我们停下来。过了好久，才听见分头老师大声嚷：

"不要胡乱唱，不要胡乱唱，记住，人定胜天，人定胜天！"

乔忠延客体散文一

一连几天,天不放晴,我们没法上课。看样子要下半月四十天的。老师就让我们天晴了再来。

天到底晴了,我们又到学校去。分头老师不见了,李老师给我们上课。李老师讲得干巴巴的,同学们嗡嗡嘤嘤地说话。他大声呵斥,课堂才静了,却尽是迷迷糊糊打瞌睡的。同学都说分头老师讲得好,想念他。我向妈妈念叨,妈妈说:"还不是你们害的,下雨时你们胡喊叫啥啦?上头把那老师拔白旗啦!"

我吃了一惊。

没晴几天,又阴了,又下雨,没完没了。我们还是无法上课。又过些日子,上级才来了通知。我们搬着桌子回村,回到了合欢树下。

上天的路

我们村西七八里外有座姑射山。天阴时,山离我们老远老远,一点也看不见。天晴时,山很近很近,仿佛就在眼前,山上的绿树、巨石,都看得真真切切。尤其是山坡上那条带子,煞是好看,从山脚弯来绕去,挂到白云里去了。那是山路。

我常常站在村口看山,对着上山的弯弯小路发呆。我总想沿那条带子爬上去,定能上到山尖,上到青天,上到白云朵上去。我希望能到白云上去,坐着,或者躺着,就像在村边的母子河里仰游,飘来飘去,该有多么爽快!我最好能拿一条很长很长的绳子。当云团飘过我们村时,我就探出头来,呼叫地上的伙伴。谁要乐意和我玩,我吊水般地把他拉上白云……我着了迷,打算起个大早,溜上山,爬上天。可是,每回醒来,天都大亮了。

有些天,村上的哥嫂叔婶们天天开会,动员上山炼钢铁。他们暗地里都说不想去,山上活儿苦,不如在家里。我想,上山还不好嘛,高兴了就干,不愿干躲到白云后面散散心,要是我能去多美。可惜我太小,不能去。世事就是这样怪,想去的去不了,不想去的又躲不了,接连几批,村上的青壮年走光了。

忽然，从山上传来消息，说是炼钢炉马上要开，没有柴，点不着火。要村里人准备些柴，赶快送去。各家各户翻东倒西，搜寻出家里闲着的棍棍棒棒，留在村里收秋的大伯大娘送了一趟。柴送去了，还不够用，家户里也搜不出来了，有人出了个主意，伐树，先从坟里的树木下手。

村里每家都有个祖坟。祖坟里都有高得挨着天的大树。一棵一棵，枝繁叶茂，把坟头遮得荫凉瘆人。我一个人从来不敢进坟地。有次拔草，碰上只小兔子，黄茸茸的毛，亮闪闪的眼，见了我便溜。我跳起来就追，只是离冯家坟太近了，眼睁睁看它钻进树根后面。我不敢再追了，怕坟里有蛇，怪吓人的。

伐树是从我家老坟动手的，带头的是五狗子。众人都说五狗子是报仇哩，因为他在乔家坟里吃过亏。我家老坟的树又多又高，有椿树，有杨树，也有槐树和柏树。每棵树上都有几个柴草团儿，日晒雨淋，柴草变得黑黑的，那是喜鹊窝。成群的喜鹊住在里面，白天飞出窝，飞到村里"喳喳喳"地叫。喜鹊一叫，奶奶、妈妈都喜欢，都说会有吉利事。喜鹊是好鸟，村里没人伤害它，五狗子却不。那天刚下过大雨，地里泥得进不去，众人都闲着。五狗子不知怎么想起吃喜鹊蛋，神差鬼使地钻进我家老坟。脱了鞋，爬上椿树枝杈，伸手往窝里一掏，妈呀，吓得差点摔下来。原来，窝里有一条蛇，他一把就捏在蛇身上，他赶紧"哧溜"地滑下树，拾起鞋光脚往外跑。那蛇也被惊得蹿出窝，正好跌在他身边。五狗子以为蛇扑来了，腿一软，摔了个嘴啃泥。这回伐树，五狗子就是报那仇。果然，我家老坟的椿树先倒了。

树伐倒，剁成尺把长的小截，队长却为难了，眼看地里的棉花摘不完，豆子割不了，好好的庄稼要糟蹋了，心疼哩！他不愿派大人去送，主意打在我们学生娃身上。我知道后高兴得直蹦跳！

那天，我们趁早上路了。一人挎个馍布袋，背着又劈去一半的木头段，那木头还没有我的小枕头大，背在身上没觉得重。我们沿母子河边的路西行，河水拐着弯儿扭秧歌，扭得欢乐自在；黄莺在柳树上唱着，唱得悦耳动听。同学们你一句，他一句，也唱着，南腔北调地哼叫。跨过小桥，穿过柳林,走得热乎了,冒汗了,身上的木头也有重量了。李老师让我们赶几步路,在白水滩休息。

歇下来耍笑一会儿,我们又背起木头朝前走。赶晌午时分,到了山脚下的窑院村。在村头,我们吃了自己背的馍馍开始爬山。这会儿,背上的木头像重了一倍,压得我胸膛也挺不直,绳子勒得两肩也有些疼。我们踩在那带子般的路上,路又窄又陡,走几步就得喘口气。爬了一个坡,汗水湿透了粗布袄。我撩起袄,擦把脸上的汗,猛然想起村边墙上画的跃进马,那马四蹄腾空,不用着地,长着一对翅膀,飞哩,我要有对翅膀多好呀!我叹口气,抬腿又爬,腿酸得抬不动,眼看着落在后面。我咬牙猛赶,又爬上一个小坡。同学们都坐在石头上喘气,拉风箱似的。

换换气,我抬头往上看。高高的山,山还是那么高;蓝蓝的天,天还离那么远。带子般的小路,仍然在弯,不知啥时才能弯上云团?我胆怯了,怕这样走赶天黑也到不了。正胡思乱想,远远看见天边上和山尖上有些黑影移动,移着移着变大了,越来越大,是一群人下来了。又过一会儿,才看清那是我们村的人。三牛喊:

"爸——"

喊声未落,那边山沟里也响起:"爸——"

大伙咯咯笑了,蛮有趣的。过了片刻,才听见三牛爸的声音:"嗯——等我们着!"

原来,山上的大人听说学生娃送木头,怕累坏这些嫩芽芽,来接我们了。我们把木头交给他们往回返。下山时,身上轻了,高兴劲上来了。有的揂一片绿叶,做个口哨,吹得山里沟里都响。有的往深沟里扔石子,石子落了好一会儿,才听见沟底的响声,蛮深哩!吓得李老师不断提醒我们:"小心! 小心!"下山不多会儿,太阳落了。我们摸黑走了四五里路才到村边。你看吧,都跛了腿,一摇一晃的。

回家洗脚,奶奶说我脚掌打了泡,我也觉得疼疼的。奶奶埋怨着:"小娃家不上学,上山,真叫人担心。"洗完了,她才告诉我,昨天她嫌不吉利,没敢说。那山路她也走过,日本人打来时去逃难,爷爷赶头骡子,骡子上骑着奶奶,两边的驮筐里一头坐着大姑,一着坐着小姑。爬坡时,骡子突然踏空,滚下山沟。爷爷吓得坐在地上抱头痛哭,没想到,奶奶跌在一块石头边,大姑挂在树杈上,小姑抓住一枝刺条条,扎破了手也不敢松,人没死,骡子下沟就摔碎了⋯⋯

奶奶说:"以后送柴,千万别去啦!"

我点点头,吓得直往被窝里钻。

心里却又想起山上飘来的大人们,他们多好呀,天上地下来来回回多自在!我长大了还要去,还要爬山,爬那上天的路!

弯弯的桃树

我家院子里有三棵树,两棵枣树,一棵桃树。枣树是姑姑从外祖母家移回来的。外祖母家在汾河东边的伊村。伊村是尧王的故乡,传说尧王当年种下了好多枣树,至今伊村的地垄上一棵挨一棵。姑姑扛了两棵回家,一路上累得歇了好多次。我一吃枣,便想起姑姑,甜甜的姑姑。

桃树给我的印象比枣树要深,因为它比那两棵枣树有故事。桃树是奶奶种的。据说,奶奶去金殿镇赶集,卖了连夜赶织的腿带,想给老奶奶买点什么吃的。老奶奶没牙了,苹果梨儿都不好咬,从南头跑到北头,才找到一家卖桃的。那桃个个都像大馒头,圆鼓鼓的桃尖上比抹了胭脂还要红。摁一摁,软软的,老奶奶准咬得下。一问价,贵咧,奶奶的钱只够称一个。卖桃的是个老头,头顶又光又亮,胡子又长又白,他很和气,笑着说:

"我这是长寿桃,比蜜还甜哩!吃了保险你身子硬朗。"

奶奶买了一个请老奶奶吃。老奶奶捧着儿媳的一颗孝心,笑眯了眼。咬一口,连声说真没有吃过这么好的桃子!说来也怪,老奶奶吃了桃子,身体比先前确实好了,不咳嗽气短了。下一次赶集,奶奶又把织的布卖了,再找那个卖桃的。满集市找遍了,也没见到那个长胡子老头。一连几次赶集,都去找那老头,那老头再没露面。

第二年开春,奶奶把那颗桃核种在东厦前。那桃核真的发了芽,长成了桃树。老人们说:"桃三杏四梨五年。"三年头上,桃树果真开了花。赶秋里,挂了果,熟了的桃子大大的,像吊着个蜜罐,摘下的第一个桃子,敬老奶奶吃了。打那会儿起,这便成了我家没有成文的规矩。

又听说,那会儿的太阳毒着哩!夏日里又大又圆,像个悬在头上的热鏊子,晒得人心里火烧火燎。偏过晌午,狠狠烙在东窗上,烤得屋里火炉样的热,半夜了,老奶奶还无法进屋睡觉。家里人都在想办法,先挂个竹帘遮住了窗户,也不顶大事。后来竟在桃树上打起了主意。那桃树长得偏北点,要是弯南些,就会遮住阳光。爷爷便狠劲把它往过扳,好容易扳过点,一松手,桃树又闪回老地方。看着扳不过来,爷爷在地上钉个木桩,拴上绳子,把桃树硬拉过来。桃树弯下了腰,绷得像弓一样。风一吹,树梢一摇,绳子断了,桃树又挺直站好。看这一招不行,爷爷换条绳子勒住它,在它腰身上挂了一摞砖。桃树屈服了,乖乖弯下腰,绿树遮得屋里水十分凉爽。秋天来了,阳光也温和了,家里人想到桃树也该伸伸腰了。爸爸卸了砖块,松了绳子,桃树却纹丝不动,弯着腰,还像有千斤巨石压着似的。爸爸用劲扶直,一松手,桃树又弯下了,唉,没治了。所以,自我记事起,我家的桃树就是弯弯的。

弯弯的桃树默不吭声地站在我家院子里。春天先从它那儿来,粉红粉红的花儿爆开一头,香得蜜蜂、蝴蝶闹嚷嚷往一块凑。冷寂的院里热火了,那红红的花儿映得窗上、炕上都是红的,我心里也红了。夏天里,桃树一面悄悄长着桃子,一面用茂盛的叶子使劲遮住阳光,东屋里凉爽得很!秋天,我们吃过桃子,田里的玉茭成熟了。父亲挑起两个箩筐下田去,往回担玉茭。担回来,倒在桃树下,堆起高高一座山。晚间,我们坐在树下剥玉茭皮。全家人一边剥一边说笑,嘻嘻哈哈,手不闲,嘴不停。老奶奶也闲不住了,凑在人堆里搭把手。大伙儿乐悠悠的,一口气能剥到月挂西天。我却不行,眼皮硬往一块粘,粘得用劲也撑不开。我要睡了。姑姑说:"别睡,你不是要红玉茭吗? 咱掏个窑往里剥,准能掏出个红的来。"

一说红玉茭,眼睛马上亮了,我的困劲散了。使足劲往里面掏呀掏,掏得深了，再深些，一碰，塌了，窑洞不见了。重来，我们又往里面掏，掏得眼看快塌了，我掏出一穗剥开皮，呀，红的，紫红的玉荬，石榴籽般好看。我蹦起来，举着棒槌般的玉荬穗在院里跑了三圈。姑姑帮我把玉荬皮拧成个小辫，挂在桃树上。我的劲头更大了，掏啊掏，剥啊剥，不知不觉，树下的小山不见了。秋天去了，冬天来了，树叶落了，桃树光秃秃的，我那红玉荬还在梢头冲着我摇摇晃晃地荡秋千。

在村上，我家的院子不算小，公社化了，选准我家的院子给队里堆玉荬。好多的人，一个跟一个，个个担着箩筐，闪闪悠悠往我家送，倒下玉荬又去担。只两天，忽然不用箩筐了，使开了小推车。小推车是木头做的，木头把，木头板，木头轱辘，木头轴。推车当然比箩筐装得多，我听大人说，要跃进，多快好省哩！这可忙坏了二孬叔。他是队上唯一的木匠，白天黑夜地赶制小推车，也不够大伙使唤。队长又派其他人帮着干，那日，我转悠到他俩做活的屋子里，好家伙，两人甩了袄儿，挽着裤子摽劲干，脊背上的汗，一道一道流下去，洇湿了他们打褶的长裤腰。他们也不停手，刨子推得嚓嚓响。刨花一朵朵冒出来，落在地上盖住脚面，高高垒起，没了膝盖。

不几天，村上人都使上了小推车。小车车一转，木轴吱吱扭扭叫。小车叫着，人们好奇地笑着，推上大路，推过小桥，推回一车车玉荬。我家院里的玉荬越堆越高，这才叫山哩，比我家原来那山高多了。我坐在山尖上摸得着桃树梢了。可惜桃子早摘光了，要不，在山尖上摘桃子多省劲。

老奶奶在屋里坐不住了，倚在门框上看着高高的玉荬堆，张着没牙的嘴一个劲儿笑：

"咱家的棒子真多，嘿嘿！"

我一听，老奶奶真糊涂，对她说："老奶，这是队里的！"

老奶奶看着我，我知道她耳朵背，没听见，对着她的耳朵说：

"老奶，这棒子是队里的！"

老奶奶越乐了，哈哈笑着："对着哩，咱的棒子真不少。"

我急得蹬蹬脚又说，她还是听不清。老奶奶咧着嘴又说：

"咱家人气好,帮忙的人好多,嘿嘿。"

我又高声纠正她:"那是队里的人!"

她还是咧嘴笑,又说:"对哩,不熬煎没好日子过了。"

午饭时,我学了学老奶奶的糊涂样儿,家里人都笑了。奶奶说:"糊涂些好,糊涂些她老人家高兴。"

高兴了没多少日子,老奶奶生气了。玉茭打完了,入库了,我家院里的山不见了。队上又在我家屋里办食堂,好多好多的人来吃饭。头一天,老奶奶没在意。第二天,她皱着眉,没吭气。第三天,她对我说:

"这些人老在咱家吃饭,把咱吃穷了。"

我对着她耳边高声说:

"这是队里的食堂。"

"那咋不到别人家吃去?"

我真说不清楚,就叫奶奶、妈妈去解释。老奶奶谁的话也不听,冲着他们气恨恨地摇手:

"你们都是踢腾光景哩,多打了几颗粮食就胡糟蹋啊?"

老奶奶火气更大了,把她们撵出东厦。

老奶奶气不打一处来。那班小伙子领不上饭,坐在桃树上等着,一个,两个,多的时候坐上十几个,压得桃树弯得快挨着地了。老奶奶让我赶他们,我赶不动,去叫奶奶。奶奶一说,他们散了。过一会儿,又坐上另一伙。又赶,又来,赶不完,撵不走,奶奶没法了。老奶奶坐在炕上生气。平日里,她常给我剥葵花籽,她剥一粒,我吃一粒。这些天,她剥着剥着,停住了,盯着窗外喘长气。

冬天里,寒风紧了,老奶奶病了,倒在炕上,没有醒来。

春天里,百花开了,我家弯弯的桃树却没有再吐叶开花。

直直的河道弯弯的流

母子河像个喜欢跳舞的小姑娘,腰肢一弯一弯又一弯,从西山脚下弯到了我们村前。弯来了也不觉累,也不歇息,一弯一弯又一弯,弯到悠长的汾河里去了。

母子河的河湾有深有浅,深的浅的都有迷人的乐趣。河里有鱼,鱼在水里很欢势,游动得如同天上的飞鸟。忽悠忽悠翱翔的是鲶鱼,不慌不忙地寻找可以下口的鱼虾。利箭般闪射的是鲤鱼,电光一样的机敏快速。而且,鲤鱼飞射往往不是一条,是一群,一大群,万箭齐发,晃动得水面波光粼粼的。那个场景谁见了也会眼热。鱼欢势过了会累,累了要歇息。歇息时便钻进了河湾,湾里水流得缓慢,长满了水草,水草飘飘摇摇,活像农家窗前的垂帘。鱼在垂帘间进出,闲适得如同大家闺秀。

我真喜欢那母子河的河湾。说穿了是喜欢那河湾里的游鱼。鱼在直道里飞奔是无法逮住的,只有在河湾里闲歇才有被捉住的可能。捉住鱼,好玩。舀盆水,放进去,看那鱼的双鳃一开一闭,不紧不慢,恬静而有节奏,全不知自己身陷囹圄。就想,这么俏柔的水魂,怎么会成为河中的飞箭?忍不住将手伸了过去轻轻触那尾梢。哈呀,可不得了,水花溅了个满脸,衣裤也花花点点的,眼睛涩得睁不开了。抹去水花,睁眼看时,那鱼正在好远的当院蹦跳,跳得兴致极高。连忙上前捧起,放回盆里,一落水,鱼打个激灵转了两圈,又安闲了。当然,我贪的还是吃鱼。在笼里蒸,在锅里煮,在油里煎,味道都好,不过,还数油煎最香。可那会儿的日子,谁家都少盐没醋,哪还敢奢望油锅煎鱼呀,只要能吃到鱼,就美滋滋的了。

想吃鱼就得逮鱼,逮鱼要去河湾。河湾的深浅不同,逮鱼的法子也不相同。深湾里只宜钓鱼,不能摸鱼,下了水,把人都漫过去了,站立不稳,没法伸手。钓鱼是件趣事,细细的竿,长长的线,拴上个小小的钩,就能把那活蹦欢跳的小精灵弄上岸来,多有意思。只是,为了这活蹦欢跳的意思,往往要在河边枯坐,煎熬那漫长漫长的没意思。熬不住了,就用书本上小猫钓鱼的故事安慰自己。小猫三心二意,蝴蝶飞来了,去捉蝴蝶;蜻蜓飞来了,去捉蜻蜓。猫妈妈钓了一条又一条大鱼,小猫却两手空空。后来,小猫一心一意地钓鱼,也钓上了大鱼。多美好的故事呀!我于是向猫学习,坐在河边,眼睛盯住那个鱼漂，坐得那个牢靠劲呀，莫说小猫，就是猫妈妈也比不上。可是，不知怎么回事儿，鱼就是不上钩，别说钓大鱼，连条小鱼毛也没见着影。我熬不住了，将鱼竿斜起使劲插进河边的泥里，窜了。窜去和场上的小朋友丢手绢了。

"丢手绢，丢手绢，轻轻地放在小朋友的后边……"轻手轻脚地放，飞快飞快地跑，就会抓住他，不像钓鱼这么难。干等着，老是没动静，好不容易鱼漂动了，慌忙抢起，什么东西也没有，抢早了，鱼没钓着，真丧气。丢手绢，丢手绢，跑了一圈又一圈，转眼太阳升到了头顶，肚子叫了，该回家吃饭了。大伙一散，我才想起河边插着鱼竿。赶到河边，鱼竿偏了，鱼漂沉了，赶紧一拉，挺费劲的。不再忙乱，一点一点将鱼线往岸边拽来，觉着费劲，甩了鞋子，双脚扎进水里，轻巧巧地再拽，拽呀拽呀，嗨呀，一条大鱼跳出了水面！是条鲤鱼，红红的嘴，黄黄的眼睛，真让人喜爱。俯身一抱，那水魂好大的劲，竟让我摔了一跤，我挣扎起来，跳上岸，撒腿跑回家里。

天暖和的时候，我不去钓鱼。那会儿又丢手绢又钓大鱼的美事让我痴迷了好一阵子。甚至，让我嘲笑猫妈妈钓鱼的死板。嘲笑过后，再玩，再钓，可是，再没遇上那天上掉馅饼的好事。我耐不住枯坐的寂寞，便下河摸鱼。除非天寒了不能下水，才不得不钓鱼。摸鱼是件乐事。裤子一挽，跳进河里，双手往凉柔凉柔的水中一伸，说不定直起腰，手上便捏出一条水珠四溅的精灵，不由你不欢跳。鱼也聪明，要不怎么说是精灵呢！有时，手刚伸出来，水稍一动，倏地窜了。你欢跳数步，扑到前头，拦住去路，才能俘虏了这水魂。摸鱼要有心计。光有心计还不行，还要胆大，说不定，你手一伸过去，那儿没鱼，却有一只张开大夹的螃蟹等了你一天两夜了，不夹个手指流血才算怪哩！这不过是一场虚惊，要是摸到水蛇，不咬住你，也吓得你仓皇逃窜。摸鱼千万不要一个人去，人多了胆壮，伙伴一多，碰个危险的事，吼喊助威，添了胆量，多了乐趣。可是，人多声高，常常惊走鱼，这么摸鱼，收成很小。因而，时常对着河水痴想，这水咋就不累，不歇一歇？停上一霎，水枯河干，让我痛痛快快捡上两条鱼，再往下流不行么？

母子河真的干了，河里的鱼银光闪耀。有梭子鱼，有鲴条子，还有红鲤鱼。红鲤鱼这会儿也不招眼了，我迷上了鳝鱼。鳝鱼好长，长过腰间的裤带，身柔体滑，有骨无刺，好吃容易咽，我想捡两条就走，捡了两条，还想捡两条；又捡两条，还想再捡两条。弯腰捡起，再捡起，直起腰看时，怎么还是两条？埋头又捡。心里还想课本上的故事，不要像那个老大到了太阳山，见了财宝贪个没够。想是这么想，腿却钉在河湾里迈不开步。自己催自己，快走，小心水流冲过来。正催着，水真的来了，水来得好猛好大，铺天盖地，一下把我卷进浪里，不用说，我的鳝鱼也泡在水中了。鳝鱼一甩尾巴，游得欢乐自在。我怎么扑腾也到不了岸边。奇怪呀，我是会游泳的呀？使劲扑腾，扑腾，扑腾醒了，屋里漆黑，是做了个梦。梦醒了，碎了，碎了，还有点儿后怕。

可怕的事不在梦里。母子河边插上了一杆红旗，红旗上飘扬着耀眼的金字：大跃进。旗下站着队长，队长领了一大群人，男男女女，老老少少，扛锨的，握镢的，挑担的，推车的，像是愚公移山的架势。哪料，队长大手一指，截河！原来是嫌这母子河弯道太多，要打直，让水一溜线穿过去，腾出地来种庄稼。坏了，河湾要糟蹋了，这下别说摸鱼，连钓鱼也没地方了。我揪心地疼。可那些担土的，姑娘飞，小伙儿追，热火得很！我真想变成队长，大手一指，喝令停工。可我不是队长，做梦也变不成队长，就想长大后我什么也不干，就当队长，先把截直的河道改回来。太阳在天上转了没有几个圈，一条直直的河道还真挖成了，就等填土造田了……全完了，我的河湾完了，泪水不由得流了出来。

事情真是有趣。又是队长大手一挥，河边的红旗拔了，姑娘小伙儿不垫地了，追着红旗，朝西山涌去了。大炼钢铁，都去工地砸矿石了。河边真静，静得好像连河也没有了。我坐在河边，看到了个奇景，直直的河道，弯弯的流水。直直的河道，闲干着；清清的流水，弯转着。我不懂什么大炼钢铁，只见人马走得那么急火凶险，觉得那事要胜过截河造地。我真高兴，钢铁救了我的河湾。

乔忠延客体散文

我下到河湾里胡蹦乱跳，跌了一跤，又跌了一跤。我躺在河边的青草上，斜身一瞅，看见一条细流正悄悄向直直的河道里渗去。顿时，眼亮生光，将弯道口堵住，让清水流直，河湾不就干了么？不就能捡鱼了么？我一跃而起，回家拿来小锹、铲土、堵草，河水乖乖径直流去。湾道里的水小了，流着流着断了。我没敢松气，走近脸前那个河湾，端着小盆往外泼倒。倒一盆，河湾里的水就少一盆，水渐渐下去，偶尔已有鱼碰撞到我的腿上了，那种感觉让人亲切、心痒。我不顾手麻胳膊酸，泼倒得更快了。泼着，泼着，鱼的背脊露出来了，头往中心的深洼处钻，尾巴朝着外围。再倒几盆，都露了原相，一条条摇头晃脑，全没了水多时的那活泛劲。我真高兴，撂下水盆，长喘一口气，不慌不忙地捡拾着那鱼。此刻，那心情好美，该怎么说呢，就像电影上打了胜仗捉俘虏，比那还要得意。一个小湾，竟捡了一桶，提起鱼，沉甸甸往家里走，走得像在梦里。不由得抬头看天，艳红的太阳亮光光的，不是梦。我忽然想感谢队长，可是，队长在哪里呢？远山消隐在淡淡的云雾里。

我的丰收走漏了风声，伙伴们知道了，拥来了。大湾小湾里都挤满了孩子，都回荡着笑声。落霞缤纷的傍晚，孩子们满载而归了，一路走，一路笑，笑进村里，笑回家里。一连好几天，笑声不断。

有一天，笑声没了，大伙蔫了，那是河湾里的鱼捡完了。蔫蔫的孩子凑在一起，傻呆呆地看着干涸的河湾不愿离开。后来，不知是谁多了个心眼，蔫蔫的伙伴立马活泛开来，七手八脚挖开了我堵住的弯道口。清水柔曼的身姿又流了进去，不一会儿，河湾又成了河湾。水流进了河湾，鱼也游进了河湾，河湾里又有了闲逸着的鱼。那时候，鱼真多，真多。隔三五天，我们相随着下河，堵了弯道口，水直直流走，又可以捡鱼了。

河湾里成了逮鱼的聚宝盆。

我们捡过了夏天，捡过了秋天，队长和那些上山的人还没有回来。地里禾谷熟了，收不到场里，分不进屋里，家家锅里无米煮。亏了河湾里那些鱼，填补着老老小小的肚子……

村子和村子里的台子

村子

村子里有房子。房子不是村子,房子多了就成了村子。

村子里的房子有新的,有旧的。旧的是旧房子,新的是新房子。新房子是平顶的,现浇的,墙上贴了瓷砖,亮堂堂的招眼。旧房子是瓦房,灰蒙蒙的暗乌,好在木头上刻了不少花,还有门当和户对。门当是横着的圆柱,不粗不长,也刻着花。户对是圆鼓样的,竖着立的,周边簇拥着大大小小的狮子。门楼不低,门框不大,还有高高的木槛,进来出去,不高抬腿脚非绊倒不可。要不人们怎么把忘了旧友说成门槛高了呢?新房子哪有这么些麻烦,简练得痛快,有门无楼,有框无槛,门框也宽畅得自在,两轮,三轮,四轮,冒一缕烟便进了院里。新房子在外围,旧房子在当间。当间的房子只会少,不会多,而外围的房子却没冬没夏地朝外扩展。站在高处一看,亮亮的显眼包裹着中心的灰暗,像是一个老人的头,周边的头发全白了,只留下头顶还黑着。村子和这人一样,上了岁数。

旧房子里住的是老辈,新房子里住的是小辈。老辈老成了爷爷奶奶,走出屋来瞅着椽头瓦角、门当户对发笑,一笑,满脸的纹络里抖落了不少的故事。小辈是儿子媳妇孙子孙女,进出屋的脚步都是匆匆忙忙的,孙子孙女忙着要当爸爸妈妈,爸爸妈妈忙着要当爷爷奶奶。有一天,他们真成了爷爷奶奶,新房子也就成了旧房子,这房子没有椽头瓦角,没有门当户对,他们还会笑么?笑纹里还会抖落故事么?

旧房子破就破了,漏就漏了,塌就塌了,没有人再去修它,补它,建它,建也是建新的,建成了外围的新房子。惟有一座房子塌了建,建了塌,塌了又建起了。这房子到底几起几落了?纹络满脸的那些个老人没有一位能说清楚的。这是庙。庙也是旧房子,不是一家一户的旧房子,是家家户户的旧房子。住在一家一户旧房子里的人,都要来朝拜这家家户户旧房子的人。人,是泥塑的,上了彩的,人们说是神,都来烧香磕头。烟火常在这旧房子里缭绕。缭绕了不知多少个年头,旧房子漏了塌了,神像也被砸了碎了。一家一户的人都来了,有钱的出钱,有力的出力,庙又建起来了,起得还是老样式,有椽头也有瓦角,有门当也有户对。当然,也塑了像,上了彩。像成了,人们对着像想原来的像,有人说像;有人说不像。说像的,烧香磕头;说不像的,也烧香磕头。老人烧香磕头,新人也烧香磕头,活像是旧房子、新房子都来朝拜这新建的旧房子。

村子里有一条河。河水清清亮亮,明明净净。一大早人们担了水桶挑了那水,倒回瓮里,吃也舀水,喝也舀水。接着,赶紧淘米洗菜,千万不敢迟了。迟了,洗尿布屎布的人就到了河边。河水滋养着人,清爽着人。人将河却不当回事,洗菜淘米涮尿布屎布就不说了,掏了茅粪,还把又臭又脏的粪桶也扔进河里涮搅。奇怪,不管人怎么鼓捣,河水顶多冒上几个泡,该怎么来还怎么来,该怎么去还怎么去,来去仍是清清亮亮,明明净净的。偶尔,河水也使使性子,发发脾气,给人点颜色看看,变浑了。河水的脾气比人的脾气厉害,治得老老少少没有一点脾气。是山里暴了雨,沟里发了水,水全泛滥到河里来了。洪流暴暴烈烈地往下猛撞,上了地,进了村,泡了房,要不是人手勤脚快,真敢把新媳妇那炕上的绣花被也给打着旋儿飘到龙王爷的殿里去。这时候,人们恨河,恨又能怎样,过了,还得在河里担水洗涮,离不开人家,就不敢撵走人家。

河上有桥。桥连着两头,人来人往是一条路。没有桥,路就不通了。路不算宽，却很长，长得谁也说不清有多长，一头在村里，另一头出了村，进了城，到了很远的地方。村子四通八达。可是，桥塌了，路就断了，村子便折了腿脚。桥比起路来又短又小，竟然这么重要。桥不见了，路就瘫了，身子明明还在，却没有了一点意思。不过，桥也离不开路，没有路，踩也要踩出条路来。

桥，起初是木头的。河边有的是树，砍头剁根，横在水上，一根不宽就两根三根四根五根，够宽了，用杂草堵住缝隙，覆上土，就是桥。桥上人来人往，便利着哩！只怨河水发脾气，脾气一大，牛劲也大，把那木头一根一根拱起来，卷跑了。跑了木头，桥塌了，路断了，人就不方便了。还得搭桥。再用木头搭么？不够重，水一冲还会跑。野地里有几块条石，七撬八撬，动了，抬过来搭在河上，桥建成了。石桥平实稳当，比木桥牢靠。河水发了几次脾气，石桥不理不睬，淹就淹吧，冲就冲吧，洪流闹腾得没趣了，退了，落了，桥还是安安稳稳的样子。

搭桥的石条，原先是石碑。石碑是坟墓的名字。坟墓是老辈人的房子。老辈人活着住在村中的房子里，死了住进野地的坟墓里。住在房子里时他进来出去地走动，走动时当然带着自己的名字。住进坟墓里的再也出不来了，日子久了，谁知道土堆下面是张三还是李四？因而，立了碑，碑石刻着名字，张三、李四或者王五、许六……这便不怕日子长久了。只是日子久得要再久了，坟墓早没了，石碑早倒了，倒在了野地里，后来到了河道上，成了石桥。石桥其实是人，有名有姓的老辈人。老辈人横在河上，小辈人踩着过河、进村或者出村，日日朝前行走。

台子

台子是戏台。戏台在村子里被众人唤成台子。

台子是村子里的乐趣，也是村子里的奢侈。村子里有院子，院子里有房子。没有房子，没有院子，便没有村子。村子里却不一定有台子，没有台子的村子也是村子。

大村、富村才有台子,有台子的村子多数被叫作镇子,只是镇子也是村子,村子四周还是村子。

　　房子、院子是用来住人的。住在房子、院子里的是庄稼人。庄稼人的心思是五谷丰登。为了五谷丰登,众人光着膀子在田里狠下力气。下力气种地,下力气锄禾,却不一定有下力气的收成。天上的风雨也左右着田里的籽实。因而,要左右田里的籽实,先要左右天上的风雨,而要左右天上的风雨,必须要讨得神灵的欢喜。庄稼人便凑份子,建大庙,把神仙供进村子里。

　　村子里有了庙,庙里有了戏台子,众人好看戏,神仙也就好看戏。逢年过节都唱戏,别看是人在看戏,戏却是给神仙唱的。丰收了唱戏,是报答神仙的恩赐;歉收了唱戏,是要神仙谅解人的过错。人到底有什么过错,不清楚,只清楚心诚则灵,不唱戏不行,真心实意请一台戏,好好唱他十天半个月。不过,说是给神仙唱戏,热闹红火的却是人们自己。戏台下密密麻麻、挨挨挤挤的全是人,前头的坐低凳,后头的坐高凳,再后头的站在凳子上,幼儿稚女则骑在凳子上的父亲脖子上。人们挤挤攘攘够了,神仙也就过够了瘾。

　　台子建在大庙里,大庙建在村子里,台子当然不敢和村子比,要比自己也是芝麻绿豆的小多了。偏偏小台子却是大天地,大过村子,大过镇子,大到整个世界里。这不是胡吹乱侃,山高皇帝远,村里离京城远隔十万八千里。尽管老人们常念叨,茅池边的小路通京城哩!是说从院里可以走到村里,从村里可以走到镇里,从镇里上了官道,一直走,就可以进了京城,京城里打坐着指天画地的皇上。说是这么说,谁去过京城,更别说见过皇上。这就该说台子了,别看台子只占了那么个磨盘大小的地方,可是,一眨眼皇上来了,还有皇后娘娘,跟着宰相、尚书,大大小小的官员跟了一群,锣鼓旗伞,前呼后拥,一下把个京城,把个金銮殿摆到众人眼前了。谁敢说这戏台不大,大到把村子,把镇子,把整个天地都装在了里头。

　　当然,这种装法是假的。众人是圣人,圣人说得对:台上是假的,台下是真的。真龙天子，哪能眨眼工夫说到就到，到这荒山僻地的村落里来？那皇帝是戏子扮的，脱了龙袍，也是咱百姓花户。不过，只要上了台子，明知那龙袍裹的是一块锄草犁地的弟兄，却也当成真的。这不，陈世美派人来杀秦香莲母子，母子们战战兢兢，哭哭啼啼，哭得来人心软了，也跟着哭，哭，哭得台子底下全哭了。女人哭就哭吧，男人也哭，那些刚烈得敢喊二十年后是一条好汉的男子竟然也泪汪汪的！哭够了，众人痛快了，都说，明知是假的，都跟着哭，图个啥！可也是，假的总是糊弄真的，真的还甘心情愿受假的糊弄，隔些时不受点糊弄心里还烦躁躁的，这是什么日子？

台上的日子过得很快。马鞭子一甩，转了一个来回，三两步就过了十万八千里；又一甩，再转个来回，又是十万八千里，而且不是一人转，七八人便是十万大军，呼啦啦刮风一样到了脸前，真比响雷闪电还快。可要慢起来也慢得石头能化成粉末末。那老旦张开口，一波三折，弯了几道扭扭，扭了几股弯弯，飘旋到高天上去了，实在不能再高了，再高要顶破天了，突然还是高上去了，高到天外头去了。正担心高得咋落下来，忽儿一旋，翻滚了一圈，闪跌到深谷里了，听得人揪心地疼，怕把那音魂跌伤了筋骨。哪知道，稍一顿那音魂来了个鹞子翻身，早又腾进云团团上去了。听吧，听吧，听得咱做了一顿饭，听得咱锄了一畦田，那老旦抬起的腿还没进到门里头去，是有些慢。不过，总体来看，慢是局部的，而快是全面的。众人看上一两个时辰，就把人家一辈子，或者几辈子的光景过完了，这还不快呀！

众人看台子的时候，台子也看着众人。众人从台上看到过去的悲欢离合，喜怒哀乐；台子从众人身上看到当下的悲欢离合，喜怒哀乐。众人觉得台上快。台子觉得台下快。台子还倔倔地站着，原先看台子的众人早不见了，再来看台子的是先前那些人的儿子的儿子，孙子的孙子。台子惋惜台下的日子过得太快了，太快了，就收留了众人。众人成了生、末、净、旦、丑，活化在台子上了。于是，现在的众人，从台上看到了先前的众人。台子先前看到的悲欢离合，喜怒哀乐，成了现在众人眼中的悲欢离合，喜怒哀乐。

村子里是活着的现在。

台子上是活着的过去。

活着的现在看着活着的过去，看着，看着，自己也成了过去，自己也登上了让众人观看的戏台子。

威风锣鼓

鼓魂

锣鼓一响,魂魄立刻难以安宁了。雄壮亢奋之情鼓荡着脉流,鼓荡着神思,血肉之躯顿时膨胀起来,高昂起来,似乎足踏深谷,头刺青天了。眨眼可令风掣电闪,挥手可令乾坤旋转,抬足可令山崩地裂,于是喝令三山五岳开道:我来了!

我来了——

我不是风,飓风在我的双槌间生成;我不是雷,霹雳在我的双钹间轰鸣;我不是电,强光在我的双铙间闪烁;我不是山,岩浆在我的双臂间喷吐;我不是海,浪涛在我的双肋间起伏。

可以无愧地说,我比风狂,我比雷凶,我比电烈,我比山雄,我比海疯。我拥有比风还风的风,我拥有比雷还雷的雷,我拥有比电还电的电,我拥有比山还山的山,我拥有比海还海的海。别看我只占天地间一个很小很小的空间,但是,我却要改变一个大得不能再大的空间。

因为我是无数生灵中最具有灵性的生灵:人!

我并不是一直这般彪悍强壮。遥想当年,我很弱很弱很弱,或栖身于林隙,或穴居于洞窟。疾风吹得我伏地难起,沙砾打得我双眼难睁,雷霆劈得我五脏中烧,闪电击倒过我的同群同伙,浪涛卷走过我的先辈后人。那时候,我很幼稚。我不知道什么是地震,不知道什么是火山,不知道什么是雷电,更不知道什么是海啸。只知道这一切是那么无情,那么严厉,那么凶狂,那么残忍,肆无忌惮地来,肆无忌惮地去。来时满载灾祸,去时遍留苦难。一代一代的悲苦,一代一代的磨难,换来了一代一代的反思,赢得了一代一代的领悟。我缔造了这些险恶的名词和概念,并将"自然"二字刻上了竹简。我明白了这一切的凶猛和暴烈都叫作自然。当然,自然也不乏温柔和妩媚的一面。我喜爱自然的柔情和温馨,却恨透了它的狂暴和凶猛。于是,我祖祖辈辈没有消失的倔犟,没有遗弃的骨气,便日日传续,便月月归拢,便年年凝聚,竟然派生出了击击打打,蹦蹦跳跳,喊喊叫叫。我挟着风击打,我裹着雷蹦跳,我卷着浪涛吼叫。我要吼叫出雄魂,我要蹦跳出豪胆,我要击打出威力,用雄魂,用豪胆,用威力挽住风,驯服雷,驾驭奔腾不息的浪涛,这就是我向自然的宣言!

我的宣言像一切事物一样,有着漫长的演变和进化。智识的尧王凿开了第一眼井,结束了沿河而居的历史;聪慧的大禹拓开了孟门,结束了洪水横流,人或为鱼鳖的悲剧。这更长了我的浩然之气。我加速了前行的步履。我有了火,也有了石斧和石镰;我有了铁,也有了长矛和利剑;我有了火药,也有了枪炮和弹药;我有了扁舟,也有了巨轮和战舰;我有了飞机,也有导弹和火箭;更别说我有了卫星和飞船,可以驾长风,响鸣雷,翻巨澜,而自由自在地来往于星球之间。在这漫长渐进的时空中,我时时击打,时时蹦跳,时时呐喊……也就是说我的探索发现一刻也没有停息,而且越干越勇,越勇越干;越干越胜,越胜越干。并且为欢呼我的胜利和业绩,我有了节日,有了庆典。我的信心和宣言也在那里时时展现,试看黄土高原,那山山水水,那村村寨寨,那街街巷巷,哪里没有这种轰鸣和呐喊?

当然,我那勇敢地宣言,再也不似当初披树叶时那般丑陋和寒酸了。只抡树杈不行了,只叩石头不行了,只拍巴掌不行了,只舞双臂不行了。我砍伐的树木,我猎取的兽皮,我炼制的钢铁,经过一次又一次新的劈砍和粘连,新的割裂和弥合,新的焚烧和锻造,变作了我宣言的利器:鼓、锣、钹、铙。我就用这鼓,这锣,这钹,这铙,制造风之力,制造雷之声,制造电之光,制造海之涛。我生成的这风,这雷,这电,既带着自然的豪爽,自然的雄浑,自然的威严,也带着自然所不具有的节奏、音韵、旋律,因而形成了胜于自然的雷电诗,形成了美于自然的交响乐,展示出我顶天立地的威风。

多少岁月过去,弹指一挥间,我,我们威风昨天,威风今天,还要威风明天,听锣鼓一齐唱响:威风到永远!

鼓人

鼓人,生在鼓村,长在鼓村,三岁看鼓,四岁玩鼓,五岁就磕磕打打地敲鼓,却打不成个歌儿。到十五六岁架得起鼓,就背鼓、打鼓,把喜怒哀乐都交给那面牛皮鼓了!

鼓村,前面是黄土,后面是黄土,高处是黄土山,低处是黄土沟。沟沟里面有条河,河里也流着黄土、黄泥、黄沙,名副其实的黄河。鼓村的风大,冬天里西北风一来,叫得那个响呀,聋子也睡不着觉!鼓村的雨猛,夏日里那暴雨还未到,就闪电、鸣雷,把个山村吓得鸡飞狗跳,突然雨就到了,不是淅淅沥沥,不是飘飘洒洒,而是盆泼,桶倒,有人大喊不得了,天河决口子了!鼓村的水狂,那平日安安顺顺的黄河要是闹腾起来,真是山崩地裂,翻江倒海,你面对面地喊话,鬼才能听见你说些啥!去过的人都说,鬼地方!

鬼地方的鼓村人却倔倔地活着,生活了一辈又一辈。

一辈又一辈的鼓村人,生在土里,长在土中,土村,土院,土墙,土门,土窗,土屋,土炕,连厕屎都是挖下的土圪窝。鼓村人恋土,爱土,也想改土,做梦都想把那土种绿,把那山铺青,把那水澄净,还有的痴心要把翻脸不认爹娘的西北风堵死!

鼓村人不善说,不会道,有了事就擂鼓。逢年,擂鼓;过节,擂鼓;娶媳妇迎亲,擂鼓;发丧埋人,也擂鼓!鼓擂得比风大,比雨猛,比雷响,比水狂,一槌下去就是一声炸雷,一个霹雳,一排巨浪,一阵狂飙。风刮了多少代,雨下了多少代,水流了多少代,鼓村的鼓就擂了多少代!

有人说，那鼓中有鼓村人对穷山恶水的怨愤。鼓村人不语，只管擂！

有人说，那鼓中有鼓村人改天换地的激情，鼓村人不语，只管擂！

擂，擂，擂！擂得日月旋，擂得乾坤转，一下擂进了十一届亚运会。那世世代代守着土窝窝的小伙子、大姑娘露了脸，显了眼，鼓，被称作威风锣鼓！人，被唤成威风村人！

威风锣鼓成了热门，威风村人成了红人。小伙子、大姑娘背起锣鼓家伙赶汽车，坐火车，下广东，去深圳。鼓擂得震天响，眼看得乱花坠，头转得四面晕，再回到鼓村一看，丑死了，我的祖爷爷！看村，村子破；看路，路坎坷；看屋，屋不净；看炕，炕太硬；连厕屎蹲圪窝也觉得不美气，兜里擂鼓挣得那俩钱往外一甩，修路，盖房，拆了旧炕换新床……闹腾得爹们娘们打鸡撵狗的难顺心。

还有出奇的，擂完鼓，走东串西，招神惹鬼，引着长头发、短裤子进了村，又是挖矿，又是办厂，机器响了，汽车来了。运出去的是土产，拉回来的是银钱。鼓村人钱包鼓起来了，腰粗了，人也活得滋润了，吃的、穿的、用的和城里一个样了。打过鸡、撵过狗的爹们娘们鼻子不喜，眼窝喜，活得心里也顺溜了！

鼓村人，还那么爱鼓。逢年，擂鼓；过节，擂鼓。在村擂鼓取乐，出外擂鼓挣钱。擂，擂，擂，据说要擂进奥运会的开幕式！

骡子

世上有一种家畜——骡子。骡子似马似驴,却非马非驴。盘根说,骡子的父母就是马和驴。母为马者,是马骡子;母为驴者,是驴骡子。马骡子和驴骡子或头或背都有小小的差异,但这种差异不是内行绝对看不出来。青出于蓝胜于蓝,骡子亦然。无论从体态、从气魄,还是从力度比较,骡子都远远胜于马和驴。马本是家畜中的佼佼者,素有天池里龙种之称,骏马奔腾,势若蛟龙闹海。"铁打的骡子纸糊的马",这种夸张的说法,便是骡子和骏马比较的结论。这结论明显的论据是,马没有骡子抗病能力强,易染风寒,易伤肠胃。驴在家畜中本来处于劣势,既没有高峻的体态,也没有昂扬的气度,可是也有比佼佼骏马见长的地方。那就是不挑草料,好喂易养,而且少有马的那些毛病。因此,在马和驴杂交成的后辈骡子中,既继承了马的英俊威武,又继承了驴的诚挚朴实。骡子是最能代表黄土高原动态风貌的典型体魄。

诗人说,骡子有春温的恒久,有炎夏的酷烈,有秋风的潇洒,也有冬寒的暴烈。而且这些优势长久存留,永不衰竭。这得益于遗传因素,上苍没有赐予骡子生育能力,这是骡子的悲哀,也是骡子的荣耀,每个生命都是马和驴杂交优生的产物。所以,骡子才堪称骡子。

骡子的优势决定了骡子的价值。千金骡子四吊马,这种不无夸张的比较活画出了骡子的贵相。正是这样,有骡子的家庭一般是乡村里富裕有

乔忠延客体散文

钱的。

我老舅家就是伊村一个殷实厚道的家庭,并且老舅家的光景和骡子有着难解之缘。摸底细的人都知道,福胜家的兴旺全凭那头母驴,这毛驴骨架不算大,毛色不算好,却连连下骡子,先后下了十头骡驹子。福胜即我的老舅,这十头骡子,他先是喂养、使唤,买了车,拉脚送货。后来,骡子多了,就卖了出去,买田地,置房产,成了村上数得着的富户。原先不大的家业,在前后十年中就呼呼啦啦发了起来,田成片,房连院,好大的气派。村上人都说,"命里有财不求财,命里没财是枉然。福胜命好,财运兴旺。"老舅靠骡子发财,也就把骡子当作他的命根子,钱串子。他住在圈里,吃在圈里,把辛苦下在圈里,对畜生的那份情意,胜过自己的亲生儿女。

日子过得正红火,却传来日本人到来的风声。村子里顿时惊怕起来,人们照面都慌忙火急地说,这可咋办呀?那一日,村中响起了铜锣声,农户们很快聚拢到社里,听敲锣人的吩咐。二战区在前方和日本人接了火,要粮要草哩!各家各户,有钱的出钱,有力的出力。很快圪蹴在各个角落的农户都想出了自己的主意。福胜老舅还算开通,自愿报出自己的骡子和车辆,隔壁的王家没钱没物,愿意儿子赶车亲征。王家的儿子大桩长得五大三粗,一杆鞭子耍得风溜溜转,再倔的畜生也经不住他的三鞭子抽。他本来就在老舅家赶车,成年累月的,也算得上长工了吧!大桩赶车出差,老舅自然放心,当下就合谋成了。散会回家,老舅在槽头侍奉了一夜,给骡子喂饱了草料饮足了水,毛也刷得油光光的亮。第二天日头刚上厦脊,老舅套好车,把大桩送到了村外边。眼睁睁瞅着那些车辆一溜烟不见了,老舅还呆呆地站着。

一挂车套走了老舅三头骡子,槽上的牲口少了一半。老舅嘴里不说,心里沉呀!从此,烟袋塞在嘴里,日夜不离。得空儿,就在村里村外打问前方的战事。战事并不好,有消息说鬼子进了娘子关,还说阎司令的人马没打就退了。过了没几日,村道上就有一群一伙的队伍走过,说是打日本,却是朝南窜哩!有时窜进村里,要吃要喝,见了婆娘们动手动脚,蛮有理的。老舅的槽头也闯进一伙,冲着骡子就哈哈大笑。老舅想说什么,口没张圆就重重挨了一拳:"他娘的,抗日还有啥啰嗦的? 拉走!"

　　老舅蹲在槽边没敢挪窝,眼瞅着两头褐色骡子被赶走了,干瞪眼。槽头剩下了那条孤零零的母驴,老舅趴在那驴身上,哭了!

　　此后,每夜老舅喂饱了驴就痴痴盼望大桩赶走的那半拉光景早日回来。忽一日,槽头闯进了个土人,头发好长,眼窝通红,满脸是伤。老舅刚想问你找谁? 那人扑通跪倒在地就叫:"福胜叔!"

　　老舅这才听出是大桩。大桩说:"我回来了!"

　　老舅说:"回来就好,车呢?"

　　大桩哇地哭了,哭着说车和骡子都丢了。车辆到了前面,队伍却哗啦散了,鬼子扑过来,端着刺刀把我们赶进了古庙里。摸黑我才翻墙爬出来,那墙外净是酸枣刺,挂烂了我的皮肉……大桩又说,我没管好你的家当,叔,你打我吧! 老舅不语,烟袋锅里却嚓嚓地迸着火星。好一会儿,老舅才磕了烟灰,扶起大桩,说:"人比骡子和车都值钱,你回来比啥都强!"

　　老舅让大桩静养了几日,唤他过来,把母驴托付给他。然后,裹点吃食上路,追赶南逃的队伍,找他的骡子去了。他爬过秦王山,涉过乌龙河,挨近了克难坡。凡是扎队伍的山窝窝都去了,凡是拴牲口的土窑窑都找过了,就是没找见那两头褐毛骡子。这一日,老舅正在涧滩歇脚,突然山风大作,飞沙走石。那风中居然卷来好几张皮毛,老舅看时,正是他那最熟悉的褐皮,眼睛一黑,栽倒在地。老舅的骡子全完了,只剩下那条黑驴了,那是骡子的根,家业的魂呀!

　　老舅跌跌撞撞返回村。回村那天,刚过汾河,老舅远远看见村上烟火四起,猛赶几步,却在沟坡里发现了村里人。鬼子进了村,父老乡亲都躲出来了。老舅要闯那烟火阵,被众人死死拽住不放,直到天黑才进了村。老舅回家时,大桩正扇打自己的脸:"狗日的,你让我咋有脸见叔呀!"

　　老舅看了看空空的槽头,扭身就跑。他寻着狼烟追去,日本人进驻了尧庙,那头母驴拴在门边的小椿树上。好在门前是一片玉茭地,八月的秋天苗高秆壮,老舅隐在田里爬近他的驴,"黑黑黑——"低唤了几声,那驴就不安稳了,长吼一声,算是应答,围着那擀面杖般的椿树蹦蹦跳跳,挣动得绳紧树摆。老舅急呀,恨不得窜过去解开缰绳,可是一旁不远立着个哨兵。老舅瞪圆双眼,直直窥视着动静,时刻准备瞅个空子冲上去。突然,咔嚓一声,那小椿树折了,黑驴拖着断枝"踏踏踏"地跑了。哨兵追了几步,却又退回老地方,乌哩哇啦喊叫。人来了,驴早没了踪影。老舅回到家,黑驴已在槽头吃着大桩拌好的草料了。

老舅知道伊村就在鬼子的眼皮底下,没敢耽搁,连夜把全家驮过了汾河,住在了姐姐家里,也就是我家。看着老舅愁苦的模样,他的姐夫,也就是我的爷爷百般劝慰。那时爷爷在太原读大学,日军来犯,中断了学业,闲在屋里。爷爷指着黑驴说:"留得青山在,不怕没柴烧。放宽心,准备东山再起!"

谁知,没几日,鬼子烧着杀着抢着又扑过汾河来了,老舅只好赶着黑驴把家里人一趟一趟送上山去,躲在了山窝窝里。安顿好老小,老舅和爷爷又返回村里驮粮食,没有吃的,也会饿死在山上。驮第二趟时,鬼子追来了,在弯弯的山道上,黑驴中了子弹,跌进沟里。老舅和爷爷爬下沟去,黑驴死了。骡子的根绝了,老舅扑倒在驴身上不走,爷爷好不容易把他拽开。回到山上,老舅疯了,嘴里不住地唠叨:

"驴死了,骡子完了,家业败了……完了……败了……"

喃喃的低语从早到晚,又从晚到早,不吃不喝,不停不睡,眼看他一天天瘦弱下去,爷爷心烦意乱,又无可奈何。突然,抬手扇了老舅一巴掌,吼道:

"福胜,你别折磨人了,打垮日本人,我给你一群骡子!"

"真的?"老舅仰起头笑了,苦苦地笑着。笑了一阵,闭住嘴,从此不再吭声。

不久,我的爷爷一甩手走了,打鬼子去了。可是,鬼子走了他也没有回来。

三十年后,老舅再一次说话,说的是:"姐夫,你还我骡子!"说完,断了气。

又过了15年,我的爷爷从海峡那边回来了。他去了老舅的坟上,对着那枯黄的土丘,默默无语,深深鞠了三个躬!从坟上回来,接连数夜爷爷难以睡好,夜夜都被骡子的叫声闹醒。爷爷想起了45年前的诺言,叫来了老舅的后人要给他们买骡子。然而,现实的乡村,耕地拉货早没人使牲口了,遍地跑的都是车辆,骡子也闲弃了,谁还愿意喂养那没用的张口货?爷爷只好聘来工匠,在老舅坟前塑了群膘肥体壮的骡子。塑像落成,爷爷夜夜酣睡,再无叫声惊扰。

远远望去,一抹平展的黄土地上活蹦乱跳着一群骡子。这群生灵日夜厮守着一抔黄土。

狼

狼是故乡伟岸而又机敏的风景。

进入这风景,狼是在黑夜里。夜很深了,人入眠了,圈里的猪羊鸡鸭都打起了盹。惯于打着响鼻吃夜草的骡马驴子也嚼累了嘴,雕塑在槽头了。风早歇了,最爱摇头晃脑的树梢连些微的抖动也停住了。村里村外没有一点儿动静,一切归于沉寂。月亮隐了,让黑夜凝定那深幽的肃然。

这时分,往常妩媚的静寂突然就可怕起来,变成了蕴含着无限能量的火山,似乎随时都有喷发爆炸的可能,任何置身其中的物什都将旋舞成夺目的挽歌! 因而,没人愿意在这静夜中出门,偶有人走动,头发也乿乿的,敢于搏击这静夜的当数狼了。

狼如一位钢骨铮铮的汉子,无所顾忌地走着,走进了村里。而且,很快选择了一所院子,越过豁口,扒在了那支起窗扇的窗台上,窗扇是屋里人贪凉支起的。躺在炕上的人,已经映入狼那莹绿的眼中了,一大一小,大的贴着窗台,小的紧挨在大的身边。狼可否断定她们是母女俩不得而知,但是那突发地攻击却是明确的。也称得上是一个箭步吧,狼已扑入窗去,一口咬定了那个小女孩,转身往窗外跳去。不料,那小女孩迷糊中揪住了母亲的衣角,母亲笨重的身体立即显出了沉沉的负累。狼却毫不退缩,拼命扯拽,母女俩一起翻出窗台,摔下地来。接下去的事几乎可想而知了,静寂中孕育的火山爆发了,母女俩的哭叫声喷射开来,整个村庄都被震惊了。狼仍无惧色,拽动着母女俩从地上蹭过。直到一股寒风扫动耳梢,才不得不松了口,一步飞跃上了墙头。狼横立在墙头,明白了那寒风是一位汉子抢动钢锹的行为,是险险的一着。可是,对着那萎缩在地上的猎物,狼依旧钟情不舍。那汉子又扑了上来,口中的喊叫应合了院外的嚷闹,狼不得不撤了,悻悻跳下墙去,极不情愿地走了。

这夜,狼没有失败,黎明是和着一个不小的胜利来到的。狼退出喧闹纷乱,慢条斯理窜进另一条胡同了。不多时,狼的前爪已搭在了圈棱上,绿色的目光定定地审视着其间的动静。圈内是一头猪,肥肥的,已有不少的肉了,正躺在静寂中消受着夏夜的滋味。那肥厚的肉立时吸引了狼,眼中的兴味调动了喉里的涎水。本该扑上去了,而狼却要村落沉浸于安定之中,似乎在用涎水澄明着心胸的方略。

最终,狼胜利了,那头猪被狼掏了出去,在荒凉的坟地里饱餐了一顿。循着狼的踪迹,不难觅得这位胜利者的计谋。狼先是轻轻掀掉那堵在圈门上的砖石,一块一块,耐心而又轻巧。掏完了砖,狼却没有从门洞钻进去,而是在片刻的沉静后突然翻墙进去的。于是很自然,那门洞成为肉猪逃跑的通道,这正中狼的下怀,狼避免了将它厮弄出圈墙的困难,尾随其后,也钻出圈来。狼没有满足于第一步的成功,立即钳制了肉猪的行进方向,猛然跃过去,咬住了喉咙,扼制了那可能惊扰静夜的要塞,接着,频频扫动尾巴,驱赶着肉猪向目的地挺进。

狼成功了。狼的成功不在于征服了一头猪,而在于掘开了征服这个村落的缺口。掘出这个缺口,狼是调动了不少心智的。村子里有门道,夜晚大门是锁合的,有一堵矮墙可以攀过去,可那墙紧连的院落里有一条不识火色的黄狗。头一次,就险些栽在狗东西那里,狼一进院,狗东西就吵嚷得沸沸扬扬,惊动了四邻。狼败退了,却大为恼火,再过去时,狼想撕烂这东西的皮肉。然而,没有,狼温柔地垂下双耳轻捷地贴上去,还奉上一块烂肉。这样做,狼很委屈。从实力说,收拾这东西不成问题,那黄狗不大,没有厉势。狼没有收拾这东西,是想到没了这东西,还可能有那东西。那东西也可能比这东西更为狡诈凶猛。狼打开这条通道,破费了不多的东西,一块肉,一根骨头,每每光临,将这物儿赐予黄狗,黄狗便没了叫声,乖顺地摇动尾巴送狼过去……

狼在村里屡屡得手,或是一头猪,一只羊,一只鸡,每夜总不会空过的。渐渐,自己的地盘被自己掏完了,成果越来越小,肚皮别说撑圆,填满也不易了,终于坠落于无奈了。似乎有一块尚可以开拓的小园,而那头黑母猪高大凶险,干掉她是不可能的,即使她胯下的那些小猪崽,也被她守护地无懈可击。是夜,无奈的狼,准备在这里捅破无奈,狼久久趴在圈棱上,久久盯着那圈中的黑影,企盼能有一只偶然露头的小崽成为自己的食物。但是,他失算了,那黑疯婆凶凶地守着小崽,不容它们跨越一步。狼久久地待着,只等待到暗夜消散,繁星融解。

狼无奈了,要撤退了,又不甘心这般无奈。

一忽儿,东宅西邻的门都吱吱地开启了。有男人,也有女人,探出头来疑惑地问,谁家娃在哭呀?没人应声,又听见了凄凄婉婉的哭声。哭声牵着众人的脚步觅去,出了村,过了河,那哭声就在黄泥堆上,从刺稞子里发出的哭声越响了,众人几乎是小跑了,惟恐去晚了那娃会有什么不测。突然,黑压压的来人愣住了,刺稞子下绵软着一只狼,那哭声正是狼的吟哦。

众人恼了,喊闹着拥了上去。

狼迅速跃起,朝身后的崖上跑去。那跑动的样子不急不躁,不慌不忙,是一种少见的从容。时而还停下来看看赶得慌忙火急的人群。待人们逼近,重又颠达起脚步。

人,跑跑停停。狼,停停跑跑。众人撵去好远,威威武武把狼送回了后山。

这时,日头腾上天空,照得坡上、梁上血染了一般红。

黄河边上的那条白狗

这条狗蓦然窜了出来，如同40年前那盏油灯一样亮堂了遥远的往事。

在这条狗没有窜出来的时候，我直恨自己失忆，直骂自己健忘。友人带我来寻故地，从县城坐车出来，翻了九十九个梁，爬了九十九道坡，绕了九十九道弯，然后在细碎的小路上往下滑落，落到不能再落了，就与黄河对了脸。这会儿的黄河不黄，西斜的阳光让它闪耀着水银般的亮光。我看看滚动的银河，再看看河边上破旧的村落，怎么也想不起我那年来过的就是这地方。我知道不会走错，陪我来的友人是熟悉这方水土的领导，村边那位叼着旱烟锅的老头，喷吐着从清代弥漫到民国的烟雾，眯缝着眼告诉我这就是平渡关。

平渡关，在40年前初冬的那天曾是我们奔波的一个目标。当然，这个目标只是远大目标中的一个接点。我们的目标是去延安，那里是中国革命的圣地，虽然我们不说朝圣，说是瞻仰，内心里涌动的那种激情我敢说比朝圣有过之而无不及。是啊，一支头顶斗笠、手拄柴棍的队伍，疲惫不堪的队伍，竟然在这里歇脚、生息，跨过黄河，推翻了三座大山，建立了一个红彤彤的人民江山，这真是天大的奇事呀！这期间也不过就是13年，13年就让那些骑在劳苦大众头山作威作福的地主、资本家统统见鬼去了，让工人阶级、贫下中农统统过上了幸福美满的生活，这是何等令人心潮澎湃的业绩呀！因而，遍地高歌："天大地大不如党的恩情大，爹亲娘亲不如毛主席亲！"唱过歌儿沉思,我们过上了幸福的日子,可世界上还2/3的劳苦大众仍在水深火热之中呀! 不是说无产阶级要解放全人类吗? 我们定要让全球的吸血虫见鬼去! 到延安去,到圣地去,取真经,觅真宝。带着这样的豪情上路,我们挺进在黄河岸边的山沟沟里,那一天无论我们再怎么抖擞精神,再怎么快步直赶,仍然是摸着黑钻进这平渡关的。钻得我们四肢并用,虚汗直流,惟恐一失足栽进哗哗鸣响的黄河里去。直到钻进一孔窑洞,炕沿上一盏如豆的油灯才亮出了难得的光明。那个夜晚,就是这灯光照耀我们喘嘘落汗,照耀我们喝水吃饭,照耀我们入眠的。我知道那灯光并不算亮,与城里的电灯相比,只能是昏黄。可是历经了少见的黑暗,昏黄也成了奇特的光亮。多少年过去了,那如豆的光芒仍亮彻着我的心房。

实在是太累了,再睁开眼时已是雄鸡唱过天下白了。出得屋来,我认识了黄河边上的白狗。不过,在我看到白狗之前先看见的是面对朝着日头奶孩子的大娘。沐着鲜暖的阳光,孩子微闭着双眼,紧衔着奶子,似乎是吮吸着享受不够的惬意,扑哧一声,就见嫩黄的汁液喷洒了她娘一裤子。我禁不住哇的一声! 时过迁境,我想我那声哇是感到这摊子太难收拾了。可就在这时,我将那个形容革命烈士英勇就义的词语移植于这位大娘了,因为她的举止让我觉得除了从容不迫实在没有更恰当的词语了。当然移词于她的这一刹那我觉出了自己的鄙下,我察觉了自己灵魂深处尚有深潜的污垢。不过,那大娘千真万确是从容不迫,她低头一看,微微一笑,柔声长叫:"呦——呦——"白狗就在这时上场了,它跑得很快,却丝毫也不慌张。到了母子前面,伸长舌头就在母亲的裤子上舔了起来。细长的舌头是那样的绵软,一抹而过,布面便干净了。接着,舌头一扫,娃娃的屁股也干净了。再低头劳作,地上也一片清洁了。我哪里见过这么动人的场面呢! 城里的狗也吃屎,可绝没有这么见义勇为的场面,只不过捡拾点路人夜遗在墙角的粪团,相形之下,这急人之难的场面太精彩了! 于是,我禁不住多看了几眼。这是一条白狗,白得没有一点杂色,若不是染了些灰尘,简直像是棉绒一般。这白狗耳朵不翘,尾巴却上翘着。上翘的尾巴卷成一个圆圈,跑起来活像带着一个圆润的句号。多少年后,我才懂得这白狗根正苗红,是一点儿也没有受过外来血统浸染的纯种。

一时间,我对白狗充满了敬慕之情。我盯着它,只想多看几眼,可是,辛劳完毕,这白狗不邀功,不请赏,谦谦地跑走了。它的匆忙让我想到不知又去何处帮急解困去了。顺着它的身影,我看到了高高的土崖,崖下的土窑以及窑顶那绕上山梁的小路。无暇问及白狗了,为了远大的革命志向,我们沿着那小路上去又下去,渡过河去了。

这天我再次来到黄河边,白狗也不是孤身出现的,它带入我眼中的有土崖、有土窑,还有绕上山梁的那条小路。白狗让曾经凝视到的一切又回到了我的身边。我渐渐发现了一个熟悉而又久违了的平渡关。村里好静,走走转转,只有几个满脸密布沟壑的老汉、老婆,要么收捡晾晒的花生,要么拍打干透的豆蔓,当初见过的景致重又扑入了眼帘。这样说时,老汉、老婆并不心欢,撇撇嘴说:"瞧,那沟里还添了新窑哩!"新窑对我看来也不新了,至少也有十来年光景了!想到十来年,我就心酸心寒,我们不是要用十来年红遍全球吗?却怎么平渡关只添了这么点光景,而这光景连自家的孩儿也收罗不住了,都出去了,仅留下了白发爹娘和那根正苗红的白狗……

抬眼看看白狗,白狗还是昔日的模样,尾巴依然上翘,上翘的尾巴依然像个句号。这些年了,城里的狗早就变了万千式样,高的变低了,大的变小了,看门的变成居家的了,变得比家里人还不知尊了多少,贵了多少。反正,尊贵的主人一出门,怀里抱的是至亲至爱的狗宝宝。而平渡关的白狗,一点儿也没变。我不知道这只白狗是那白狗的孙子还是重孙,但我知道它们这个家族神圣的血缘仍然没有受到外敌的侵扰。我向白狗走去,白狗却不明白我和它的祖上曾有一面之交,竟然昂头耷耳朝我狂呼大叫,结果吼出了它的主人,顺手就用长把扫帚给了它个严厉警告。白狗,耷拉着头悻悻地去了。它走不多远,看见一群母鸡,突然发力向它们窜去,一下窜进了鸡群里。群鸡四散飞起,叽叽嘎嘎叫出了平渡关少有的生机。白狗不走了,眯着眼得意哩,总算出了点刚才被主人打罚的闷气。公鸡却憋了气,蹦跳着扑来,跃上狗背连啄带叫。白狗不理不睬,一副大度超然的佛姿。公鸡闹够了,没戏了,站在白狗背上伸长脖一声长叫,母鸡们都回来了。

这时候,太阳落了,黄河黄得浓稠浓稠的。

鳝鱼

这地方奇了。向北是黄土垣,向南是黄土岭,向东向西也是黄土垣、黄土岭。惟有这当间水灵灵的一片,满眼的绿。这簇绿是一条河滋润出来的。河叫母子河,从西山脚下流出来,滋田润土,洇染出黄土的灵性。

河里有鱼,鲶鱼,鲤鱼,还有梆子鱼和窜条子鱼。鱼里头数鲤鱼好看,红脊,红尾,红眼圈,装点在银亮的鱼鳞上,真有些雪映红的姿色。窜条子鱼好抓,多在岸檐下的水草里落脚,头朝上水,尾顺水流,要摸,先把一只手堵在上头,再用一只手从下面往上移动,快触尾梢,惊了那灵物儿,闪电般疾驶,正好闯进堵在前面的掌心。另一只手很快前去,双掌合实,窜条子鱼就成了俘虏。

每回抓到鱼进村,或柳条串着,或盆子端着,我们都气昂昂地走,活像凯旋的将军。村边有棵老柳树,老柳树老得弯了头。弯头柳下坐着一帮儿白胡子老头。白胡子们见势凑前来,要看我们的收成。看了总说,不如我们先前,那会儿河里鱼多,一袋烟的工夫,能捞一桶。哦,对了,还有鳝鱼。鳝鱼,没见过吧,那时你爸的囟门还没长全,你咋能知道呢!鳝鱼那主儿,长着哩!说着双臂伸直,似乎那鱼足有五六尺长。又说,鳝鱼肉好吃着哩,彻头到尾一根长刺,不费啥口舌,说着咂巴着嘴,喷出的似乎也是鳝鱼味。我们这伙猴崽听神了,马上想扔了手中那些丑物,扑下河去,拎几条鳝鱼上来。

鳝鱼,成了大伙儿的希望。

希望一直是希望。为了捕获希望，有一回我们下了狠心，走出去老远，到了母子河入汾河的岔口，扎网上移。扎网逮鱼是出好戏。方法是，由两人将鱼网绷开，堵严河口，几个人脱光衣裤，跳下水去，从上游百十步往上扑腾，鱼受了惊吓仓皇逃窜，窜进网里的，就是我们的收成。越往上扎，鱼挤匝得越密，收成越好。我们一网挨一网扎着，扎没了日头才扎近泄洞跟前。鱼抓得不少，却没有鳝鱼。白胡子们笑了，拈着胡子说："憨娃们，鳝鱼鬼着呢，一惊动早钻了洞，难抓哩！怎么样，本事不行吧！"

我们总想在白胡子面前显显威风，越发想鳝鱼了。隔几日，我们下了苦心，打坝垒堰，把河水避开，围歼大大小小的水洼。所谓围歼，是句外行话。行当话应是竭泽而渔。我们用盆子、木桶刮干洼子里的水，捡鱼，还用柴草点起火，往河沿边的洞里扇风灌烟，熏那洞里的物儿。折腾了几天，也没见鳝鱼的影儿。惟一的希望在那泄洞了。泄洞是水磨的配置物，泄洪水用的。怕洪水猛了冲垮水磨，在河上头不远处开了口，平常用木板闸死，只漏些线缕般的水丝。山洪发了，拉了板闸，任那狂物肆虐，水磨落个安然。那狂物一过，泄洪口阔了，深了，成了泄洞，活像山峁上庄户人家的泊池。泊池没了天雨会干涸。泄洞成年累月有活水滋补，常常是丰盈的，和下头的河水缠绵得难分你我。泄洞的水弄不干，慢说藏了鬼精明的鳝鱼，就是梆子鱼、窜条鱼钻进去，我们也只能望洋兴叹。鳝鱼，成了撩人的心事和话题。不仅我们，我们撩逗得一村两巷的人心都热了，都想见识见识这物，这物总不露面。隔些日子，我去公社谋事干，把这话题吐在饭桌上，稀罕的人满多。我学着白胡子们的样子比划鳝鱼，众人热火地应和，不知是眼馋还是嘴馋。

突然，蹦出个逮鱼的机会。公社搞农田水利建设，要把母子河截弯改直，新河道把泄洞闪到了一边。新河道挖成那日，要把旧河里的水围堵过去，这叫合龙。水滔滔的，难阻难塞。草袋子扔下去，翻个滚就飘远了。正是冬日，风紧天寒，大喇叭高喊战天斗地也不济事。公社主任赶到前线督战，呼唤伙夫挑来了两桶白酒。然后下令："小伙子们，有种的喝，一人一只碗，尽够地喝，热火了下！"酒能生热，也能壮胆，转眼间，早有人咕咚咕咚灌下肚去,撂下碗,一用棉袄棉裤,"扑通"跳到河里。接二连三,河口堵了四五条好汉。随着草袋子的落水,坝堵实了,水驯服地入了新河,泄洞成了死水池。广播喇叭传出了大坝合龙成功的喜讯,好汉的名字也被连连播报:许二蛋、张小毛、王大彪……

是日晚饭,公社主任宣布,夜里九点集合,有紧急行动。何事?没说,需要保密。越是秘密,众人越想透个底,你猜东,他猜西,一直猜到集合的时分。什么学习啦,批判啦,加班苦战啦,都他娘的胡扯!主任下达任务:"今夜刮干泄洞,捉鱼。"此令一出,欢声四起,又被主任喝住,悄声些。四面出动,工地上的七八台水泵都被抬来了,接上电,哗哗啦啦鏖战。水哧哧下去,只半个时辰,露出了河底。主任宣布,一切缴获要归公,不准私拿私分。

河水落得更快了,看得见蟹们鱼们惊慌的模样了,爬的,跳的,埋头往一堆里挤。挤也无奈,全部被俘,被灶房里的两担水桶晃晃悠悠担走了,鱼不少,仍没有鳝鱼。回去的时候,夜沉沉的,众人不困,说说笑笑的。主任不语,默默地走着。

夜里回屋,我们悄悄睡了。二日饭时,我们秘密吃了那鱼。孰料这事儿还是抖搂出去了。有人说,那晚主任是要抓鳝鱼哩,我才想起回村路上他那默然的作派;又有人说,主任蓄谋已久了,本来不用废那泄洞,我才留意,直直的新河果然拐了个不显眼的弯儿。晓了这事,白胡子们好笑,抹把眼泪说,狗日的,想逮鳝鱼,没门!日本人来犯的那年冬日里,苏二公子个嚼舌根子的,说河里有鳝鱼,刺少,好吃。招惹得小日本动了心,刺刀逼着四乡八村的男人沿河乱摸。那个天呀冷死了,三湾村的牛娃子,五大三粗的汉子,多摸些时分,倒在河里就没上来。说也奇怪,往常河暗檐里,一摸一条,这日却连个鳝鱼毛毛也不见了,鬼了!小日本躁了,在蛤蟆堰那儿,照脸扇苏二公子哩!那家伙想说什么,还没出口,一把刺刀已从前心穿到了后心。打那会儿起,这里的鳝鱼绝了根,还捉得着么?

往事早去远了。写这篇文章前我曾回乡下一趟,昔年上大喇叭颂扬过的堵河人物却一个也没见上。问起他们,都说殁了。我有些纳闷,正当是壮实年岁,咋倒去了? 忙问原因,答是病死的,风湿性的心脏病。死就死了,死是或迟或早的事,我总觉得他们的死和鳝鱼有些瓜葛,心里疚疚的。

凝固在铃声中的漫画

一

小学校里的铃声朴素得很。

朴素得和城里那冰棍摊上的声响一模一样,都是铜铃。都要手摇。

或许是上学前我进过城的缘故,或许是进城时我凑巧听到过卖冰棍的铃声,后来,校园里的铃声总把我的思绪牵进城里,牵到那生意并不红火的摊点前,甚而,还听得到摇铃者悠长地吆喝:

"冰棍——2分——"

2分是冰棍的价格。这价格委实不高,但也不见得生意能好到哪里去。何况这生意是季节性的,到秋冬是绝然卖不出去的。那时候,我很小,没有过多的想法,只是觉得那铃声响得有些凄清。

铃响时,我便有些伤感。

是愁于桌前漫长的枯坐吗?不尽然。因为铃声宣示的不只是上课下课,还有劳动,而且是无休止的劳动。捡麦穗,摘棉花,掰棒子,占去我童年的多数时日。不记得哪本小学课本我们从头到尾读完过,抑或这就是大跃进年头给我们的永恒纪念。

如今,四十个年头过去了,那铃声我还时常听到,在心灵的深处已成为一幅墨宝。似乎选择那铜铃就是选择了一种命运,命运注定了我们学校的课桌要领受冰棍摊一般的冷遇。

也许没有这么复杂，世事只是凑巧了。

二

有一天，沙哑的铜铃突然挣脱了老校长的手，跌在地上，碎了。

更换铃铛成了校园的主题。

买个新的不就行了？事情却没那么简单，因为这时的校园大了好多，初小变成了完小，拥有六个年级了。原有的教室不足，又新添了屋舍。铜铃的微弱声响无法传到每个角落。试过几种铃，都不那么称心。好一段日子，代替铜铃的是一枚哨子。

也许这段日子就是为了等待一个故事的出现。

这是个残阳斜照的冬日，学校的废墟上还有些老者在蠕动。他们是戴帽的坏分子，酷寒中的劳作是他们罪有应得的享受。不知他们怎么会挖出一截铁道上的钢轨？不知道他们为何将那钢轨敲打出少有的声响？反正，那响声传唤来不少人，指指点点，叫叫嚷嚷。大家把那尘封土掩了好久的东西悬在空中，拿根炉条一击，脆亮地脆亮地响声传出好远。

钢轨成了传令的铃。

铃声中，师生们虔诚地敬祝毛主席万寿无疆，方才能进入课堂。

悬起钢轨的当口，我注意到一双困惑的眼睛。那里肯定深蕴着密语，但是，因为阶级界限的阻隔，我无法走近探知。

探知那目光中的困惑已是十年后了。

老者告诉我，那是一截阎锡山时造的钢轨。他的火车轨道窄于山西境外，但小日本还是要窜上去运送弹药。因而，瞅个暗夜，他和队伍上的人掀翻挖断了。那时，他还年轻，操起一截扛回村里，顺手扔下。不意这东西会在万山红遍的年头亮相，而且，响响亮亮了好些年。

不敢设想，假若阎长官有先见之明，他还肯设造这物吗？

显然，这钢轨的响声滑稽了世间。

三

电铃的出现给校园带来了喜鹊般的兴奋。

欢呼雀跃。欢呼雀跃。

学生娃娃的狂喜注释了这个词语。

谁也没想到,这爱物带来了一场风波。

风波应该从暗夜起始。村里的人在深深的梦中都听到了电铃的响声,冬夜的梦是不短了,可是那铃声还是穿透了它。而且,悠长响亮毫无停歇的意思,但终归是停了。梦的继续让人很快忘却了事情的端点。

也有人难以忘记,他就是村头根正苗红的支书。

一早,他即来查访昨夜的响亮,一看,立即瞪圆了两眼。

电铃的拉线上挂着一只破鞋!

破鞋的意思谁都明白,挂这东西难道是对贫下中农管校的不满?

很快,支委们来了,大小队干部来了,党团员来了,都很气愤,决计追查这挂破鞋的罪魁祸首。

拍完照,治保主任小心翼翼地解下了破鞋。

破鞋一落,铃响了,而且响得无休无止,任人拉拽开关,电铃一意高唱,毫不停歇。

云集的人更为疑惑,脸上布满黑云。

这时候,来了一个人,是单脚蹦来的。挤过人群,夺过破鞋,复又拴上,铃声马上停了。

众人惨淡地笑散了脸上的云团。

来人是管校代表。周末的校园里师生杳然,他一人独享着所有的黑暗。他听到铃响时,屋里亮得刺目耀眼。来电了!很显然,突发的停电中断了曾经的响声。中断的响声变成了尖利的呼叫。他不愿意离开温情的被窝,而尖利的响声却闹得他再难入睡。他终于扑进了冷暗里,手拽住了拉绳,铃声停了。然而一松手,又响了。开关坏了,铃响得嘹亮而无奈。

还算代表聪明,最终用自己一只鞋解救了自己。

有关破鞋的风波当即平息了。可是,那风波引发的故事却让村里人有滋有味地快活了好些日子。

红裤带

红裤带维系着生的希望和死的哀伤。

自听到这个故事,我的心头就一刻也难以平静。故事的主要人物很少,就是她和他。他住在山里。山里煤很多,正如老辈子人说,戳个窟窿就是钱。山里人戳窟窿的不少,戳开窟窿从里头往外掏钱的人却不多。往外掏钱的人来自山下,来自远处,河南的,浙江的,也有四川的。不管哪儿来的,山里人统称他们外乡人。外乡人从暗乌的窟窿里掏出来的钱,不是自己的,是戳窟窿的那个人的,那个人是窑头。窑头把自己腰包塞鼓了,才给往外掏钱的人甩下三核桃俩枣。可就这三核桃俩枣,也让外乡人好不眼红。因此,下窑挖煤的前赴后继,从没缺过人手。

山里人不下窑挖煤不是嫌那活儿苦累。山里人从来不知道苦累,下沟苦累,爬坡更苦累。可出门便是下沟爬坡,苦累惯了,倒觉得过日子就是这滋味。若是有人问:"干什么的?"山里人想也不想就会回答:"受苦的。"受苦的人就是受苦的命,咋会怕累呢? 受苦人惟一怜惜的就是自个儿这受苦的命。他们祖祖辈辈忌讳的两种事都和这受苦的命有关:一种是死了没埋的,那是当匪抢劫的;另一种是埋了没死的,就是下窑挖煤的。岁月沧桑,地老天荒,不知改变了多少规矩,可是这不下窑挖煤的祖训一直恪守到今日。

他是头一个违了祖训的山里人。

他下窑挖煤是因了她。她生在川里,长在川里,却跟了他走进山里。川里灵秀,山里荒蛮,她走进山里,人们都说一朵花插到了牛屎上。她不当事,她觉得对象,对象,看对了眼才能对上象。在那一个班里、一个学校里,她就看他顺眼,便铁了心跟他,跟他钻进了这山里下沟爬坡。他心里愧疚,让她跟着自己活受罪,何忍!他去过城里,人回来了,心却还牵挂着那里。他对她说,要把她带到城里去。她听他说这话时,眼里亮汪汪的。那亮汪里有惊喜,也有疑惑,他盯着她嘹亮地回答:"是城里,不是川里,就是城里!"他不是妄言,他知道眼下不是早先了,早先别说进城,就是出门转个亲戚,还得村头点个头。眼下只要有钱,别说是山下的县城,就是遥远的京城都进得去、住得下。不假,钱能打开下山的通道。

可这山里来钱并不容易!别看戳个窟窿都是钱,但是,轮到他想戳窟窿的时候,窟窿早戳遍了。而且,哪个戳窟窿的都有头有脸,自然这戳窟窿没有他的份了。他只能到别人戳开的窟窿里下窑挖煤了。她不让他去,死活不让他去!她说,和你在一起,再苦都是好日子。他瞅着她流泪了。流泪的那夜过得倍加甜蜜。

第二日,他回来的很晚,她提着心等他。她知道他悄悄下窑了,一进门就盯紧了他的脸。他淡淡一笑,掀起袄襟说:"别怕,窑头早就替咱上了保险!"

他腰里拴着一条红裤带。

红裤带!

红裤带是避邪的灵物。奶奶给爷爷拴过,母亲给父亲拴过,腰间拴上一条红裤带,就把命拴在了天神大仙那里。红裤带是庄户人祖祖辈辈的保险。她不再说什么,翻出自己那件红毛衣,抽出线头,拆了,用那毛线亲手织了红裤带。

红毛衣织成一条又一条的红裤带;

他系着红裤带下窑挖煤,一天又一天。

……

大年夜了,她在孤灯下织着最后一条红裤带。她那红毛衣抽出的红毛线用完了,他也挖回了不少的钱,够进城买房了。他已和窑头说过,不再下窑了。窑头应了，可他还当着个窑下的班头，翻过大年才会来个替手。他和她就盼着那个替手快来。夜黑得好深，他回到了家，是拜完窑神赶回来的，他不忍心她一个人孤身过年。他对她说，窑头真舍得，祭神的全是整猪、整羊，还有整头牛。烧的那高香，比胳膊还粗还长，他头一回见到。这还不是要为大伙儿讨个平安吉祥呀！她听得和他一样欢喜，觉得窑神收了大个的三牲一定比他们还欢喜，一定会保佑下窑的他和窑下的那些伙计。

他们欢喜过睡了。她睡得很沉实。若不是大年接神的爆竹炸响，她还在沉实的梦里。她醒了，孤独地醒了。她知道他要带班，要下窑，会早走，可还是吃了一惊。她是拉亮电灯时惊叫出声的："糟了！"

是糟了！炕头上显摆着他的红裤带，她的裤带却不见了。她顺手拿起他的红裤带就往外跑。

寒风呼啸。

披头散发。

上气不接下气。

跌倒在路上。

爬起来再跑。

她要早一秒跑到窑上，把红裤带拴到他的腰里！

她在新一年的晨曦里猛跑，疯跑，直到摔跌在窑前。

新嫩的阳光映照在窑场那硕大嫩白的整猪、整羊、整牛上，笔直的高香还没燃完，悠然喷吐着安闲的青烟。窑上却一片慌乱，她就软瘫在那一片慌乱里头，无论如何也爬不起来。

她终于爬起来了，那是她看见了他。他死了，和窑下的那些伙计一起死在瓦斯的爆炸中了。她没有泪，撕扯着红裤带一声又一声地喊：

——我迟了，我来迟了！

高香燃尽时，窑头见家属了。一个个哭着嚷着的都打发走了，就是不见头一个跑到窑上的她。众人去找，沟里坡里都没有，她在窑垴上。直挺挺挂在窑垴上的柏树杈里，脖子上系的就是她手里撕扯的那条——

红裤带！

潇洒醉一回

男儿不喝酒,枉做一回男儿。

喝酒不醉酒,难为世间的真人。

天若不生个仲尼,后人去哪里讨个分晓? 人若不酿出酒来,世人到哪里求得个真实?

酒,这有色或无色的液体,蕴藏着热烈而善变的学问。

喝吧,把盏而饮,一杯一杯吞下去,吞下去,一股烈焰直扑肺腑,一腔豪情蓦然升腾。弱的能强了,慢的能快了,低的能高了……转瞬间,穿越了漫长的时空,回归了历史的端点,桌前那衣冠楚楚的酒友已经判若另人,起码眼前的你我他已经面目全非,或者,虽然形体依然,而那胆略、气魄、谈吐,绝然已飞越千年万载,回到了人类起源的久远年代。

于是,想说则大声说,想笑则大声笑,想哭则大声哭,想骂则大声骂! 说起来滔滔不绝,势如破竹;笑起来响响亮亮,声震寰宇;哭起来撕肝裂肺,石破天惊;骂起来更是爹娘祖宗,倾国倾城! 这一切的一切,都归结于一点,自由洒脱,而这自由洒脱生动出的莫过于人生本真的痛快!

多少代了,长路漫漫。历史在演进,人类在变迁。有了蔽体之衣,有了栖身之所,有了语言文字,有了家庭伦理,有了君臣父子,有了……有了不同于任何物类的富足,富足的人主宰了天下,主宰了世界。

人成全了人,并自诩为伟大的人。

伟大的人一旦回首身后，每一次拥有就是一次失去，每一次获得就是一次遗弃。拥有了衣着，失去了赤裸裸的健美；拥有了居所，失去了餐风宿露的洗礼；拥有了语言，失去了长腔短调的吼声；拥有了固定的家室，失去了领略天下风流的艳遇；更可悲的是拥有了那编织严密的纲常，一个没有束手缚脚的人，却可悲到比捆绑起来还要难受的地步。人的行为一日千里，扩大到要占有任何空间的状态；人的灵魂却一落千丈，禁锢到满是栅栏的方寸之地。

想，要想人无远虑，必有近忧；

说，要逢人只说三分话，不可全抛一片心；

笑，要会笑的笑在最后头；

哭，也还要男儿有泪不轻弹。

一个活人，一个有血有肉的人，麻木了，痴呆了，憨愚了，如同泥塑木雕，更像提线木偶，一切的行为举止，都有皇家的准则在限制着人，约束着人。符合这范本的人，才被称为好人。

好人难做。

世上好人还是居多。多少好人背负着精神的重载攀爬躬行，如同乌龟，更似蜗牛，优柔的，寡断的，迟缓的，木呆的，莫说与先祖，与早先灵动于万兽之上的先祖相比，即是如同囚笼中的猴子，失去了应有的机敏和灵动，迅捷和活跃。

人类不甘沉沦。

每一种竞技赛事，尤是体育运动，都是人们对自由自在的呼唤和再现。人们企求解放，要还原自身的粗犷和彪悍、机智和灵敏。君不见运动场上，有了跑，有了跳，有了掷，还有平衡木和单双杠，更别说这个球，那个球，撩拨得人们疯疯狂狂了！说穿了，哪一种比赛都是想追索曾经消逝的本能。退一步说，体育运动还原了人的肌体功能，可是，肌体的解放，与思想、精神的解放还有着八千里路云和月的距离！

缩短这种距离，迄今还没有什么秘密武器。纵观天下，惟一可供选择的就是那瓶中平平静静、清清亮亮的液体！不知缘何，我们的先人会酿制出酒这种东西。出于何种动机？达到何种目的？无法考证，也无需为之劳神费心，我则武断地判定，酒这精神的魔魂，就是要提醒和警策不断萎缩的人类。

这魔魂给人的先是一种迷惑。杯中之物，虽为水滴，却无江海之汹涌，海洋之汪肆。它娇媚，纯净，亮丽，玲珑，如舞台之歌女，如宫廷之嫔妃，似乎只要钟爱，只要动容，人这王子便可伸臂，便可享用。偏偏这魔魂入口下肚，立时就火冒三丈，热血涌溅，奔突的脉搏撞进了飞越远古的狂欢！一霎时，没了樊篱，没了钳制，没了障碍，没了挂牵，灵魂的赤裸，精神的粗犷，如同类人猿一样，已经在驱使和征服万千物种了！

这时候，服饰已遮掩不了本身的赤裸，语言已还原为初始的吼叫，举止也退化为四肢着地的跳跃……哪里还有限度？哪里还有拘禁？再没有比这更自由了！这或许才是潇洒，这或许才叫潇洒。潇洒应该是本质本色的自然展示。那种衣冠楚楚的潇洒，彬彬有礼的潇洒，落落大方的潇洒，那被人们叫习惯了已经约定俗成的潇洒，有哪一种敢同这魔魂缔造的潇洒相比？这潇洒才是人类惊天地、泣鬼神的潇洒！

刘邦因之潇洒高歌："大风起兮云飞扬，威加海内兮归故乡！"

曹孟德因之潇洒长吟："对酒当歌，人生几何！"

李太白则因之仰天大笑出门去，对世呼吁："天生我才必有用！"

好个魔力无比的酒！

好个动人心魄的醉！

倘不喝酒，怎能算个男人？倘不醉酒，怎能算是真人？

喝吧！求真求实求本分的人们，众里寻他千百度，蓦然回首，那人却在灯火阑珊处。那还有顾虑忌讳吗？敞怀喝吧——

潇洒醉一回！醉一回！

采云

　　这天一早，我很开心。一上车，诗人痖弦先生就朝我走来，笑着说，今日咱俩坐一起好好聊聊。我真高兴，世界华文文学家桂林寻根活动就要谢幕了，白天观瞻完毕，晚上他将飞抵台湾。昨夜我去拜会他，他房间人多，说了不少话，却不是我俩的话题，这当然有些缺憾。近年每次相逢，我们都少不了倾心相谈，我不写诗，可也从他的诗论中获得很多启悟。同座相叙，弥补缺失，这是件求之不得的好事。

　　汽车驶出街市，在桂林山水间行驶，我们的谈话也渐入佳境。时而坦荡，时而婉柔，时而峻峭，时而幽深。痖弦先生用他的切身体会，将为文之道讲得晶莹剔透而又温润醇厚。我们如同对饮一壶杏花村的老白汾酒，看似无声无色，入体却腹热神畅。不知不觉到了龙胜寨，带着诗文的醺意，我们参观了这第一长发村的瑶族风光。之后，便向龙脊山爬去。

　　我一向喜欢山水，尤其喜欢这难得一见的南国秋色。这天，又不同于以往，云雾蒙蒙，扑朔迷离，将这南国秋色掩映成一位在帏帐中的贤淑美人，想看个真切，又无法看到纱帘里的眉目，这就更撩得人心头生痒。沿着弯转的山径，大步拾级，不觉攀到了前端。这山的妙处在于梯田，一层一层的梯田随着我的脚步高到了山尖。低头俯瞰，那大大小小的田块好像一片一片的鳞衣罩满了峰岭坡谷，让这沉实的土地生动得诚如龙体，难怪人们称之龙脊山。这风光就够迷人了，可长天还嫌少了动感。于是，云来了，来得像是莫

乔忠延客体散文

高窟中放飞的一群仙女,携手挽臂,裙袖飘逸,轻轻盈盈扑入沟谷,和鳞体擦擦肩,牵牵手,忽儿又飞上山尖尖了。在北方,哪里看得到这么柔美而又灵动的云彩? 我看呆了! 云彩似乎察觉出了我的痴情,旋舞着衣带飘到了我的眼前。我伸出手去,轻轻一采,摘了一朵,装入衣袋,浑身就有了柔酥的感觉。手里采着云,采了一朵又一朵;脚步追着云,追了一程又一程;口中吟着云,吟出了白居易的诗:花非花,雾非雾……

若不是漫天的云雾变成了逸飞的烟雨,还真止不住我采云的贪心。我钻出云来,悻悻地下山。上车坐好,桂林孔子学院的肖先华先生提议,朗诵诗文为痖弦先生送行。我哪里会想到徐捷歌女士朗诵的竟是痖弦夫人张桥桥的文章? 我哪里会想到文章的题目竟是与白居易诗作同名的《花非花》? 真是一篇蘸了蜜汁的甜心之作! 文章写她和痖弦先生的初恋以及新婚的佚事,细腻中饱含情趣,迷人极了。如今,张桥桥女士辞世了,朗读此文真是对她最好的怀念! 随着音韵的起伏,我看见痖弦先生的眼眶中盈溢着晶亮的泪光。

朗读完毕,痖弦先生说,这是内人24岁时写的,今年元月她去世了,《世华文学家》重发此文表达了我们对她的思念。她很有才情,应该能写出更好的诗文,可惜身体欠佳,未能如愿。她一张口,说不定就是诗的语言。她的病总是白昼重,晚上轻,倘若夜里说话音高了,她会说:“小声些,要尊重夜晚。”谁家里不干净,出自她嘴里的表述是“尘土排队呢!”多么精彩的语言,听得我耳目新亮。痖弦先生深情地说,如今她去了,但她仍然在我心里。加拿大那个家是我们两人的作品,过去我们以桥园相称,今后仍然以桥园相称,而且,里头的布置仍然如原先的模样……听着这低沉的话语,我的心湿漉漉的。如果看得见,你会发现,我湿漉漉的心上还闪着痖弦先生的泪光!

这天夜里,送走痖弦先生回到宾馆,我找出《花非花》一文仔细品读,毕竟车上的颠簸难以让我尽享其中的浓情。展卷读来,我走进了他们的风华岁月。他俩的初恋并不顺遂,张桥桥写下的是,“那时他常来找我,但我想我是绝不会嫁他的。”可是,她终究嫁了他,而且和他相爱了一生,这又是怎么回事? 她写道:“有一次,我们在月光下散步,他看着月亮,走了好长一段路,

采云

句话也不说，慢慢哼起来，声音低沉而优美，哼着哼着，歌声全变成他对故乡和母亲的呼唤，听得我的心紧紧地抽起来。侧脸望他，也正有泪自眼眶滚落，透过松针的月亮在泪中碎成了千百个。"他的乡愁在音韵中传给了她，感染了她，她和他走近了，更近了，近成了一家，和他共同消解着那无法驱逐的乡愁。

沉浸在这优美醉人的文字里，我听到了痖弦先生发自肺腑的声音："啊啊，君不见秋天的树叶纷纷落下，我虽浪子，也该找找我的家。""我的灵魂原来自殷墟的甲骨文，所以我必须归去；我的灵魂原来自九龙鼎的篆烟，所以我必须归去。"这是40多年前他写下的诗篇，昨日的大会上他重新朗读，仍令人心魂激荡。莫非那个月色如银的夜晚，张桥桥女士在青翠的松林中听到的就是这游子的心声？此时这心声和"尊重夜晚"的妙语融为一体，让我顿生高山流水的感慨，他们真是一对千古难觅的知音呀！

多么令人艳羡的幸福夫妇！

"婚后，他的确努力替我做许多事，洗青菜——洗好又揉成一团；洗衣服——一件一小时；扫地——扫一半又去看书了。"这是妇人的嗔怪，内中却蓄满了对情郎的深深爱怜。"我爱月亮，山居和空想，他说要为我造一间茅屋在山坡上，屋外种棵大榕树，树下放把椅子，让我整天蜷在上面思想和流泪。"这是丈夫许给娇妻的宏愿，可一看就知道这不过是诗人的心灵浪漫！

然而，可爱的知音却领受了这个宏愿，珍藏了这种浪漫。"我没有住成山坡上的小屋，但我知道它仍在。有一年的有一天，我们会在云涌得最多的那个山坳里找到它，你若到了山里去采云，请不要走得太深，采得太多，因为会惊醒那朵云根下的银鬓白发的老公婆"。

文章读完了，揪疼的心却久久松不开来，疼得我落泪。泪光中我看到了我，看到了我在龙脊山上爬得太快，攀得太高，而且贪婪那云，采摘了好多好多，钻到了深云的故乡，以至惊扰了真纯的英魂，痖弦先生未能在这白云生处与娇妻神会！回眸先生那孤独的背影，痴滞的脚步，我从来也没有像今天这么歉疚和愧悔！

姥姥的舞台

对于一般人来说,姥姥是一位亲人,或者是亲人之一。但我却不这么认为。特定环境造就了特别思维,在我的眼里姥姥似乎是一座舞台。在这座舞台上出现过三位扮演姥姥的女人,不管她们动机如何,演技如何,都完成了自己角色的塑造。

第一位姥姥是我的亲姥姥。她登场最早,正是由于她的登场,这个世界上才有我存在的可能,也可以说,姥姥的舞台本来是由她营造建构的。遗憾的是在她建构的舞台上却没有留下她作为姥姥的形象,因为在我母亲12岁时,她就辞世而去,把年少的女儿和4岁的幼子撇在这个舞台的一个寒冷的角落。如果在现今,姥姥不会过早谢世,她患的病不过是肺结核,哪是什么绝症呀!可在当时,那就是死症,村里人说,"痨痨鼓症咽,阎王爷请下的客。"痨就是肺结核。阎王爷的客不是活人,是死鬼。那会儿的医疗条件尚救不了比姥姥尊贵的林妹妹,自然姥姥也就无法在她建构的舞台上施展才能了。或许正是由于她没有登场表演的机遇,没有留下任何破绽,才给了我们想象中一位完美的姥姥形象。据说姥姥生性文静,且读过女子师范,在我们那方土地上实属为数不多的佼佼者。也因为如此,她才会嫁给我的姥爷这位大学毕业的富家子弟。那时候,大学生比沙滩上的金子还要闪光发亮,而姥姥又如大海上的珍珠一样贵相,这珠联璧合的姻缘自然美而无瑕。只可惜一对情侣还没有演绎完他们的恩爱,就突然中止了难了的情结。姥姥闭目的时候,母亲和她的弟弟抑制不住悲天呼地的痛哭,这种生离死别更具有悲剧的气氛。

不管我怎么怀恋我的亲姥姥,不管我怎么把她想象成完美的化身,她毕竟没有成为姥姥舞台上真实的角色。作为姥姥,也只能是我对她的一种永远的追思。她的早逝为真实的姥姥登场提供了先决条件。

在这样的时刻,名副其实的姥姥登场也就理所当然了。我的亲姥姥去世以后,姥爷成了孤身。人常说,一辈光棍好当,半辈光棍难熬。话虽通俗,却有着对人的深切同情和理解,其中蕴含着颇为丰富的内涵。这里,我们不必要过多探究其中的奥妙,只注意到这样一个情节就行了,我的姥爷肯定是要续弦的,这就是后姥姥登场的机遇。或许是后姥姥的父母看中了姥爷家殷实的光景,便托媒人将黄花闺女许配给了这位中年鳏夫,黄花闺女虽然不乐意,却违拗不了父母之命,媒妁之言,因而只得从命;或许是另一种情形,中年亡妻固然是人生之大不幸,可姥爷那时候已经成为一位县太爷了,县太爷在乡村有着超人的荣耀,那是一种荣华富贵的代称! 据古代、现代以及当代的情况分析,县太爷续弦黄花闺女并不是一件难事,难的倒是哪一位黄花闺女能被县太爷赏识? 我的后姥姥得到姥爷的允可已算是福分不浅了,她应该荣幸。然而,她却忽略了事物的另一面,县太爷还有两个伶仃的孩童。本该自在逍遥的金枝玉叶,却要成为拖家携口的后母,这种突然的转折把她推到了人生的困境!

对待困境,历来有两种态度,一种是认命屈从,一种则是奋斗抗争。我的后姥姥毅然选择了后者,并且为之挣扎一生。古往今来,奋斗抗争者都有成为英雄的可能,我的后姥姥至少也要算个女强人了。她的抗争目标坚定不移,即摧毁我的亲姥姥建构起的现成舞台。

先摧毁的是那个4岁的小生命。至于如何摧毁,因为日久年深,更加上母亲那时也尚年少,对一切都记忆模糊,所以,再现昔日的生动已不可能。凭她的记忆拼贴起来的画面只有这么一幅:寒冬,半夜,哭吵声,惊醒。小弟要屙,后娘拖出被窝,小弟在门外大哭。这模糊的画面不完整,不清晰,但也可以看出我那舅舅的夭折实属必然了。其时,姥爷可能尚在县太爷的座椅上批阅文卷,或者正审办什么案子,噩耗传来,确实令他惊诧,不过一时的悲愤过后,他自会认命的。我的姥爷就是这样一位饱学儒家经典、每日三省吾身的谦谦君子。姥爷的平静更增添了那位女强人的凶悍,良好的自我感觉使她对摧毁那座舞台充满了希望。显然,我的母亲也到了生死存亡的紧要关头。

也许凡是舞台都少不了风波曲折的情节,姥姥的舞台上也一波三折。后姥姥的良好感觉和操作,居然引出了我的第三位姥姥,为了有别于前面两位姥姥,暂按乡村的叫法,称之为干姥姥。这位干姥姥是个逆来顺受、随遇而安的普通女人,这在后面的情节中可以看出。她的外观形象在我姥姥的行列中是最次的,个头小,眼睛小,而且眼睛像常年有病一样,红肿得不能圆睁。行动迟缓,给人拖泥带水的印象。手脚不停,屋里却难见干净。这与我的后姥姥相比简直有天壤之别,她人样俊,五官正,体格壮,做活利落,屋里屋外收拾得纤尘不染。这似乎和二位姥姥的出身教养有关。干姥姥祖籍陕西,什么县,什么村,连她也说不清。少时被人贩子卖来,和我的干姥爷,一位精明干练的长工成亲,贫寒的家境使她的目标仅限于只求着温饱,顾不上什么卫生整洁的。后姥姥是大家闺秀,从没有为衣食犯愁,她除了描龙绣凤,就是整理屋舍,也就养成了良好的卫生习惯。奇怪的是有一日,我的母亲碰到我的干姥姥便寸步不离了,而且竟赖在那草屋低舍,不再回那整洁卫生的四合大院。

戏演到这里,需要补充一个唱段,或由我年少的母亲去唱,或由我的干姥姥去唱。由谁唱并不重要,精明的导演会根据演员素质合理安排。重要的是必须通过唱段搞清楚,这位干姥姥曾经是我母亲的奶妈。我的亲姥姥很善良,善良的奶汁却不足以养育亲生儿女。我的干姥姥很憨厚,憨厚的奶水一日数次输送给她人的女儿,母亲吃奶妈的奶一天天长大,断奶后才少了和奶妈的接触。所以,当那么一个午后,也许是那么一个傍晚,我的母亲哭喊着跑出屋时,一遇到奶妈就如遇到救命菩萨一样,赖在那小土屋里不走了。

　　后姥姥当然没有把我母亲的偶然巧遇看作她摧毁姥姥舞台的最大障碍，很可能为眼前的放松和清闲所陶醉。姥姥舞台上的演出成功正在这里，没有因为后姥姥是女强人就把她塑造成为高大全的形象，合理地保留了她目光短浅、不能洞察世事的弱点。正是这种弱点给了母亲喘息之机，使母亲在奶妈的小土屋里长成了大闺女。忽有一日，后姥姥醒悟过来了，但是悔之晚矣，由于我的出生，她不得不成为真正的姥姥。

　　这时候，时代背景发生了极大改变。我的亲姥爷一夜之间成了历史罪人，随着他追随的王朝的覆灭，他被关进了牢狱，等待人民的审判。当姥爷被押到大庭广众面前去公审时，多少亲人揪着心，捏着汗，忐忑不安！四乡八村不断有奇闻传来，谁谁谁被拔光了胡子，谁谁谁被吊死高空，谁谁谁被开了砖头会，砸成肉酱了。而我的亲姥爷竟安然返回故乡，被公众宽赦了！说他是青天，没罪恶！这或许是他谦谦君子、温文尔雅的结果，却也是他另一种磨难的开始。

　　细心的观众不会忽略这么一个细节，后姥姥用黄花闺女献身所寻求的是荣耀，而姥爷很快结束了他的荣耀，却带回了少有的磨难。追求者的失望顿时化为怨愤。所以，姥爷的日子在后姥姥的利齿下过得倍加艰难。艰难中维持了那么数年，维持出了我的三个舅舅。不必让姥爷在别人的舞台上占用更多的时间和空间，让他早点收场似乎更符合女强人的愿望，因而姥爷很快就结束了他的人生历程。在他退出舞台时，留下了几句发人深思的话："我真不如坐监狱，回家图啥哩！"可以想象这是他的大彻大悟，他在牢狱里一定渴望回家里过自由自在的日子，可是当他领受了家庭的滋味，将二者放在天平上一比较，才猛然醒悟，从牢狱回家是人生的一大失误！

　　之后的戏是在一段饥饿艰辛的日子里演进的。后姥姥把更多的精力花费在与日月的抗争上。村里人常说，一父两母亲兄弟！母亲为了她的弟弟动了真情。那时吃饱肚子不是一件容易事，吃饱肚子还有零花钱，那就更难了。我家的境况也不算好，只是由于父亲还干着教员的差事，每月手头里有几个现钱,就显得比别人家活泛些。母亲也常把这几个活钱悄悄往弟弟的衣袋里塞两个。到了大舅成婚的年龄,日子仍没好转,家里一没住房,二没彩礼钱,谁家的女子愿意嫁过来活受罪?大舅只好打破长子不出门的惯例,出去招亲。招亲也要花钱,只是少些,明的暗的,母亲倾其所有,接济周全了这桩婚事。在这些日子里,我频频来往于后姥姥家,后姥姥没有丝毫暴烈和苛刻。似乎是沧桑岁月磨平了她的棱角。万没料到,突然旋起的一个高潮令我对她刮目相看。

时光飞逝,我也到了成家的日子。办事这天,亲朋好友来了不少,却不见大舅的踪影。这使我惶恐不安,不知他出了什么事。派人去打听,一切平安。事后方晓大舅没来的原因,是由于我没有去大舅家通知具体日子,只是路上相遇打了个招呼。据说这很失礼!需要说明的是,人忙没智,我的通知确实有疏忽的地方,干姥姥那儿也没去,她不知听谁说了,立即打发干舅过来帮忙,直到大事办完。这么一比较,我很寒心,倘若长辈舅舅发现我的疏漏,当面训骂我,我也心悦诚服。如此算计人,我难以接受。其时,大舅也不好受,他无意中向村人道出了真情,这是后姥姥唆使所致。印刻在我心头的伤痛好久难以痊愈。但我竭力平息自己的感情,用平和去对待不公。

或许我的公允感动了上苍,其间我的身份发生了一点小小的变化。由一位民办教师变为公社机关的一名人员。这种微小的变化本来不足挂齿,偏偏那特殊时代给了这微小变化不小的意义。我可以办好些他人办不了的事,比方说,二舅要领结婚证,若没有我办不了;比方说三舅要干临时工,没有公社的印章去不了;更小的说,后姥姥那里买1斤碱面、1盒火柴的事我都尽力办过。我没有讨好的意思,却不愿意他人去嘲笑姥爷家后人的贫寒。日子渐渐好转,后姥姥家要盖新房,木料还是紧俏货,我托人情批了5方木材,大瓦房盖了起来。

在同恶劣处境的拼搏中,后姥姥似乎忘记了她最初要废弃那座舞台的使命。这不怪她,人的精力毕竟是有限的,顾此失彼并不罕见。随着处境逐渐好转,沉落在心底的使命感又飘浮起来,她重新实施当初的诺言,有一回公然将我和母亲撵出门外。也怪母亲，本是去给姥爷、姥姥上坟，不知怎么会给二舅、干舅的孩子买身衣服，要表示当姑姑的一点爱心。然而，母亲错打了算盘。后姥姥把东西摔出门外，痛斥："这烧纸的时候给我娃送东西，安的啥心！你们爬的走，别再上我的门！"我们灰溜溜地出来，"砰"的一声，身后的门关上了。我明白那一声巨响标志着她那舞台的一角坍塌了。

姥姥的舞台上的戏仍在上演。我和母亲相随着走出屈辱，走过凄楚，走向温馨。我们挨近了那个仍旧不显高大的屋舍，干姥姥知道我娘儿们今日会来，已是几番在门口张望了。一见我们，她几乎笑眯了眼睛，见了母亲给干舅的孩子带的衣服更是心花怒放。在干姥姥的暖屋里，我思谋着往事，越发敬慕起这位瘦弱的老人。她从没和我们计较过什么，啥时来，她都像春风一样和暖。你忙了顾不上过来，她不介意，便去你的门上。后来，她有了孙子，我有了儿子，每每来，就领着孙子，给我的孩子带点吃的。夏天时，带几个甜瓜、桃子；冬天里，带几把爆米花、几根芝麻糖。我的孩子见了，欢呼雀跃地欢迎老奶奶的到来。母亲趁手头的方便给她一点零钱，虽不多，她也看重，那是晚辈的一点心意呀！她很知足，很和善，总让人惦念着她。每年除夕，我都去她那里，将预置好的肉呀、菜呀、果呀、各种吃食都给她一些，年纪毕竟大了，很难把钱变换成东西了。还有重要的一点，她很喜欢年画，我必然送上好几张，贴得屋里鲜亮些，再写上一幅艳红艳红的春联，她看上一气，咧嘴笑了，笑着过了一个个年头！

她在姥姥的舞台上演完了一个温和可爱的角色，留下了永恒的美感！本来在她谢幕之日，我是应该好好哭她几声的，用这样的方式回报她的爱心。孰料阴差阳错，我出差千里之外没能回来！那一日拂晓，我踏进家门，便被这消息击倒在地，顿时肝胆俱裂，泪如泉涌。我匆匆叫了车，奔往那新垒的坟丘。我扑倒在坟头，放声大哭，将倒海翻江的悲痛洒向无边的凄风。哭够了，才觉得好受一些。

没过多久，我的后姥姥也死了，这次她如愿以偿，永远拆除了姥姥的舞台。尽管我冷静地比较，不得不认为这位姥姥是一位充满抗争精神的强者，她为既定的目标奋斗不渝,令人钦敬。若是她要走一条与政治有缘的路子,说不定会有石破天惊的成就。作为晚辈理应哭她几声,然而,我却难有泪水。

祖母

　　我想写我的祖母已经有很长时日了,之所以久久动不了笔是因为亲情是一个写烂了的话题,因而,几次提起的笔又在犹豫中放下了。这次我终于要写了,不是我要横下心去凑亲情话题的热闹,而是我从我的祖母身上看到了不同于往昔的意蕴,她用她历尽屈辱、含辛茹苦的时光,阐释了中国祖母这个群体的形象。

一

　　我稍有记性的时候,祖母就很老了。很老的祖母用她那尖尖的小脚在生命的晚景蹒跚着。要简练地刻画这晚景,我想可以提纯为两种声音,一种是呻吟声,另一种是叹息声。呻吟和叹息交织成两个词语:风烛残年和心力交瘁。风烛残年,是她外貌的写照,而心力交瘁则揭秘了她的精神世界。

　　对祖母的这种形象定位,其实是我愚鲁的浅解,祖母走到生命的终点,也不过就是66岁。66岁对今天的人来说,只是刚和老沾了点儿边,何况,推算起来,在我稍有记忆的年头,她也就是40来岁,40来岁就说很老显然是大大的失误。剖析这失误的根源,一是我太小,少不更事;二是祖母跨越了她的实际年龄,或许在我还没看见她的时候,她已经将自己锁定在晚年了。在这两个根源里头,我更倾向于后者,因为后者有着更多的话题。

　　这话题就从那两种声音展开吧!呻吟声,那是祖母患病的表现。祖母

乔忠延客体散文一

的病最初不算严重,主要是关节疼痛,用陈胡墼烤热了暖,用虎骨酒点燃了洗,都没能治好,后来就变形了。仅从手指看,五个骨节都变大了,大得挨挤在了一起。现在想来,这算什么难治之症?可在当时的条件下,就是控制不了。祖母只好在疼痛中眼睁睁看着骨节变形。骨节变形不会让祖母很快走到生命的端点,让她很快告别她生命的关键因素是心力交瘁。导致祖母心力交瘁的关键因素是时局,时局背后的根源则是祖父。

一说祖父,我已经为祖母在流泪了,而且是在心里不断地流淌,流淌得紧咬牙齿也难以止住!

祖父去了台湾,把祖母甩在了家里。不,不是将祖母甩在了家里,而是将这个家扔给了一生都未曾离开故土的祖母。当时的台湾,可不是时下人们眼光中的台湾。时下的人们都翘盼两岸一统,已经来去自由。

我记得那些时日,过不了几天祖母就要交待一回问题,有时在小队,有时在大队,有时则要去公社。还有时不知从哪里来的人,径直闯进家门,板着面孔,凶神恶煞的。我常常在这些面孔前发怵,便悄悄溜下炕,躲到外头去。祖母自然不能躲,也无法躲,她必须在凶神恶煞前端坐,坐得还要规规矩矩。我不清楚她此时心中的滋味,只记得凶神恶煞走后她那痛彻心肝的一声叹息。这叹息远远压倒了她关节疼痛的呻吟声,让我的童年战战兢兢。

我的童年尚且战战兢兢,祖母的日子可想而知,她便在那战战兢兢里叹息复叹息。

那一回,祖母的叹息变成了一声哭嚎。时过50年了,那声哭嚎仍然在我的记忆里惊天动地。哭嚎的原因是祖母遭受了人生莫大的羞辱,她被剥夺了吃饭的权利。羞辱是从病痛开始的,病痛是从劳作开始的。开始时是个星期日。这天我不上学,祖母携了我去汾河滩里摘棉花。需要说明的是,其时我和祖母在村里度日,我不上学时祖母中午可以不领我去队里的食堂吃饭,因为汾河滩离村很远,又因为祖母的尖尖脚行走不便,下地时就带了干粮,随便啃几口算是午饭,省了一趟来回的时间。这样,我和她就在地里忙碌了整整一天。说是我和她忙,其实是祖母一个人忙着摘棉花。秋后一伏热死人，大太阳仍然烈烈地烤着人，不一会儿我就汗流满面了，流到眼里，涩得难受。一难受，我便躲了，躲进树荫歇凉。祖母不能歇，她要抢摘那一地划归她管理的棉花。我喊祖母歇凉，她不去，说不热。我跑来叫她，看见她的衣服湿透了，脸上的汗珠滴滴答答往下落。我当然不会知道，这滴答的汗珠会滚落成晚上祖母的吼闹，若是知道我拽也要把她拽到阴凉处。深夜，我被祖母的吼闹声音惊醒了，她在呕吐，吐得喊天呛地，我吓得哆哆嗦嗦。我没有见过这么可怕的场景，以为祖母要死了，吓哭了。祖母告我说，死不了，别怕，让我起来给她倒了点醋。她喝了，我落枕又睡了。睡醒时，我便接近了祖母那一声哭嚎，那一场终生难忘的羞辱。

我跟着祖母去食堂吃饭，食堂就在我家的院子里。队里办食堂，要占我家的院子，我和祖母被撵到了一个棚门小屋里去住。我紧依着祖母挨近了我家的南厦，就要将饭碗递进窗口了，传来一声喊叫：

"别给她打饭！"

喊叫声清脆而响亮，我哆嗦着一看，是工作队长老毋。老毋是个不老的女人，白净的脸皮，乌黑的秀发，应该说长得挺不错的。她的身后不时会跟着几个女孩，是闻她身上的味道，说是那味好香。后来我才知道她就是用了点被乡下人叫做香胰子的香皂。她看见身后的女孩们就笑，脸笑成了一朵白白的花儿。而此刻，她的激动扭曲了她的脸，我看到了和闯进家门的那些人没有两样的凶神恶煞。她凶神恶煞地指责祖母：

"打早为啥不扫村路？还想吃饭！"

说着，夺走了祖母手中的饭碗。

我抢着替祖母辩解："她病了。"

老毋凶我一眼，看得出那凶煞里多了一丝轻蔑，是嫌我多嘴。祖母没说话，拉着我就往院外走。我看着在我家院里狼吞虎咽的人流出了泪，祖母咬咬牙，低沉地说：

"不要哭！"

我抬起头看她，祖母脸上的每条皱纹都在抖动，却不见有泪。我用袄袖抹一把泪,咬咬牙跟着祖母走出了扎在我家院里的食堂,走出了众人如芒的目光。

那一天,祖母还是哭了。我将她的哭声判定为哭嚎,是哭嚎,我成年后无数次地咀嚼过那哭声,没有一次不确认为是哭嚎的。她回到家,关住门,她一声长哭,哭得我眼前天旋地转,哭得我的情感世界抖动了50余年。此刻,写到那哭声,盈眶的泪水又滴湿了笔底的纸页,我就是铁石心肠想起那撕肝裂胆的哭声也不能不潸然泪下啊!

二

我在记忆的网络上搜索,有关祖母的全是悲剧。祖母的悲剧却不是始自我记忆的起点,而是自从她和乔家结亲,就注定难有舒心的日子。

祖母叫周凤丹,小名欢女。娘家是与我们城居村隔河相望的伊村。伊村是尧的故乡。尧是上古时贤明仁爱的帝王,他的生命之光穿透岁月的风尘一直投射到今天。这个村庄过去有高高的围墙,围墙上有高高的门楼,门楼上镌刻着"伊祁故里"几个大字。如今,围墙、门楼以及那伊祁故里的文字都荡然无存了,然而,尧的遗迹仍难被剥蚀干净,村子南端有个土垣,垣上高高耸立着一块明朝万历年间的碑石,石上刻着"帝尧茅茨土阶"几个大字。茅茨土阶曾被视为帝尧屋舍朴实无华的象征,梁思成先生写《中国建筑史》还将这"尧堂高三尺"的土阶引为中华建筑的发端。我说这话似乎有些多余,因为这一切有形的东西和祖母的生命几乎无大的关系。我所以提及这些,在于由此生发出的无形东西。这些无形的东西却永远遮蔽着我的祖母以及和祖母同辈的那些人。

起初,这种遮蔽是没人注意的,祖母的童年过得很好,好得就像她那个小名——欢女,一个欢欢喜喜的女孩,多美呀!冬夜,在漫长的冬夜躺在火炕上那暖烘烘的被窝里,祖母在呻吟和叹息的空隙不止一次回味她那快乐的童年。她的童年锁定在我的脑际,红红的太阳、暖暖的被窝、甜甜的点心,还有热烘烘的油茶。这一切连缀成祖母儿时的幸福,红红的太阳从窗户上照到炕头了,祖母还躺在暖暖的被窝里,待到睁开眼睛时看见了枕头边甜滋滋的点心和热烘烘的油茶。点心是早就预置下的,油茶却是刚从村胡同里的挑担郎那儿打来的。为祖母打来这份幸福的是祖母的母亲,我的老外祖母。祖母睁开眼除了看见这香甜的幸福外,还有老外祖母那比点心还甜、比油茶还香的笑容。跨过时空,我从老外祖母的笑容里看到了春温,也看到了冬寒。可惜,祖母只享受了春温,却忽略了冬寒。她不知道冬寒会在那一次一次呈现的点心和油茶之后蓦然出现。

在点心和油茶的春温中,祖母长大了,长成了个大姑娘。女大当嫁,祖母也一样,祖母的悲剧便由此启幕了。此剧的作者和导演老外祖母一肩挑了,她赐予女儿的春温结束了,接下来该是冬寒了。让女儿的生命深陷悲剧,毫无疑问她是缔造者。但是,老外祖母绝不是这般用意,而且悲剧的发展也是她始料不及的。

按照老外祖母的构思,她是要为女儿找个两全其美的夫家。这两全其美中还掺杂了她的个人愿望。这是因为老外祖母在掰着指头谋划的时候,既谋划了女儿的前程,还考虑了自己的私心。在此应该插叙的是,老外祖母堪称乡村谋划家。她的多谋善断是伊村,乃至周边村庄人人称道的。她嫁给周家生下了一女一男,女儿刚刚在被窝里学会了吃点心、喝油茶,儿子又呱呱落地了。这是她人生最繁忙,最需要帮扶,也最需要人疼爱的日子。偏在此时,如天塌地陷,老外祖母的物质、精神依靠轰然崩塌——老外祖父去世了。伊村的人都说,这个高门大户要垮了,孤儿寡母不踢蹬了这份家业才怪。从后来的事实看,这样预料显然落入了俗套,关键是忽略了我老外祖母的能耐,而她的能耐全在于谋划。

村乡人常说,吃不穷,穿不穷,谋划不到要受穷。老祖母的行为又一次证实了这乡村哲学的正确。她的谋划很简单,就是用好一个管家,让他的智慧和力量成为自家的财富。他需要成家时,她给他钱;他需要家业时,她给他地。周家成为管家发财的摇钱树,管家离不开周家,不得不为周家尽心尽力。当然不管他从这棵摇钱树上得到多少元宝,都只能是一小部分。用前些年曾经流行的话说,是周家得大头,管家得小头。这样,老外祖母不费吹灰之力,就确保了祖母的点心和油茶。

老外祖母为女儿谋划夫家时和我前面提到的隔河相望的河有了关系。那条河在地图上名为汾河,村里人习惯叫它浑河。说浑河是比较的结果,我们村的周边溪水交叉,条条都是清流。惟有这汾河挟裹泥沙,波浪滔滔,而且不论哪条清水都要流进去,进去了立即黄颜涂面,也成了浑流。因之,称它是浑河完全名副其实。若是现在看这河,也就稀松得像条蚯蚓。当年,可不是蚯蚓,是条龙,是条活蹦乱跳的龙。每年农历二月二一过,龙抬头了,河水顿时猛涨,能卷走木头浮桥,能掀翻浪中木船,来往于两岸实在不方便。我童年时跟随祖母渡河,什么样的惊怕都见识过了。船到河心,浪大流急,木桨扳得再快也稳不住船了。水手们只得扒掉衣服,扑通扑通跳了下去,边凫水,边扛着船吃力地前行,往往漂游下去好几里路才能到了对岸。这还是侥幸的,时常还会翻了船,死人的事屡见不鲜。老外祖母谋划女儿的婚事时,这河水肯定在她胸中惊心动魄。她是从我们村嫁到河对岸去的,来回于婆家、娘家,饱受了过汾河的磨难。祖母不止一次引用她老人家的话,隔山不算远,隔河不算近。隔山虽远,多走几天就到了。隔河虽近,两岸可以对着脸说话,可是大浪滔天,干着急就是过不去。汾河这么难过,少过,不过,不就行了?别的还行,有一件事那是不办不行的——上坟祭祖。时常,汾河的波澜将老外祖母阻隔在沙滩,沙滩上的老外祖母便想到了女儿,要是把女儿嫁回娘家村里,即使自己过不去,不也有人代为祭祀了?这想法又一次显示了老外祖母的精明。

精明的老外祖母如愿以偿了,祖母和我的祖父换过生辰八字,订了婚事。公道地说,老外祖母没有为了她的私心而降低了给祖母选婿的标准。我们家在村里的光景是数得上的,老祖父在村上是个很有脸面的头头。祖父呢,还是个在城里读书的学生。别看现今在城里读书是件平常事,那会儿可是千里挑一的大难事。难在一要孩子是个读书的材料,二要家里光景好,供得起。我们家两头全占了,祖父那时风华正茂,前途无量,这还不是门称心如意的好亲事吗？

然而，就是这称心如意的亲事，让我那祖母还没过门就泪流满面了！

三

祖母在流过第一次泪水后是可以中断她这人生悲剧的。

前面的定亲，那是父母之命，媒妁之言，她是没有决定权的。不光是她，那个年头的女子都是如此。这种风俗可以追溯到很远，远到了娥皇、女英。她俩同时嫁给了舜还不是她们那老爸的一句话呀！她俩的老爸不就是出生在伊村的尧么？从那以后，父母之命、媒妁之言逐渐成为女子嫁夫的规矩，这规矩笼罩了远近的天地。距离伊村遥远的人还深陷于尧划定的圄圈，与尧同村的祖母岂能挣脱这历史的跑道？前头的流泪不怪祖母，而后头的落泪祖母便脱不掉干系了。

祖母流泪的原因是祖父有了恋人。谁叫祖父是个青年学生呢？正当青春年华的学生，最易接受新事物，不站在潮头才怪呢！祖父便抢在自由恋爱的潮头了，和她共同弄潮的是个知识女性，读完女子师范已在我们村里的小学任教。他俩有无人约黄昏后，不得而知。只知道我们村的溪边是个杨柳依依，风光怡人的好地方。几番月前花下，他们即山盟海誓。祖父的"柳暗花明又一村"，让祖母"山重水复疑无路"了，这便是祖母流泪的原因，也是她中止悲剧的机遇。

祖父的机密泄漏了，老祖父当机立断，硬要在疑无路处辟开一条路来。他下令祖父和祖母成亲。祖父不从，闻讯后赖在学校不回来，成亲当天才被架回村里。祖父不去接亲，老祖父好说歹说不顶用，无奈拿起把菜刀当众就要抹脖子。若不是众人拦挡得快，一场喜事眨眼就要变成丧事了，祖父不得不屈从了。祖父去接亲了，太阳搁在西山梁了，他才到了伊村。这么接亲在当时是特别罕见的，人家都是一早出发，赶太阳照在头顶就娶回新人拜了天地拜高堂，然后，新郎新娘高高兴兴入洞房。我的祖父却在别人家早已婚成礼就、人散席终的时分才进了新娘家，一时间村里七嘴八舌，议论纷纷。

祖母无心去听这议论，泪水一次又一次模糊了她的脂粉。这是她当机立断的时候，我敢说倘若就在祖母第一次流泪时，决心了断这门亲事，那么听到此讯的祖父肯定会心花怒放，老祖父也不必为此寻死觅活了。这虽然有伤风雅，可是既解放了周家，也解脱了乔家。

　　遗憾的是，祖母在那无形的遮蔽中钻了牛角尖。老外祖母看着泪水涟涟的女儿动了心，对祖母说："要不，咱退亲。"

　　她不会想到女儿却铁了心，对她说："我活是乔家的人，死是乔家的鬼，是沟，是崖都跳了。"

　　祖母的话让老外祖母活络了的心又沉死了。她应该明白，女儿不光吃过点心，喝过油茶，还读过《三字经》《弟子规》《女儿经》。她的肌体和她的头脑都没闲着，都填塞着东西。这时候，导演悲剧的老外祖母已失去了掌控能力，只能任由女儿头脑里充塞的那些东西主导以后的情节发展。老外祖母沦为看客。

　　祖母被祖父娶进了乔家。她的登场就出手不凡，还有点一鸣惊人的效应。原来，在娘家她不光是泪水洗面，洗过了再脂粉饰脸，还谋划了两个手段。头一手是在拜堂前用的。她移步进入大院时抛出一把纸条，上面写着："张元女不要脸，抢不到花堂羞死你。"

　　张元女是祖父的那位恋人，是祖母的情敌。祖母与她虽然素未谋面，但精神的搏斗厮杀已为时不短了。走向花堂的祖母转败为胜了，胜利者没有宽恕她的对手，向对手那滴血的伤口狠狠捅了一刀。张元女无奈地看着自己的心上人娶了别人，变成了负心人，还受到了莫大的羞辱，那种伤情可想而知。后来，她伤心地嫁了人，嫁人没多久就伤心地死了。毋庸置疑，张元女的死祖母有着无法逃脱的责任，她那比刀子还锋利的话语是给对手的致命一击。是祖母杀死了张元女？祖母就这么恶毒和残忍？我不这么认为，跨越时空去看，祖母和张元女都成了一个符号，祖母坚守的是传统，张元女冠领的是新潮，在传统和新潮的搏杀中，显然是传统杀死了新潮。传统真会杀死新潮么？要真是这样祖母就幸运了。可惜，冠领新潮的张元女会死，而新潮不会死,祖母还潜藏着危机。

当然,祖母在打击对手的时候不会这么去想,她是个活生生的人,想的是如何巩固自己的胜利成果。她没有忘乎所以,清楚地想到自己很可能陷入生不如死的境地。那境地是什么样的状态,我猜想该是鲁迅和他的原配夫人朱安那样吧!如果真成了那样,那她就前功尽弃了。为此,祖母一定进行了深思熟虑,她这后一手够烈的。就在她和祖父拜完天地要入洞房的时候,娘家慌慌张张跑来了人,对总管说了什么,总管就慌慌张张叫来媒人,媒人就慌慌张张跑到祖母身边,一搜,掏出了一把剪刀。这把锋利的剪刀让在场人的毛骨悚然,很明白,若是受了慢待,新娘就要血溅鸳鸯枕!

天哪,喜事还有办成丧事的危险!

惊惧,在场的人都很惊惧,老祖父也不例外。老祖父和众人的惊惧最后都归结为祖父的惊惧。惊惧的祖父在一连串的摇头后认命了,无奈地入了洞房。

祖母和祖父的婚事成功了,然而,她也就深深陷入悲剧难以自拔了!

四

我至今也想不明白,一个周家的女人,被一顶花轿抬进乔家,怎么就成了乔家的人?为乔家生儿育女,为乔家操持家务,还要为乔家撑顶光景?而且,在履行这一切时是那么的死心塌地,没有一丝一毫的懈怠和虚浮,这到底为什么?

祖母过门后为乔家生下了一男两女。一男是我的父亲,两女是我的姑姑。在父亲和姑姑这一辈里,我称为大爸和爹的人都有。也就是说,父亲的出生是没有独到意义的。偏偏上天为祖母收藏并赐予了她独到的意义。祖父兄弟三人,他排行最小。他娶亲时两个兄长皆已完婚,而且分别得子获女。得子的是祖父的大哥,大哥却是老祖父收养的。二哥是亲生的却没有儿子,只有个女儿,女儿是要嫁出门的,即使是顶光景的材料,也像祖母一样不顶自家的门户,要去扑揽夫家的光景。尽管我有了爹,但那是祖父的二哥领养回来的儿子,所以在老祖父眼里我父亲的到来还是有特别的意义,因为这个孙子身上流淌着他家族的血液。这或许是祖母的骄傲,也是祖母在水深火热中能将女儿身演绎为男子汉的精神支柱。

起初,祖母只是女人,包括日军的狼烟燃烧到我们的村里时,那时的祖母都没有改变女人的角色。日军的狼烟先烧进北面的太原,祖父便从大学中断学业回到家乡。家乡距太原有500余里,似乎离那狼烟很远很远。但是,回到家里喘息未定的祖父就将喘息传播给了家人和乡邻。小鬼子赶到了临汾,平川的屋舍不敢住了,乡邻们扶老携幼往西面的山窝窝里逃窜。我童年时代,家乡的父老经常提起那惊魂未定的逃难,因而,常常感叹时下的社会真好,因为那10年前的惊悸仍如昨日,对他们来说安居就是天大的幸福。

祖母曾在这荒唐中回味往昔逃难的风险,哦,对于他人来说如果逃难是风险,那么我祖母的经历就是凶险了。那凶险我是在祖母上山砸矿的前夜得知的。全民大炼钢铁,村里的青壮年都被派到吕梁山中扑腾小高炉,还嫌人太少,所以便将祖母这样的小脚女人也扩展进去了。祖母的尖尖脚一走三摇,在平路上还摇晃不稳,走山上那羊肠小路就更加艰难。家里人都为她提心吊胆,坐在昏暗的煤油灯下为她叹息。哪知,祖母却坚定地说:

"能去,比起逃难这好多了,还有人管吃喝哩,咋不去!"

在祖母坚定的话语里,我了解到她逃难的凶险。那一天,祖母因为那摇晃的小脚享受着最优惠的待遇,她和我的大姑骑在一头骡子上。祖父则抱着我的小姑跟在后头,我的父亲或许是因为年龄稍大的缘故,只能用双脚去感受山径上的坎坷。转过一道山崖,祖父猛然看到前面的沟坡腾起一股烟尘,还有稀里哗啦的声音响起,双眼一瞪,啊,小径上的骡子滚沟了!祖父腿一软跌在地上。后来回忆那惊心动魄的一幕,他说万万没有想到,他的哭声会连带出两个人的哭声,大姑在哭,祖母也哭!哦,她们都还活着,甩在沟坡里被荆棘挂住了。可怜的骡子却死了,摔到沟底,头破血流,当下毙命。

祖母和大姑死里逃生,成为远近闻名的奇迹。一向知识新潮的祖父,也在惊魂落定后跪拜神灵的保佑。祖父拜过就过了，而祖母从此每逢初一、十五是必须敬神上香的，若是庙里有神祀，她必然摇晃着尖尖脚前去。这是后话。当时的祖母虽然历经了一生中最大的凶险，却不能算最大的痛苦。这时候，她还是个女人，是个有男人爱怜的女人。有个男人相依为命，再大的痛苦摊在她身上都不足一半。她不会知道，她的男人替她分担过这次痛苦后就再也不会为她分忧。非但不会，他把作为男人的那一副担子，也撂给了这个尖尖脚上的女人去挑。

祖父走了。祖父走得大义凛然，是去打鬼子了。可惜他走得太近，没有走远，要是跨过黄河到了延安，那我们家就是另一番风光。不过，那里也没什么鬼子可打，祖父就在陈长捷手下干开了。带着一团人黑夜下山，在洪洞一带挖铁道，炸碉堡。打得有点偷偷摸摸，可祖父觉得轰轰烈烈，四十年后说起那时，他仍然是轰轰烈烈的感觉。正是这种轰轰烈烈使他得到长官的赏识，那一年，鬼子投降，陈长捷在天津一站稳脚跟，立即就致电要他前往。他一到，便担当起城市防卫的重任，为战事失败后他逃往台湾预设下伏笔。

在祖父轰轰烈烈的日子里，祖母则过得凄凄惨惨，人比黄花瘦。祖母这人比黄花瘦可不是李清照那种瘦法。人家是衣食无忧的瘦，祖母是衣食无着的瘦。一家数口的衣食来源全靠土地。土地收取了力气才奉献衣食，可这一家数口缺少的就是力气。祖母不得不把自己那点力气全使在土地上，她干，她没黑没明地干。最艰难的是下稻田插秧，祖母每每说到此事就流一回泪。这泪水的辛酸，我在农村务植水稻时才得到体验。稻田泥土稀软，双腿一下地就陷进很深，逼得人不得不很快移动脚步，力求站稳。这时候不禁想，祖母那三寸金莲楔入软泥，该是什么样的惨状呀！她如何站得稳？如何走得动？如何把那遍地的秧苗一撮一撮插入泥中再收回籽实？二十出头时，我在稻田劳作一日，腰酸背疼，双腿浮肿，晚上躺在床上少不了暗暗流泪。我不是为我流泪，是为我那可怜的祖母而泪水湿枕。

多少年后，我从历史的缝隙了窥得了三寸金莲的始创者是南唐宫廷的窅娘。她将一双天足改制成三寸金莲是为了跳出奇特的舞蹈，博得皇帝的

乔忠延客体散文

欢欣,进而投进他的怀抱,得到宠幸。窅娘的自我残害让她获得了涅槃,她成功了,在无数的宫女中脱颖而出,成为后主李煜的掌上明珠。我的祖母踏着她的后尘来了,一双稳实可靠的天足被删削为枯瘦的尖尖脚,她是为了什么?难道她是为了让人生的苦难舞动得更为艰涩,更为深重?

五

相对于精神层面上的痛苦,祖母在肢体上承受的苦难几乎算不上什么了。

祖父从台湾回来后向我追忆走向轰轰烈烈的端点,我注意到他离30还差好几岁,即使比他大3岁的祖母也未及30。我在趋近花甲时回眸往事,深深理解了而立之年是人生的黄金岁月。人在黄金岁月对物质和精神都有饱满的欲求,而且这两种欲求还应该大致平衡。祖母对物质的欲求是超水平发挥的,为了觅求一家人的温饱,她已经超过了作为一个女人的能量,达到了一般男人的劳作强度。要不,我怎么会说她变作了男人?

其实,变作男人只是对祖母客套的礼颂。这礼颂的调门再高,对于祖母来说还不如画饼充饥。祖母不会变作男人,还是女人,还有对男人的欲求和依赖。童年的点心和油茶滋养出的祖母一定欲求过人。她曾给我披露过一双天足变作三寸金莲的磨难,她疼痛,她震颤,她晕厥,但是,她都咬着牙挺了过来。挺过那场摧折的精神力量就是对男人的欲求,这欲求用乡村语言诠释出来就是:找个喜欢自己、疼爱自己的男人。反之,若得不到男人的疼爱,那就是女人无边无际的磨难。我敢说,祖母抗击变足磨难成功的动力概源于此。可悲的是,变足的磨难她承受了,却还得承受那种无边无际的磨难。

和小鬼子撕斗得你死我活的阶段,祖父在村里闲居过不多的时日。那些日子看似逍遥,却是祖父将脑袋提在手里的时光。多少年后他才公开吐露心迹,他是特务,奉命来搜取鬼子在临汾城里的情报。他能够逍遥,是由于一位本家弟兄钻进牛魔王的肚子里去卧底。那位本家骑洋马,挎洋刀,当上了鬼子的宪兵队长。由此,祖父对鬼子的情况了如指掌。他进吕梁,过黄河,将情报送往陕西的宜川就完成了任务。但他的数载无踪和突然归里,都可能让魔鬼的眼睛看出疑义。祖父说他那看似逍遥的日子是在刀子刃上过的,我想这话不假。可是,在这样严酷的日子里祖父也没有缺少床第之欢。不过,和他合欢的对象不再是祖母,而是祖父从外头带回来的另外一个女人,祖母像看待张元女一样看待她,说她是小婆子。祖母说这话时明显带着鄙视和轻蔑,她觉得一个甘愿给男人当小老婆,又不明媒正娶的女人怎么说都是下贱的。她是用《女儿经》的尺度来丈量生命,惟有其短,才见己长。比较的结果改变不了祖母的境遇,那个在她眼中下贱的女人颇得男人爱怜,而爱怜那个下贱女人的竟是明媒正娶自己的男人。祖母肯定大为困惑,为什么天下最正经的女人却倍受冷落?她不会想到,这个下贱的女人接过了张元女手中的接力棒,继续了和她的较量,并夺取了她的领地,而这一回她很难反败为胜。

若是上帝给我一把审判之剑来明辨祖父和祖母的黑白是非,无疑,这把剑应刺穿祖父的胸膛。只是在那个年头,像祖父这样有奔头的人,妻妾成群的并不鲜见,在我们那个小小的村庄他也不是头例。就说那个被他操作成宪兵队长的本家吧,走进城里便娶了一位花容月貌的小娘子,不用说他的糟糠之妻和我祖母一样被冷落在乡村。那位本家的小娘子长得太娇艳了,不光本家怜爱,太君也想爱怜。本家干这样的皇差不是出于本心,又要遭受这般羞辱,自然怒火中烧。不过,他那怒火不敢明目张胆去烧太君,却含着泪烧死了花容月貌的小娘子。小娘子死了,死于男人的妒火。一个男人的女人是不能为他人占有的,更不能让小鬼子占有,用这样的尺度推己及人,那么,一个女人的男人岂能让别的女人占有?如此推理,祖母和那位本家婆婆都应该处死自己的男人。可惜,尘世没给她们这样的公道,她们只能忍气吞声,在忍气吞声中煎熬自己的孤苦长夜。在煎熬中祖母或许还有一丝庆幸,那位本家婆婆不光要孤守长夜,还得拖带一个孩子,而那孩子竟是小娘子和自己的男人合欢的成果。相形之下,祖母没有这样的劳顿,她应该十分庆幸。不过,即使万分庆幸也无法替代那长夜的孤苦。

一个肌体和精神欲求都很饱满的女人怎样打发孤苦的长夜?我无法想象,更无法还原。我只能根据和祖母的接触去推断。祖母总是在半夜独语,这是我童年的印象。自从有了大妹,我多在祖母的炕上成长,时常就听到了她的独语。尽管我的睡眠亘古如一,质量极高,落枕即眠,从未断裂。可是,免不了夜半小解,这时我便听到了祖母的夜语。夜语的话题范围很广,家长里短,柴米油盐,但更多的则是对祖父的不满,那声音如土地改革时苦大仇深的贫农控诉地主,又如"文化大革命"中敢于造反的红卫兵声讨走资派,一句话,祖父是个大逆不道的坏人。当时,无论祖母的夜语是高是低,是钝是锐,都不曾影响我深沉的睡眠。然而,时过境迁,当我人生的阅历日渐深厚,那夜语就更变得锥心刺骨,我为我祖母饱受的精神折磨而痛彻心肝……

六

祖父在家乡住过一段日子,带着小婆子走了。这一次走得和祖母几近永别!不只是和祖母,不久他也要和那个小婆子几近永别了。天津城被攻破后,祖父狼狈逃窜,慌不择路,自然顾不上怜花惜玉,诚可谓枕前发过千般誓,大难临头各自飞。祖父沦落到孤岛上去了。

这一切,祖母丝毫不知,知道的仅是祖父杳无音信。而这杳无音信的状态将会一直持续到祖母瞑目。祖父走后的日子,祖母过得更为艰难。这艰难不仅是物质的,精神的,还要加上人为的。人为的来自两方面,即外头和里头。外头是受人歧视。祖母常念叨:"官凭衙门虎凭山,婆娘靠的是男子汉。"祖母依凭的男子汉消失了,兵荒马乱,烽火狼烟,家里得不到祖父的消息,外人就猜测祖父被乱军打死了。往常,祖母独自以女人之躯操持男人活计,虽然孤苦,却没人敢歧视,还有人翘指赞誉她能干。如今这个能干的女人没了男人的支撑,众人就数落她克夫,克死了男人。流言蜚语不足往心里拾,拾起来就是一肚子气。祖母自我宽慰,背后还骂朝廷呢,何况咱这草木凡人。

祖母

外头的气祖母没当回事,里头的气不当事不行了。里头就是家事。前文说过,祖父弟兄三人,老祖父过世前分了光景。在一个锅里搅稀稠的三个兄弟各搭各的锅了。谁也不拖累谁,日子应该平安无事。坏就坏在这世上有这样的先例,当一个男人不存于世后,常有妇人拖着儿女别嫁他人。这是这家的不幸,却是本家的大幸,其家产便可由别的兄弟瓜分。祖母若是在痛骂祖父大逆不道后,与乔家决裂,另走他门,即使当下会有些风言风语,过些时就会被其他的新闻所替代。可是,祖母却认定那是伤风败俗,宁可选择孤独,决不走那条路。这样,祖父分到手的那几间房子就不能为他人所得,是非也就由此而起。我的老祖母被告上了法庭,原因是分家不公,我家的财产多。这时距分家几乎快二十年了,主持分家的老祖父谢世多年,老祖母年逾古稀,食不自养,在三家轮流住宿、吃饭。告她,岂不是给老人家难堪?祖母没让老祖母经受这种难堪,她挺身而出,走上法庭,一番陈述,令法官风向大变。看财产不能重新划分,两家都提出不再赡养老祖母,祖母出言令法官刮目相看:我养。法庭宣判的结果虽然都没如愿,祖母未能独自赡养老祖母,但是,她的举止却让四乡八村的人们大感不解,一个被男人遗弃的女人为什么却要孝敬这个男人的老母亲?

祖母不光孝敬男人的老母亲,还要撑持男人的光景。风言风语一吹,利益的侵吞接踵而至。我清楚地记得两件事,那两件事中的祖母活脱像一个女中豪杰的形象。一次是为田土之争。我家的地无故被邻家削去一绺,又削去一绺。那天搭垄,祖母看着垄线又往自家这头偏了,她再也忍不下去了。她那尖尖脚三摇两颠,手指头便戳到了那个男人的鼻子尖。种地的人都围拢过来,那男人当然不承认,祖母弯下腰去,用手在土中一刨,又一刨,一块青砖露了出来。祖母说,这是她埋下的界线,大家看得清楚,这界砖已偏在男人那边了。男人不再嘴硬,那一绺土地归还到乔家属下。

另一回是公社化后了。要平祖坟,挖土肥田,规定三代以上不留土堆。可邻家居然挖到了我老祖父的坟头。那一日,我在地里剜野菜,突然听见祖母喊我,我马上跑了过去。只见祖母怒冲冲指着一个新坟头说:

乔忠延客体散文

"别剜菜了，咱挖西生爸的坟！"

此时西生娘正在我家坟上挖土，听见祖母的喊声蹦跳过来说："你怎么能挖我家的新坟？"

祖母没有回答她的问话，反问她，问的却比回答要犀利得多："我家那坟未出三代，你为啥要挖？"

那女人脸红了，自知理屈，不再言语，嗫嗫地罢了手。

祖母在紧要关头又一次为乔家挺身而出，捍卫了乔家的祖坟。后来，她躺进了那祖坟；再后来，祖父也躺进了那祖坟。祖坟收养了他们，荫庇了他们。应该说，是祖母荫庇了祖坟，祖坟才能荫庇他们。祖母躺进祖坟是无愧的，只是哪里的黄土不埋人，祖母即使不躺在乔家祖坟，身上也会覆盖一抔黄土。那么，祖母是为祖父捍卫这一抔黄土么？她又为什么要对这个负心的男人，至少是花心的男人忠贞不贰，甘于献身？

我所以要用献身这个词，是因为祖母每一次挺身而出，都是在捍卫乔家的利益，这捍卫自然阻碍了侵吞者的利益，一而再、再而三地挺身而出，在我眼里豪杰般的祖母早已被人视为恶煞。其实，那侵吞者才是真正的恶煞，用恶煞将善良逼为恶煞，是最为恶煞的恶煞。可惜有人指责恶煞，却无人指责恶煞的恶煞，这是哪家王法？世道俗流就是这样，你到何处去讨个公道？

在这样的浊世，祖母何必要为花心的男人败坏自己大家闺秀、贤惠善良的形象？

七

文章写到这里，已是夜晚，我搁笔入睡了。

这夜我作了一个梦。梦中大浪滔天，在浪尖上颠簸着一叶小舟。上头有个身影模糊的撑船人，那似乎就是我的祖母。梦醒时，脑中萦绕着古老的诗句："君看一叶舟，出没风波里。"蓦然悟得这梦境是一种喻示，是说我的祖母以女人的瘦弱之体将乔家的小船撑过了激流险滩。

母亲的过门，可以说是祖母苦撑成功的标志，至少也应该说是阶段性成功的标志。此事的含义是,我的父亲长大成人了,可以顶门立户了。乔家这一门,这正根正苗的一门不会湮灭绝户了。何况,时隔不久我便降临到这个世上,成为新一代人的开端,有幸又是个男孩,真是家门的大喜。在我们那一带,一听说谁家添了人口,乡邻们会问:生的啥?是女,还是嗣?嗣就是男孩,男孩是可以承续家庭烟火的子嗣。因此,我降生在这个尘世上还有那么点儿意义。我不是在这里炫耀自己,是想说母亲为乔门,实际在此时是为祖母生下了有追求意义的孩子。这么说来,母亲应该有点家庭地位吧?没有,事实和逻辑总是有一定的距离的。不知缘何,祖母对母亲总是过多地挑剔苛责,母亲在祖母面前常常手足无措。

母亲命苦,十多岁没了亲娘。她的父亲不错,是个极为和善的人,却不能常守在她的身边。他在权力机关任职,干成了个七品县官。若是现今的七品县官,女儿不福如东海才怪。可惜,那时不是现今,兵荒马乱,随时要和小鬼子开火,根本无法将我幼小的母亲带在身边。母亲跟着继母度日,日子过得战战兢兢,如履薄冰。进了我家的门,她曾有过轻松舒适的设想,不料这只是她自个儿的一厢情愿,祖母对她的苛责不亚于继母。这便让她继续战战兢兢在薄冰之上。冰面还常常塌陷,她湿鞋挨冻就是常事。我很小的时候,母亲跟着刚刚执教的父亲在伊村住过,我七八岁时母亲的外祖父病故,便住到小榆村去照料她独身的外祖母。婆媳关系的紧张可见一斑。

我不会把责任全归罪于祖母,但祖母的苛责在村上是无人不知的。母亲的饭做早了,她说不会干点别的再做,误了活儿;饭做迟了,她说民以食为天,啥都不干也不能塌了天;饭做稀了,她说清汤寡水糊弄肚子呀;饭做稠了,她说这么吃下去还不是踢蹬光景?母亲不知所措,所以住到伊村和小榆村都带有逃离成分。

祖母为什么要这么对待母亲?成年后有了思考能力的我,对此作过推断,其原因无外乎两方面。首要的一点是祖母恪守封建礼教,用三从四德的尺度时时规正母亲的言行。她不知道,母亲生活的年代已不是先前,从母亲的天足没有变成三寸金莲就可以感知社会正在发生变迁。说形象点,祖母和母亲的冲突是三寸金莲和天足的必然碰撞。回眸这一点时,我眼前的祖母又成了一个符号,一个代表封建礼教的符号。形象地再现这个符号,我以为可以将祖母比作《西游记》中的唐僧,她给母亲戴上了紧箍咒,随口一念,母亲就会头疼难忍。母亲被这紧箍咒折磨得仍然战战兢兢,如履薄冰。

再一点是祖母的性格所致。祖母独断专行已成惯性,家人必须按照她的思维惯性运动。父亲和姑姑在她跟前长大,都适应了她的惯性,惟有这后进门的母亲需要尽快适应。适应有个过程,这个过程现在叫磨合,磨合实际是摩擦,摩擦尚可生电,因而她们之间迸溅火花就在所难免。

说到祖母的性格,我想起祖母和小姑的一段对话。那是我上初中时,有一次周日回家,祖母一个人坐在院里生气,见我回来便诉说生气的原因。前几日祖母感冒了,凑巧出了嫁的小姑回娘家知道了。可小姑回婆家后事忙,过了几天才来探望,见母亲坐在院里晒太阳,就高兴地说:"妈,你好了?"

祖母不冷不热地答道:"好了,不好的还能死了! 没眼窝的麻雀天照顾哩!"

这话噎得姑姑够呛。姑姑受过中等教育,装进过不少词汇,可是搜肠刮肚还真翻捡不出能对应她这老母亲的语句。理屈词穷的小姑又不愿意忍受这般责难,一转身走了,撂下我那唇枪舌剑的祖母一个人生闷气。我觉得祖母是在生小姑的气,也是在生自己的气。生自己的什么气? 还不是脾气太大,得理不饶人么? 既然明白了,那就改改吧,偏偏江山易移,生性难改,祖母只能一个牛角尖钻到底了。

祖母就是这样,和女儿的别扭经常不断,和媳妇就可想而知。和女儿闹别扭,闹过了,日子一长就淡了。人常说亲生的有化骨丹。骨头都能融化了,这点小气当然不会永远搁在心里。媳妇则不同了,非亲生的,彼此间的鸿沟不仅难以逾越,而且还会越磕碰越深。这便让我纳闷,祖母好不容易找到了个同舟摆渡的人,可以在风波里一起撑划颠簸的小船,为啥就不能和衷共济呢?

我有些像祖母苛责母亲那样苛责祖母了,祖母不是神人,怎么能苛求她毫无过错?

八

接下来该说祖母和我了。

我现在的这个样子和祖母关系至殷,虽然在我二十出头的时候她就离别了这个世界。但祖母是我的启蒙老师,她的行为模式浇铸了我的童年,塑造了我的雏形。在我的操行还是一张白纸时,她的投影就活画在其上,不知不觉就成为我效仿的楷模。她的一招一式在我的心灵中发芽生根了。20年后,我到了找对象的青春时期,女方用审视的目光挑剔着我,说我走路的姿势不好,摇摇晃晃的。我不以为然,母亲却说:

"都是小时候跟着你奶奶走成这样的。"

这话说得一针见血。的确,小时候我是祖母的尾巴。祖母摇晃到哪儿,我跟着摇晃到哪儿。我乐意跟着祖母,是因为跟着她我便少了一个人的孤独。母亲常忙,不能和我时时相伴。我出去玩耍,因为是长子的原由,没有哥哥、姐姐的呵护,就少不了受大孩子的欺负。和祖母待在一起,就少了受欺负的忧虑。祖母当然也乐意让我跟着,说我是她的尾巴,其实是她将我看成了她生命的延续。有生人问到我时,她会灵动着眼睛说:"孙子!"说话时那眼睛中闪动的喜色,让我理解了几十年。那喜气里有得意,有自豪,更多的则是把我看成门第里的一缕生机,祖坟里的一炷香。亲孙子,命根子嘛!

祖母对我的塑造从我牙牙学语就开始了。《三字经》《百家姓》《弟子规》从她的口中移植到我的口中,我稀里糊涂地复读,稀里糊涂地背诵。不光是这些,还有她那些关于生辰八字的歌谣,滔滔不绝地向我灌输。我清楚地记得,那一年我也就是三四岁吧,屁颠在祖母身后去五里外的兰村看戏。时逢农历二月,麦苗返青,田野嫩绿,地垄上一溜儿油菜放出了灿灿的黄花,我蹦跳着吟诵:

正蛇二鼠三月牛,

四猴五兔六月狗,

七猪八马九羊头,

十月里虎沿山游,

……

　　我吟诵得兴致正高,有个戴眼镜的老翁回头看一眼,夸奖:"好,是个小神童!"

　　我不懂神童是啥,不理会得意,只觉得他那笑意是在夸我,便羞涩地搂住了祖母的腿不再吱声。祖母替我应声,应的什么不记得了,但她那笑脸上布满了少见的喜悦。现在回想,祖母对我的第一阶段塑造的确是将神童作为目标的。其实,所谓的神童只是能熟读一些歌谣,哪是神童呀,不过是应声虫而已。但也可以看出,祖母是将我朝着知识目标推进的。

　　这个目标的最高成就,是我成为当时百里挑一的初中生,进入城市读书。可就在此时,祖母对我塑造的目标动摇了,迷惑了,到底我该成为个什么样的角色,恐怕她也说不清楚了。那一年暑假,她对我说:

　　"识些字,不当睁眼瞎算了。今后别干公家的事,那碗饭不好吃。"

　　说这话时,我的眼睛直盯着她。我这么看她,是觉得这话出自她的口有些怪异,和她过去那些"书中自有黄金屋"的训导背道而驰。我以为她是随意玩笑,试探我的反应,看我有没有懈怠了读书。其实不然,她是经过深思熟虑的。她为什么会在深思熟虑后得出这种结论?我破译她这想法是以后了,是我涉世更深时。

　　"四清"运动的时候,父亲两个多月没能回家,回家时眼睛深陷,瘦骨嶙峋。他被看管起来交待问题,交待他父亲的去向和自己的过失。他怎么能弄清父亲的去向?天津城破,他的父亲狼狈逃窜,逃得连小老婆都丢了,怎么还能顾上千里之外的儿女?父亲受着他父亲的政治牵累,时时小心,能有什么过失呢?他交待不清,得不到宽大,就被一次次逼供。还算侥幸,他活着回来了,虽然校长的头衔被撸了,却还留了个教导主任名分,还让他端公

祖母

081

家的饭碗,不错了。在此之前,我的小姑已被剥夺了辛辛苦苦求学得来的那个公家饭碗。祖母一口一口省下粮,一分一分攒下钱,供小姑读书识字,她上了中专,被分到专署气象科。可阶级斗争的弦一绷,她被清除出了机关,到了下头的站上。阶级斗争的弦再一绷,她只能回村种田了。接连的打击,让小姑沮丧而又灰心。祖母鼓励她说:

"种地就种地,只要过得安然就行。"

那时,安然无事成为她的最高理想。她这最高理想令我想起一个电影画面,小鬼子祸害的年头打更人敲着梆子高喊的就是平安无事。父亲被撸了校长,祖母还是这个说法:

"干啥也行,千万别想不开,种地也能过活,还安然哩!"

祖母给我设立第二个目标时,既有父亲和小姑的遭遇,还有其他人的警示。就在父亲回不了家的日子里,我的一位小学老师跳河死了,且死在我们村边的母子河里。祖母目睹了他泡胀的尸体,怎么能不忧心自己的儿女?莫非那时她的光景也在刀刃上划过?

对儿女的忧心进而转化为对我的忧虑,我要是将书一直读下去,岂不是又要步父亲和小姑的后尘?人无远虑,必有近忧,那又何必呢!祖母为我远虑了。她不会想到这远虑纯属多余,不用辍学,我就被打发回农村了。祖母说过这话一个年头,"文化大革命"开始,我学业中断,而且,再也没有接续的机缘。只能和祖母一起厮守土地,厮守饥饿,厮守歧视。

祖母这话是在完成对我塑造的最后定型,我却辜负了她老人家。七扭八拐,我端起了公家的饭碗,还走进了政府机关。这是从表象看,若是从本质上讲,我的一生都将运行在祖母为我设定的精神跑道。这条跑道的标识我是在《周易》中读懂的,不就是天行健,君子自强不息吗?我在这条跑道上施展的能量是祖母引领我进入的中国文字。写公文是这样,写文学作品更是这样。尤其是后者,祖母可以说是我的文学导师。都怪在下不才,若是戴上顶博士的桂冠,那祖母不就是位名副其实的博导吗?

这样说,绝不是奉承抬高自己的祖母,我是一点也不夸张的。前面我讲过,还在我三四岁的时候,祖母就领着我去看戏。不光看戏,还领着我听书。不光领着我看戏、听书,她还给我说戏、讲书。她给我说得最多的是《三娘教子》《舍饭》,在这些戏中她一次又一次展示了她的精神状态,或许她就是借戏说己,倾诉自己的情感,然而,就在她的倾诉中一颗文学的种子已植入我的心田。祖母将我引领进文学的天地,还丰满了我的文学羽翼。现在我使用的语言,无论是口头的,还是书面的,只要是能给我添彩的,那准是祖母传导给我的。祖母口里,有对时令的把握:春分秋分昼夜平分,冬至当日回;有对节令的操持:清明前后种瓜点豆,头伏萝卜末伏菜;有对身体的理解:无火不迎风,剃头洗脚胜过吃药;有对家事的运筹:家有三件事,先从紧处来;有对处事的识见:远亲不如近邻,近邻不如对门……祖母似乎就是一部百科语言大典,而且这大典经过无数年、无数代检验,真正堪称颠扑不破的真理。著名作家李凖的小说《黄河东流去》获茅盾文学奖后,别人问他的语言为什么那么生动有趣,他告诉人家,不管到了哪个村里,只要听到有个会说话的精明人,他一定要把人家的话掏光。听得我心头豁亮,当时便想,我不必这样费力,因为我有祖母这个语言宝典,尽管其时她老人家早已溘然长逝,可是只要我打开过去的记忆,需要什么门类、什么花色,轻轻一点击,那灵光的语言就会闪亮在眼前,任由我整合调遣。如此,我写下了一本又一本著作,尤其是那本《尧都土话》,里头全是祖母的智慧、经验。我动用了她的知识产权,我知道她不会怪罪,若是九泉有知,还会欣慰地微笑!

九

1974年,祖母走到了生命的终点,我家也穷困到了极点。祖母去世后,和左邻右舍一样,随死随埋,当日入土。我家大门贴的是那时最流行的一副挽联:"岂敢云葬之以礼,不过曰入土为安。"入土为安,是众人的心愿。祖母入土了,安宁了,我的心却一天都没有安宁过。只要想起她老人家,我感情的巨澜就会从眼眶迸溅出来。

祖母去世的前两个月,我走进了人民公社。家里的经济状况也逐渐改善。换过几本日历后，举家迁入城市了。每每家境升华一个台阶，我的心就难免一颤。我不止一次问苍天，问大地，你们为什么就不容我祖母多在尘世待上几年？让她看看家景的兴旺，让她过过童年的那种日子，早晨的点心和油茶不再是难事啊！为什么你们不能宽容她？要在一个关节点上收走她？她不算老啊，去世时不过66岁呀！我问苍天，问大地，没有听到一丝回应，只好回味祖母故世时那双目闭合的安详面容。她瞑目了，而且是安闲地瞑目了，莫非她已有了预感，从我的行迹里看到了家业兴旺的未来？我只能这么安慰自己。我担心的是她老人家继续忧心，因为我最终背离了她给我设就的人生定位，端起了公家的饭碗。好在她是安闲瞑目的，我才有些宽慰。

三年后，祖父有了音讯，他还活着！活在台湾！政治的坚冰打破了，他斗胆往家里寄信。再过十年，祖父回到了家里，头一件事就是祭祖，跪过父母，他哭的就是您，祖母！他是一种什么心情呢？我觉得任何语言都不足以表达，说出来的都有些简单，写出来的都有些轻浅。祖父这一生有过轰轰烈烈，有过沦落消沉，但无论是轰烈，还是沉沦，他身边都不缺女人，然而归来时却孑然一身，没有一个女人为他留下乔家的骨血。给他留下骨血的是那个他早辜负了的女人，这个女人不仅没有辜负他，还撑起了他那濒危的门第，如今家业兴旺，子孙满堂，他当有何感？

祖父曾在台湾吟诗表达他的这种感受：

清明时节面西北，
烧香焚纸吊双亲。
哀妻悲女肠寸断，
年年月月夜夜心。

这是他心情的抒发，我却觉得难以写出他那悲痛的心情。我以为，最能表达他心境的是他满头的白发和掉光的牙齿。在台岛，祖父曾身陷囹圄，毛人凤手谕密裁，一个暗乌的斗室关了他整整七天。虽然他侥幸逃过一死，但在那漫长的七天里,他一头黑发全白了,满嘴的牙齿脱落得没有留下一个。那七天让他发白齿脱的原因不只是死,还有死背后的事体。我以为死背后的事体比死更可怕。他浪迹漂泊时,轰烈和沉沦都存有一个希望,那就是有朝一日回到故乡,行孝床前,为老母亲养老送终。他哪能想到死会猝然而至,行孝床前已成烟云。他一定想到了他的老母亲,他一死了之,那老母亲谁来养老送终?他这样想是担心那个他辜负了的女人会离家而去,那么他家的烟火谁来传续?难道乔家的门庭就要毁在他这个踌躇满志的人手中?他想,他冥思苦想,他绝望地冥思苦想,想白了头发,想落了牙齿!他绝不会想到就在同时,我的祖母挺身而出了,出现在法庭上,出现在祖坟里,出现在田地边,为他苦苦支撑这岌岌可危的门庭。如今,这位死里逃生的老人,这位侥幸从台湾回到故乡的老人,得知了过去的一切当作何感想,他愧疚吗?后悔吗?

愧疚、后悔是不言而喻的,只是这些言辞要活画他的情感世界实在太简单、太浮浅了。恐怕最深刻、最生动的表达只有行动了。1995年,祖父果断结束了在台湾的生涯,毅然回归故里。此时,在他老人家身边绕膝而转的是他重孙的孩子,他兴奋得热泪盈眶。然而,见了村人,他没有炫耀五世同堂的荣光,第一句话就是:

"不走了,回死来了!"

祖父年近九旬时谢世了,心甘情愿地和祖母同居一穴,叶落归根了。这或许比祖父那泪水,比那愧疚后悔之类的言词要深刻得多吧!

十

我将祖母的人生浓缩为这么些文字,固然是要表达我对她的缅怀,但是也不尽然。

明年,就是她老人家诞辰100周年了,今年她的生日之际,我彻夜难眠,一遍又一遍回溯往事。我总觉得祖母是一部厚重的大著,我终其一生未必能悟透其中的玄机。祖母是个普通的农家妇女,在她身上却体现了中国妇女勤劳善良的本质；祖母是个不足挂齿的小人物，在她身上却闪耀着不屈不挠，自强不息的民族品格。当然，祖母并不高尚，她是个囿于家庭的女人，一生一世的努力都围绕着自家的小圈子，这明显有些自私，却是这自私支撑了我的家庭。这么看来，祖母就成了一个复杂的载体。

祖母的复杂宽泛了我的视野，我扫描广阔的天地，就发现像祖母这样支撑家庭的绝非她一人。她不是第一个，也不是最后一个。我由此领悟到，就是像她这样的女人延续了一个又一个家庭，就是这一个一个的家庭延续了我们这个古老的国家。这让我想到我们这个民族的端点，那时候的人只知其母，不知其父，史称母系社会。即使尧这样的名人其父亲是谁也扑朔迷离，说是其母与赤龙交合生下了他。这扑朔迷离的传说何止尧王一人，炎帝、黄帝何尝不是这样？由于父亲的扑朔迷离，人们在选择先祖时就毫不犹豫地选定了母亲的代表——女娲。

女娲抟土造人，造出了天下的男人、女人。

女娲不仅造人，女娲还要补天。补天不就是要挽救面临危机的人们吗？我的祖母，还有那一个个我并不认识的祖母，她们所承担的不正是女娲的使命？正是这些祖母传承了家庭的炊烟，民族的薪火。

这些祖母不伟大，也不高尚；不尽善，更不尽美，她们身上甚至明显有很多缺点，却本真地写照了中国几千年的历史、文化和传统。因之，我礼敬的祖母，不仅是我的祖母，也包括了和我祖母那样生活的中国女人。

父亲是棵刺

意象

我想写父亲已有很长时间了,迟迟下不了笔是因为对父亲的形象总是把握不准。手头上写父亲的文章成沓成摞,人家的父亲是山,是峰,是岳,挺拔得都要雄伟了。我也想让父亲有无限风光,多少给自己添点光彩,即使自己不是龙种,好歹也挂搭上个龙的传人。然而,思考来,想象去,那山,那峰,那岳,哪一种意象也和父亲相去甚远。我要写的父亲,当然是我的父亲,不能像小青年过圣诞节,硬对着老外的牌位祭祀狂欢。我挖空心思给父亲找到了一种极为相近的意象,然而,不仅不高不大,甚至渺小得有些气人,因为我觉得父亲是一棵刺。

刺是乡间的野物,田脚沟边多的是茹茹刺、酸枣刺,还有我们曾经在歌声中要披荆斩棘的那种棘棵刺。刺是植物护卫自身的武器,以保自己的春花变成秋果。这是植物的精明,人却将植物的精明变成了自己的精明,将野刺割了回来,栽成围栏,叫做篱笆。这样的篱笆,不仅野兽不敢侵扰,就是鸟儿也畏避不近。因而,有人用刺扎墙,就有人用刺扎门。古诗云:"柴门闻犬吠,风雪夜归人。"其实,那柴门就是刺门,乡村人习惯叫刺扎门。我将父亲视作一棵那门上、墙上的利刺,实在有些欠妥。显然,这样作比与国人光门耀祖的传统落差太大。但是,不这样我又觉得有负父亲要我诚实做人的家训,因此只好冒着被人在背后戳脊梁骨的风险如实道来。

生成

之一:

父亲成为刺,绝不是我的臆想和杜撰,追根溯源,由来很久了,久远到了还没有我的年头。那年头,他也就十七八岁吧!十七八岁的年龄被村人视为毛头后生。毛头后生是说办事没谱,毛手毛脚。恰如,我要说的这件事足以论证村人成规的正确。这一天,父亲叫上他的拜把子弟兄长英,干啥?卖豆腐。那段时光他俩就是操持此业维持生计的。刚到豆腐坊前,就听见有人嚷叫:

"叫你去,就得去,你还敢和老子犟嘴!"声音挺横,是村警社保在吵。

接下来是豆腐三的求告:"好叔哩!我不是不去,你看我家小花妈刚坐下月子,我这豆腐汁刚上到包里,她不能照看,我漏完这包就去……"

豆腐三是外乡人,逃难来的,住在庙前的破庵里。初来时每天讨饭,后来扎了根,做起了豆腐。因为排行老三,人唤豆腐三。外来人在村警眼里是个软柿子,派公差当然捏到豆腐三的头上。

他求告未了,社保就吼叫开了:"你小子还有理?立马去!"

"我过半个时辰走行吗?"豆腐三似乎要哭了。豆腐上包不漏完,就废了,那可是养家的本钱呀!

"不行,再不走,老子出你的窑!"

出窑是砸东西的代名词,话音一落,就听庵里有了响动,是豆腐三挨了巴掌。

父亲和长英就在这时窜了进去,社保抡起的胳膊被掐住了。他回身看了父亲一眼,不在意地说:"别拦我,看我收拾这小子!"

他持的理是,官为官,民为民,和尚为的寺里人。父亲和他是一个村的人,且是邻居,胳膊肘不会往外弯吧!哪里知道,父亲这胳膊肘就是往外弯,拽得他无法再撒野,还数落说:

"你太不通人性了！人家老婆坐月子,里外要忙,阎王爷还可怜鬼瘦,你就不能另找个人?"

社保是何等人?是村警。村警说话就是理,还能受这毛头小子的拆洗?他蹦跳着甩开父亲,吼叫:"老子偏要他去,碍你的尿事!"

嚷着又要耍野,父亲一叉腰横在了他和豆腐三中间。社保正要抢臂,长英已拿起了烧火棍。见势不妙,社保灰头灰脑地溜了。溜到门口,撂下一句:"等着瞧!"

瞧不瞧那是后事,今儿格却救了豆腐三的燃眉之急,父亲和长英笑了。

之二:

这事儿父亲管到了家门口。门口住着王福。王福老头的女儿荷花和小伙水生搞上了对象。荷花和水生,听名字就是天生的一对儿。可那年头搞对象还是个稀罕事,他俩就不敢像现在的小青年在光天化日下明搞,悄悄趁天光暗淡的黄昏钻进了芦苇湾幽会。选定这样的时辰和这样的地方,还不就是为了避人耳目,减少口舌上的是非?偏偏世上的事情就是这么奇怪,你办体面事想在众人面前炫耀一下,可没有一个人待见。而不想让人看见的事儿,东躲西藏却钻了头脑露了腚。

那天,荷花和水生幽会就碰上了个老头。这老头不偏不倚还就是荷花叫爸的王福。王福在田里锄草,眼看日头落了,撂下活儿要回村,眼前跑过只兔子。兔子跑得快,往常过也就过去了,用他的话来说:那日真是惹上了鬼,不知为啥跳起来就追。三追两追,兔子钻进了芦苇湾。芦苇湾草盛叶茂,兔子进去哪里找得见影子?王福本该停步了,可他真是鬼迷心窍了,竟然紧步窜了进去。

接下来的事儿你肯定猜着了,王福没有逮着兔子,却逮着了比兔子还惊慌的荷花和水生。

接下来的事儿,你无论如何也猜不着了,因为主导王福做派的绝不是我们现在的思想。他认为荷花丢尽了他的脸,门一关,荷花再也走不出屋去了。水生没了招,又不敢上门找荷花,忽闪着眼睛找到了我父亲。父亲那时

父亲是棵棵刺

089

年轻气盛,哥儿们的事哪能不管? 他一拍胸脯去找王福。

王福把头摇得像是风中的麦穗,一晃三摆的,不用说父亲碰了钉子。碰钉子也罢,王福竟出语伤人,说什么:"你小子吃饱撑的!"

说什么难听话都可以,惟有这吃饱撑的不实事求是。那年头别看村上移风易俗搞得蛮有劲头,可这吃饭多是饥一顿,饱一顿的。王福这话噎得父亲够呛。那一天,父亲准是憋红脸走进农会的。往常走进就走进了,脸红就脸红吧,不料这回却被包村的乡长看了个正着。乡长拉着村长来找王福,当然也没落下父亲。王福这人真是不识火色,说父亲吃饱撑的也罢,竟然说人家乡长也是吃饱撑的。乡长可能就是吃饱撑的,而且还要撑出点颜色给王福看。他一拍胸脯主了婚,把荷花嫁给了水生。

王福没了招,气胀了肚子,憋红了脸,也不敢把乡长怎么样。可这一肚子气总得放呀,接亲的人马一走,乡长当然也走了,王福张口就骂上了,不骂村长,更不骂乡长,句句冲着我家的门。骂得那个难听呀,让听到的人都说王福老汉咋不说人话?

父亲这棵刺扎了王福,可也被王福这刺扎了个够呛。

之三:

记得父亲替豆腐三打抱不平时,社保说他是胳膊肘往外弯,不向着本村人,而护外乡人。这一回,父亲的胳膊肘弯得更厉害,连本家人也不为了,卫护的是外姓人。

说来并不是什么大事,可父亲说做人咋能不讲是非,他挺身而出弄得侄媳无言以对。事情的起因是老二家的房基。老二曾是个戴帽的管制分子,几十年里被折腾得只能规规矩矩,不敢乱说乱动。世道变了,帽子摘了,心思大了,想钻出低窝小厦住大瓦房,先垒起了个房基。还未及往上盖,房基就成了儿童乐园,猴崽们攀上爬下玩得欢快。玩就玩吧,老二没吱一声,千不该,万不该是侄儿家那毛孩竟然往下搬基墙上的砖块,这不等于拆墙吗?忍气吞声惯了的老二不得不开口了,他要那娃停手,那娃不理睬。老二总算发了一次火,声音一高,把娃镇住了,还镇出了哭声。

在哭声中登场的是侄媳。侄媳是蹦跳着出场的,见心肝儿子哭了,不由分说就指骂老二是个老不死的狗东西。老二瞪她一眼,圪蹴在地上不吱声了,多年的批斗就被拿捏成了这种熊样子! 侄媳还不依不饶,继续拍着屁股叫骂。

父亲便在这当口出了场。说出场不算准确,应该说是亮相。父亲已在吵嚷声初起时就出场了,出场的人很多,左邻右舍都被这吵嚷声惊来了。来的人很多,都瞅着侄媳发浑没人吱声。父亲却大喝一声,站在了侄媳面前,厉声说:

"你犯哪门子浑? 明明是你娃的错,吵人家老二什么? 房基坏了能重修,你惯坏了娃能重来吗?"

侄媳降住了老二,好不得意,吵嚷得嘴中飞沫乱溅。父亲突然横打一炮,她着实懵住了,当下闭了口舌。正午的大太阳下猛然静寂得像是没有一个人了,可是那一双双闪亮的眼睛都盯着撒泼叫骂的侄媳,看她怎么表演下去? 侄媳环视一周,从那些眼光中读出了孤立,顿时愣住了,愣得简直不知该怎么收这场了。时光就这么静寂着,侄媳可能觉得如芒在背了,"哇"——大嚎一声就向屋里钻去。

众人哄然一笑,散了。

之四:

那一天,父亲的职责是陪同爷爷散步。八十岁的爷爷从台湾回来了,还带回了他久有的散步习惯。此时全家已住进城里,城里的街道平直,散步很为便利。城里的车辆众多,又影响随意的行走。因而,爷爷选了个闲静的时辰散步,每日黎明即出。此时人车均少,爷爷踽踽在晨曦之中。如果你留意,就会发现爷爷身后拖着个影子,那就是他六十多岁的儿子——我的父亲。

爷爷视物昏花,耳朵很背,走起路来摇摇晃晃,随时有跌倒的可能。若不为什么要父亲如影随形呢? 那天,走着走着,爷爷丢了影子,依然如故地摇晃着前行。此时,他的影子已拽住了大檐帽的袖子。大檐帽在街边收钱,

钱不多,只一元,可那个卖菜的女孩拿不出来,哀求说:

"我刚来,没卖下钱,一会儿交,行吗?"

"不行!"一个大檐帽厉声高喝,早有人上来抢夺女孩的车子,扣留她的白菜。

父亲就是这时挺身而出的,许是出其不意的缘故,一把夺过了大檐帽手中的票本。见这边事紧,夺车的人松了手全围过来。已有人挽起袖子要下手了,父亲若是稍软,很可能被撂倒在地,踏上一只脚也是可能的。所幸,他不软,指了指胸脯说:

"有种的往这儿来! 可惜你那小命换这条老命不合算!"

大檐帽还真没见过这样的硬骨头,都愣住了。父亲说:"人家不是不交,卖下钱就交,你们撒什么野?"

回头看时,卖菜的女孩骑着车走脱了。大檐帽起哄地喊:

"放跑了她,你替她交!"

父亲仍不示弱,说:"交就交,只要该交,我就交!"

一伙儿大檐帽簇拥了父亲向办公楼走去。那楼不远,转弯即到。刚进楼门就有人恭敬地问:

"乔老师,你怎么来了?"

问话的是父亲的一个学生,没想到会在这里见到自己的老师。别看学生对老师好不温和,对手下却挺横的。得知情由,把那伙儿大檐帽收拾了个红鼻青眼。转身给老师让座,岂不知老师早就窜了。

老师想起了摇晃的父亲,慌忙去追了。

锁定

以上事例可见,被父亲扎了手的人确实不少,村里有,城里也有。限于篇幅,我无法全部如实照搬实录,只能择要选取。然而,就这几例也可认定父亲是棵刺了。

可是,就在我要锁定这个意象时,又搜索到了这么一件事。

街头，一位老者缓慢行走。突然，从另一条巷中飞出一辆自行车。飞车直撞老者，老者栽倒在地。顿时，鲜血从嘴里流出。车上跳下来的是个学生，扶起老者说：

"对不起，对不起，大爷，我去高考，怕迟了，骑得太快了！"

说着，转身要走。一旁里已围上来好多人，都说："别走，看老人摔坏了没有。"

老者吐一口血水，居然蹦出两颗碎牙，却说："让他去吧，别误了娃的考试！"

学生不走了，惊慌地说："大爷，你的牙摔掉了，我领你去看。"

老者说："没事，那是假牙，你快走吧！"

学生走了，周围的人都说："好人，好人，难得的好人。"

这位众人眼中的好人，也是我的父亲。父亲嘴肿脸胀，一连数日只能以流食充饥，却喃喃念叨："不知那孩子考得咋样？千万别受了惊吓，影响临场发挥……"

这件事中的父亲动摇了我给他的形象定位，此时他不扎手了，我还能以刺为喻吗？

不过，我忽然想到了刺扎墙、刺扎门，那物所以扎手是为了呵护内中的物什。进而想到，冷厉和温情恰是利刺的两面，迎恶而刺，遇善而温，岂不正是刺的品格？我不再犹豫了，锁定了本文的意象：

父亲是棵刺！

寄往天国的情书

湿透的情感

好些天我没有握笔了,你的走溅起了我感情世界的巨大波澜,每一个细小的触动,都可能穿透我精神的堤坝,泪水滔滔汩汩泄出,以至我怀疑自己是不是个男子汉。

你的生平介绍不是我写的。别人都认为我写你的生平最相宜,在这个世界上最了解你的莫过于我了。可是,我不能写,铺开纸,墨迹尚未显现,泪水已滴湿了案几。

你的祭文也不是我写的,是儿子写的。长子写头遍,二子写二遍,写完了请我看,我拿起来却看不下去,泪水盈溢在眼眶,模糊了视线,纸面一片花花点点。每一个花点都是一副容颜,是你的容颜,是你遗像上那微笑的容颜。这辛酸的情景涸染着我的情愫。我想起流沙河先生关于烧书的那首诗。他烧的是契诃夫的小说集,书中有作家的相片,相片上的作家戴着眼镜,留着胡子,因而流沙河写道:

夹皮眼镜山羊胡,
你在笑,我在哭。

你在笑,我在哭!是的,你在笑,我在哭。我觉得此刻的情景正应了流沙河先生的诗句。似乎这诗句不是描写他当时的心境,倒是在预示我现在的悲情。不然,十多年了,这诗句为什么我过目难忘?

我终于看完了儿子写的祭文。断断续续,哽哽咽咽,波波折折,我从来没有想到,在平展的纸页游移,目光会是这般艰难。从头天晚上到次日凌晨,整整一个夜晚,我的情思湿了干,干了湿,让情感的波涛激荡得疲惫不堪。我不能说儿子写的祭文有多好,文章是稚嫩的。我不能说儿子写的祭文不好,感情是真挚的,至少忆念是真实的。儿子写到了你的担水,虽然那是20年前的事了,他诉说起来如同昨日,让我觉得如在眼前。你肩着担子,闪着水桶,一路颠簸,一路滴答,滴答的水滴从一里外的小泉洒落进咱的家门,颠簸进我的梦里。那一夜,我似睡非睡,似梦非梦,睁眼闭眼,都是你的影子。儿子说,你每天早晨头一件事就是担水,一趟一趟担满了水瓮,又去下地干活。你的忙碌就这样从早晨开始了,从农村开始了。我觉得儿子的话是一种象征,是一种忍辱负重的写照。你肩负着担子走过春夏,走过秋冬,担出农村,又担进城里,担走了全家辛劳的苦日子。

家境渐渐变了,好了,你可以放下担子喘喘气,歇歇脚了,你却病了,病得漫长而痛苦,痛得忧愁而无奈。想起来,就让人愁肠百结,就让人肝胆寸断。只怨那副担子,那副无情的担子,那副沉重的担子,而将那副担子负荷于你肩头的,不是别人,正是我。我后悔,我负疚,但是,任何后悔和负疚也难以挽回你的健康,你的生命。因而我不敢提笔,一提笔就会触动往事。我不敢触动往事,一触动就会泪流不止。

哭泣的电话

电话哭了!湿漉漉的铃声搅得人好心酸,好心酸。

我抓起话筒,父亲哭泣的声音立马激起我的痛楚。父亲在哭你,说不成话,只是哭。哭得我的泪水滴滴答答。我在哭,我却知道我不能哭,我应该坚强些,坚强才是对每位亲朋的安慰。我劝父亲节哀,说你的病不是一朝一夕了，迟早要走这条路，请他放宽心。

父亲的哭声却更高了，我听见他是说，将你的坟丘扎在祖坟里，就在咱爷爷奶奶的旁边。父亲不忍心让你一个人孤零零在野地里遭受凄风苦雨，得在祖上的身边，仍然可享受家庭的温暖。

我应着，声音的低沉，连自己也怀疑父亲是否听得见。可是，我无法发声，发声必哭，我不能让我的伤悲连带起父亲更悲的哭泣。父亲的嘱托却牵引出我长长的情丝……

你知道，咱家曾经五世同堂。五世同堂是一种荣耀和福分。可有谁清楚在这荣耀和福分背后，隐匿着世人早已忘却的辛酸。辛酸的原因起自爷爷。爷爷流落台湾成为家庭的悲哀。那年头，阶级斗争的弦绷得真紧，对早已僵死的地富反坏尚不放过，何况在彼岸图谋窜犯的反动派呢！我虽然没有见过那个反动派，可一出生就是反动派的孝子贤孙。"文化大革命"时，我不能加入毛主席的红卫兵；回到村里劳动，也受人歧视。光景过得艰难，岁数长得不慢。男大当婚，女大当嫁，到了这个年岁，婚事成了我最大的难题。说东村不行，说西村不就，谁愿意走进这么个门第，睁着眼睛当反动派的孽子，再让自己的孩子也去洗刷那永远也洗刷不净的余辜。

你就是在这种困境中出现的，来年你给咱生了儿子，拯救了几近断续的香火。你过门时，奶奶多病，妈妈也多病。就用那个破旧的自行车，我今天驮奶奶看病，明天载妈妈抓药。每每动身，你都做好饭，让我们吃饱穿暖再走，回来时有吃有喝，还有你笑盈盈的春意。说来有趣，妈妈的病好了，好得让医生也出乎意料。先前炎夏酷暑，妈妈还要身披棉衣，体寒呀！自从妈妈抱上孙子，早上逗，晚上哄，逗来哄去，连看病抓药的工夫也没有了，其实也不用了，好了。脱了棉衣，扔了秋衣，妈妈成了健朗的妈妈！

谁也不会想到久无音讯的爷爷会回到故里，一个几近残破的家庭居然五世同堂了。爷爷说过，你是个有功的人，看好病，好好享福。我们都一心一意为你治病。你知道咱们去过北京，去过太原，去过大大小小的好多医院。还不都是一个愿望呀，要你康复，要你享福。然而，愿望只是愿望，你留

乔忠延客体散文

给我们的却是失望!

你走了,走得何等匆忙! 你的生命似乎就是家庭渡险的舟船,一旦完成了使命,就决然而去。你让儿子哭,儿媳哭,孙子孙女也在哭,他们哭就哭吧,小辈应该哭! 可是揪扯的母亲也哭,父亲也哭,电话也哭哭泣泣……

泪雨送妻归

日月无光,连天阴雨。在阅读儿子给你的祭文时,我不知为何增添了这样的话语? 写下了,我有些怀疑,因为你的过世,苍天真会落泪吗?

万没有想到高高在上不食人间烟火的老天,竟这么能够体谅我的心境。你出殡的那天,果然日头、月亮全隐了。月亮是头晚就隐了,夜就暗暗的,加上轻柔却不断簌簌响动的风声,真像是动情的哭泣。一夜哭泣,并没有宣泄尽内心的悲情,追悼会的时候,落下霏霏的细雨。领导追思你的生平,长子泣读你的祭文,陪着雨点,多少人的脸上挂着泪水想念你呀,为何你要早早离去?

雨没有下大,还有20里路要走,要了却你的心愿,回到你辛勤劳作的故土去。车行进很是顺利,不多时就到了村口。近乡情更怯! 此时,我深深陷进无限的悲痛里。这是我们熟悉的故乡,就是在这条路上我将你迎娶进村里,迎娶进家里。那是个什么年头呀? 饥馑的日子沉重地围困着我们,即使大喜的婚庆,也难办得体面风光。客是该请的,这是村里明媒正娶的新闻发布会,可是,饥馑年头请客不是一件易事。早起,我们虽然也摆出了面条,但那是什么面条呀? 棒子面条! 那面条不能在锅里久待,也不能在碗里久待,待久了就会化为一碗糊糊。寒酸的日子只能让我们以寒酸待客。我家贫寒,你家也不宽裕,我们的新房里总该有一件家具,买不起新的,就把祖上留下来的那只大柜油漆了一下。大柜是笨重的,不便抬过去,把你的那些衣服装进去再抬回来,一个十几块钱的箱子咱也买不起。你装衣服的箱子是向邻人借来的。记得新婚之夜,我要办的头一件事就是趁着夜色,背着箱子还给人家。

唉,不说这辛酸的话了。那日,迎亲的爆竹一响,左邻右舍全涌出来了。来看你是个啥样子?说来好笑,我们订婚几年了,互相见面也就几次,乡邻们咋能认识你?不认识,就来看稀奇,稀稀奇奇指划你,我断续听着说你个头高,肤色白,长得好看。我的心里就甜滋滋、晕乎乎的。就这样,我晕乎乎地抬脚迈步和你从人群中走过,走过了一路的无酒自醉……

而今天,我也伴着你回来了,回到了故地。爆竹声又响了,一村的父老乡亲都赶来了,赶来看你,你却不能高挑着个头站在人群中了。你静静地躺在灵柩里,安歇着早已疲惫的肢体,却不知道,你的静默惹闹出多大的悲恸!儿子哭,女儿哭,孙子孙女哭,哭闹得路人无不伤情落泪。最为揪心的是你那位大妈,一位古稀老人,也颤巍巍地来了,点一把纸钱,喊一声"苦命的孩子——"扑倒在灵前。她在哭诉,哭诉你干了一辈子,遭了一辈子罪,如今光景好了,日子美了,该享享福了,你却早早去了!

铁铸的肝肠也经不住这情感波澜的冲击,在场的老老少少饮泣成一片……

不知什么时候,天下起了雨。我觉出下雨时头发早湿了,发尖上的雨水和泪水汇成了一体。天,更暗了;雨,更密了。莫非上苍也经不住感情的冲击,放纵悲情倾盆而出?这可真是,天若有情天有雨啊!你是凡人,我也是凡人,草木之辈能烦劳上天垂泪,真该欣慰了,你说是吗?

血红的生地

我去看你,看你的新居。已是初夏,浅春竞放的花朵已经开败,杏花谢了,桃花谢了,柳絮桐花也早开过了。挨近你的坟茔,没路了,双脚踏着田垄轻轻走去,惟恐惊扰了你的歇息。我知道,你确实累了,你的周围哪一块不是你耕耘过的土地?哪一畦没有留下你的足迹汗滴?从你过门起,主要的任务就是下地,下地劳动挣工分。工分就是咱家的收入,靠这工分咱要领回一家的口粮。用那点五谷杂粮填饱咱家三代人饥瘦的肚子。从我记事起,咱家就是亏款户,工分折合的那点钱远不足以换回队里的粮食。因此,领粮的时候总是怯怯的。那一年秋日，稻子分好了，在场里倒成了堆，我刚刚装进箢子，突然听见一声高喊，队长瞪着眼奔了过来，将我装好的稻子又倒了出去，说是咱家没交够粮钱！我懊丧着低下头，空落落走了回来。你不愿咱再受那样的屈辱，扑下身子挣工分，要给咱争回那丢掉的脸面。可是，那工分是好挣的吗？冬日你得冒风雪，夏日你得顶炎阳。你的手早就结了茧，粗糙得好像古树的老皮。粗糙的皮肤可以经受伏日的磨蹭，但一进冬天就惨了，寒风一刮，手皮就裂开口子往外渗血，渗血的手还得紧握钢镢，撕打土地，也撕打寒风。

想到你那渗血的手，眼前就殷红殷红的，红成了一簇簇一团团。抹一下眼睛细细看去，是有红色的花朵在眼前爆开，爆开得田垄红得耀眼。那花朵是生地，生地开花了。似乎要抚慰我心中的冷清，开得红火而热烈。我伏下身来，摸摸那红艳艳的花朵，一瞬间却幻觉到血淋淋的昨天。

那天，你真不该下地去。头天就有不适，你却没在意。一早就去了地里，是春锄，锄那雨后板结了的土地。自然这要费力，挥高锄头，高过头顶，猛抡下去，才能深入硬实的土地。一下一下，待你觉得不对劲时，已该吃早饭了。你随着下工的人往村里走，鲜血顺两腿流下，你小产了。不知你是怎么想的，小产就小产了，又怕人看见，不敢快快行走，远远落在后边。鲜血染红了裤腿，你嫌进村难看，唤住一位女伴，跑回家来拿了一条裤子，你套在外边，一步一步向村里走来。村口人多，你又绕出好远，从另一条人稀的小路回到家里。进屋时，里外两条裤子都湿透了。鲜红的血让我毛骨悚然。你呀你，真让我不知该怎么说你。你就是这样，皮实硬朗，好像能抗过任何人世的艰难。毕竟人就是人，人的承受能力很是有限，超过负荷就有损伤肌肤的灾难。今天，我明白了这个浅显的道理，但为时已经太晚了，再明白也不能让你重现于人世。

我只能挽个花环，挽个鲜红的花环，表达我对你的怀恋，对你热烈生命的厚爱。花环挽了，不仅我挽，好多好多的人们都挽了。挽得繁盛壮观，成了你生命的最后神韵。但是，要表达我内心的意愿，还是不如这生地，你坟头的生地开得好艳,血红血红的风采,永远永远绽放在我的心田。

伤感的空间

下班了,我赶紧往家跑,家里有个你,我患病的妻。

上班的时候,我真不想走,你弯倒床上,头冒虚汗,虽然什么也没说,明显是难受。我看又是低血糖,连忙化了杯糖水,给你喝了,喝过后你便款款躺下,说是好多了。你是怕我忧心,我明白,低血糖要过去不会这么快。但是,我不得不走了,今上午有会,我主持的会,我参加的会尚可请假,而我主持的会是很难逃避的。我只得出门走人。

门出得很艰难,很缓慢。出了门却毅然而去,急火火的。赶到会场,时间正好,人尚未齐,换口气,便开始了。我开了头,有人讲话,有人发言,空隙里便是给我的留白。留白处便会想你,想你是否缓过来了,安泰了。

于是,禁不住出了会场,悄悄拨个电话问你:"这会儿怎么样?"

是你的声音,你说:"好多了,别操心!"

我轻松了,轻松地迈上主席台,宣布下一项内容。下一项活动进行了,我又有了留白。留白的空间又想你,想你电话里刚才的声音,声音似乎有些低沉,分明还未完好。因而,我怀疑你的回答,你可能尚未复原,只是怕我担心,说是好多了。这么想时,我便担心,担心低血糖会突然剥夺你生存的权利。坐在主席台上,我心烦意乱。烦也无用,只能藏在内心,大椅上稳坐如山,心中却翻江倒海,还不能有丝毫的表现。这主席台对我来说,如坐针毡,如坐针毡!

散了会,下了班,解了羁绊,放了缰绳,哪有不往家里迅跑的道理?跑进家门,看见了你,你神态自若,见我进来露出笑颜。我放心了,一下轻松得浑身自在,缓坐在椅子上抓杯喝水。这才想起,一上午没有喝水,尽管台上有杯,尽管服务员不时上来续水,尽管是口渴了,可我为什么就不喝呢?居然,居然,还要把这焦渴带回家里!

喝过水,润润身,通体自在,也就继续惯常的程序。先是化验,化验尿糖,或者血糖,看看是高是低,还是正常。然后,按照化验的数字,确定胰岛素的用量,打开针盒,拔开针管,灌剂,再请你躺下,给你注射。这一切的过程,形成了规律。生活的节奏,便由这规律主宰,主宰了我整整十多年,将起先的烦扰主宰成了生活的习惯。习惯成自然,自然的我每日践行在自然的世界。

然而,今日我回到家里,却打破了这生命的自然。

你不在了,屋里没了你的身影,床上空旷出大大的遗憾。我无法见你的面,无法问你的病,无法采血化验,也无法将胰岛素轻手轻脚地送进你的体内,更无法聆听你偶然的不适引发的呻吟……我面前是好大的一个空间,这空间比我在大西北看到的空旷还要空旷,那空旷里装满了粗犷辽远,置身其中,我感悟的是自然的博大。而站在我们这没了你的房间,空旷的是凄凉,是失落,凄凉失落出了无穷的伤感!

师道

韩愈语:师者所以传道、授业、解惑也。

——题记

二十多年了。

那时,我在故乡的学校里当民办教师。那一段日子,无波,无澜,宛若一条潺潺的小溪。

似乎是暴雨泼洒的缘故,小溪里时常浑浑浊浊。

趁着青春时光,舀几瓢储进头颅,不意年届不惑,那浑浊的溪水竟成为闪亮的明镜。

镜中映出几多人生……

死者

木子比我大几岁,眼睛不甚好使。

可能是祖传的缘故,他的父母亲都是一只眼睛,另一只眼睛因为不同的原因都瞎了。这是个悲剧,可木子的父亲却演成了喜剧。

那一年,村上来了县剧团,戏唱得热闹着哩!天擦黑,锣鼓家伙一响,村里人赶集似的往戏场里涌。木子的父亲、母亲一人搂一个小凳也顺人流入场。到了门口,父亲掏出一张票递了过去,携着母亲要进。把门人伸手拦住,问:

怎么才一张票呢?

边里堵着的人也急着嚷叫:"想吃混食哇?"

父亲却不慌不忙地反问:"你看我两人几个眼窝?"

把门人瞅一瞅,脱口答:"两么!"

父亲说:"这不就对了! 我两人只有一人的眼窝,买一张票不正好么?"

众人大笑。把门人也笑了,抬抬手,木子的父亲和母亲乐颠颠地进去了。

木子是两只眼睛,却不甚亮豁,医生说过,是弱视,天生的。离了眼镜他无法走路办事。他站在讲台上,无法提问,看不清下面的学生。为这,木子动了好一会儿脑子,将学生排好座位,又让班长画了一张座位表,表上写清姓名。他周周正正将这表贴在教科书的封面,想提问哪个座位的,就对准封面的框内喊名字,学生听了站起来回答问题。这一招蛮灵。

木子是很有些灵性的。所以叫木子,是因为他同辈的叔伯哥们已占全了金、土、水、火,他只能以木相称了。

木子上学时,有同学欺他父母一只眼,对着他喊叫:"拉弓射箭,木子来看。"

喊叫时,做射箭的比划,一只眼睛是闭住的。显然,这是戏耍木子父母一只眼。木子恼火,却无可奈何,法还不治众呢,何况你个小崽?

木子瞅准了喊叫得最凶的那个家伙,放了学,跟着到他家去。进门抽了裤带,往门脑上一搭,就要上吊。那娃的爸妈早慌了,急手忙脚救下来不说,自然要打那惹事精的屁股,闹腾得鸡飞狗嚷,老老小小都出来看这稀奇。

木子胜了,自此,哪个猴崽也怕惹事,不再叫唤了。

木子教学是从生产队长的位上来的。木子是个好队长,公社开大会表扬过。木子所在的生产队是个乱摊子,人马分几伙伙,谁也不尿谁。先前的那几个队长都把人马收拾不到一堆,败下了阵去。木子的前任敲过钟好久了,没有个人影影出来,眼看到手的麦子要烂在地里了,队长急得在街上蹦跳:

"你们不出来,在家里接客呀!背你妈日的!"

队长嚷喊得正欢,突然,从院里、门里飞出了好多的西瓜皮、倭瓜瓢,打到他身上、脸上。队长一气,病倒了。

这时候,正巧木子从城里武斗回来,闻讯,就找到大队拍胸脯子,说:"这摊子,我拾掇。"

大队的头儿们正熬煎三队的事,突然掉下颗救星,哪有不允的?木子上任了。

头天打钟,木子也碰了钉子。钟好敲好敲,就是没人上工。木子有点气,按住火,搪开老六家的门,说:

"叔,上工吧!"

老六吃了枪药般地嚷:"你猴崽才穿上裤子几天,就狗仗人势?就捡软柿子吃?我明对你说,老子谁都不尿!"

木子不躁,嘻嘻地笑着,说:"叔,你尿毛主席么?"

老六嘴快:"不尿!"

木子翻了脸:"好家伙,你老六竟敢侮辱伟大领袖毛主席,罪该万死!"

赶下午,来了警车,抓走了老六。

抓了老六,还是没人上工。众人都骂木子心毒,编好圈圈套老六。老六说尿是骂人,说不尿也是骂人呀!木子去了哪家,你说,你嚷,你骂千人万人,都没人吱声。暗里都笑,木子没招了。

后来,却都出来了,而且,活儿做得蛮漂亮。麦割得快,秋田锄得也快。一直到秋里,快得在公社拔了尖。

其中的谜,村里人传了个遍,全凭裤带上那家伙。说是,木子回村时带了几颗手榴弹,往腰窝里别了一颗,到谁家不听话,就骂,妈的,老子和你们一起燕儿飞了天!说着就要拉火线。人们慌了,赶快抓家具出门,跑得兔子般的。

秋收了,天凉了,木子盯上了学校的差事,坐在暖屋里挣工分,领活钱,美着哩!于是,生产队长摇身一变,成为民办教师。

木子上了讲台,黑板上有一行醒目的大字,歪歪斜斜,却挺扎眼窝:

"欢迎高老师继续在我班任教!"

木子明白,这是逐客令。厉声问:"谁写的?"

没人言语。

木子又问:"哪个龟孙写的?"

还没人言语。

木子拍拍讲桌,再问:"妈的,哪个龟孙写的?"

前排的小个子班长哭了。

木子往跟前蹦去,要来个下马威了。未待下手,后排站起一位大个子,说:"老师,别欺负那娃! 嘻嘻!"

木子快步向后座走去,往外揪大个子。见势不妙,大个子早揽住了桌子腿。木子使一下劲,大个子和桌子动一下。

这时候,木子又听见背后有人说:"老——老师,要——要爱护——护公共财物!"

是个嗑嗑子。木子回头,那厮脸憋得通红,教室里笑成了一团。

木子恼了,转身走了。再来时,学生娃都安静了。腰里那家伙又用上了。

木子昼里教学,总觉日子平庸,味道不够。夜里便去赌钱,常闹得通宵达旦,打着呵欠上课。有一回,还出了娄子。被民兵掏了窝,一锅子端了出去。

事情闹大了,公社要撸木子的民办教师。木子阴着脸去了公社,回来时,脸晴了。他站稳讲台,一直到我离开学校,不管风吹浪打,我自岿然不动。其中的奥妙,还是腰里那家伙的功劳。

得知木子死的音讯,是前些日子。

木子死在汾河滩里。那个河湾挺僻的,没人多去。死好几天了,才被割草人瞧见。木子早已不教学了,自个儿辞了的,嫌这差事没油水,专门给人要账。那时光,学校早被铁厂、焦厂包围了。铁和焦出手,赖账的不少。可木子一去,那死账就活了。因而,木子成了红人,众人都聘了木子当厂长、老板的助理。木子发了,骑着个大摩托,风风火火的。

木子要账的手法很简单,还是那家伙撑腰。

见到木子的尸首时,眉眼早认不出来了,只认出腰里那硬邦邦的家伙。初时,怯怯的,没人敢动,怕扯了线,冒了火,把自个儿崩了。细看时,都他妈笑了,原来那家伙是假的,练投弹用的。

众人笑着殓了木子。

　　尘泥村人添足:打死会拳的,淹死会水的,这话正是"利害相连"一词的通俗注释。得之于什么,失之于什么,木子亦然。

患　者

患者人称贩子。贩子曾是我们学校的乐趣和光荣。

贩子有名有姓,姓樊名娃。贩子是他的外号。皆因为那一年他上讲台就讲了个贩子的故事。故事讲得声泪俱下,听得猴崽们哽哽咽咽的,才有了贩子的称号。

他讲得富有声色:

　　那是万恶的旧社会。在一个小山村里。这天起来,就不见太阳,天阴阴的。西北风吹着,不大,可也挺冷的。

　　山妮一早出门,冻了一个哆嗦,慌忙又闪回窑洞里。她还穿着单衣,怎能不冷? 窑里躺着爹,横在炕上,咳嗽个不停,喘着粗气。娘赶她出去:不识眼色,还不快去讨口吃的!

　　山妮咬紧牙出来,在山里转呀转呀,转昏了头,才讨了半碗剩饭。赶回家去,窑炕上有位戴烂棉帽的男人喜喜地瞅着她。爹、娘见她却忧忧的。娘说,山妮,咱遇上好人啦! 快跟你叔给咱拿吃的去!

山妮挺喜,跟着烂棉帽出了门。烂棉帽不赖,和气地扯这问那,还解下条围巾绕在山妮脖子上,山妮跟他走着,走了好远,还走。山妮问:"叔,咱这是去哪儿?"

烂棉帽答:"去了,你就清格了。"

天黑了,到了一个土窑洞,烂棉帽领着山妮进去,扯下肩头的褡子吃干馍。

山妮害怕,浑身抖着,不吃。

烂棉帽劝她:"吃吧,别怕! 我给你说实话,你爹娘把你卖了。我是贩人的,往山下卖去,可见你模样挺好,不忍心倒卖你了,你就跟我过吧!"

烂棉帽没说完,山妮就哭了,哭成了一个泪人。

烂棉帽把山妮揽在怀里哄她,毛茬茬的胡子扎得她难受。山妮不依,却挣不开。

这天夜里,那深山土窑成了烂棉帽和山妮的洞房。完了事,山妮气恨得睡不着,烂棉帽却睡了个死沉。

不知哪来的胆子,山妮背起褡子偷偷溜了。转下山来遇上了我爸,他那时年轻力壮,山妮投奔了他,成了他的人。这山妮就是我妈呀!

"同学们,你们说人贩子坏不坏?"

同学们齐声回答:"坏!"

他则继续说,让我们高呼:"牢记阶级苦,不忘血泪仇!"

响声震天:

牢记阶级苦,不忘血泪仇!

这么精彩的演讲,在那年头是大受欢迎的。他一到学校就成了红人,各班都请他去讲,为的是突出政治,培养好无产阶级革命事业的接班人。他也乐意去,有请就到,上台就讲:

那是万恶的旧社会……山妮跟着烂棉帽出了门……那深山土窑成了洞房……这山妮就是我妈呀……你们说，人贩子坏不坏？

教室里气氛肃穆。背下里，老师们则张嘴取笑逗乐：

恐怕樊娃就是那人贩子的。

哈哈，说不定。

不知谁斗胆称樊娃贩子，他不明其义，还以为称他樊子，和老子、孙子齐名哩，因而喜喜地让这名声流行开去。

贩子的市场看好。各村的学校都有忆苦思甜的任务，又都难找到现身说法的角色，所以，贩子就挨校去讲：

那是万恶的旧社会……山妮跟着烂棉帽出了门……那深山土窑成了洞房……这山妮就是我妈呀……你们说，人贩子坏不坏？

教室里气氛肃穆。背下里，老师们则张嘴取笑逗乐……

贩子在各村的学校周游时，县上突然来了转正指标。不知为什么要的是有教学经验的，还点名要那位教龄长的瘦子老师。可能因为瘦子教学满有一套，会管理学生，往台上一站，教室里抿死蝇子般的，静悄悄的。他课也讲得有味，猴崽们呆看着他，听神了。他还会写个教学经验，地区领导下来检查，他给县上装了人。

指标捏在管校代表手里。代表没有给瘦子，却揣在怀里出了村，找到了贩子。

贩子正在讲台上慷慨激昂，刚讲到深山上土窑的洞房，正在兴头上，被唤出来，挺不乐意，绷着脸问：

"咋，有啥事？"

代表说："看你那球势，脸阴的，我把你家的娃掮到井里啦？"

贩子说："别罗嗦，有话说，有屁放！"

代表说："唔，你忙，你忙，我不敢打扰贵人了。我走，我走，误了好事别怨老子不抬举你。"

贩子一听有好事，忙笑出颜色："嘿嘿，看说的，我是和你逗哩，不识淘气！你说——啥事？"

代表说："啥事？舔你的屁眼哩，想转正么？"

贩子一蹦好高，说："转，你说咋转？"

代表说："咋转？你先说舍得点破费么？"

贩子忙答："舍得！"

代表说："这就好说，那你每月给人家点烟钱。"

贩子划算，烟钱能有多少？一般烟一盒也就一毛多钱。每天一盒，月月不过三四块钱。工资里支了这钱，剩下的也比民办教师每月领的那四块钱要多。当下就答应了。

代表这才告他有个难点，指标是给瘦子的，要和公社商量，如何如何困难。

代表走后，贩子再无心讲课，将山妮放在窑洞里不管了，匆匆追回村。代表还没回来。等了一会儿，代表进了门，悄悄对贩子说："和公社说好了，每月就那个数。"

贩子点头，代表召集会议宣布：

县上给咱学校一个转正名额，瘦子老师教学时间长，可是因为他是中农，成分太高。最近，贩子表现很好，又是贫农，苦大仇深，根正苗红，所以应该先让贩子转正。这才是正确的阶级路线！

众人不语，瘦子也不语。贩子填了表，转正了，领上了公办教师的工资。每月给代表烟钱，由他转交给上头的人。一切照旧，只是见了瘦子怪怪的。

一日贩子路过教室，听见瘦子在讲：

驴子有什么本事，一声大叫还把老虎吓了一跳，可后来，老虎摸透了驴子的能耐，把它吃了！

教室里哄堂大笑。

贩子怒起，踢开门，冲进去，指着瘦子大骂：

"你个龟孙才是驴子，你还攻击老子！老子占了你的指标，有什么了不起,龟孙!"

瘦子说:"我,我是讲《黔之驴》哩!"

贩子骂:"你这个睡在我身边的赫鲁晓夫,我操你娘!"

上来要打瘦子,瘦子躲,贩子追,教室里大乱。亏得学生拦住,瘦子才溜了。

瘦子无法到校上课,贩子扬言,要打落他满嘴的牙。

瘦子辞了民办教师,种地,贩子才安然了。

贩子得病,是后来的事了,据说是因为瘦子当了教育局长。恢复高考,瘦子上了大学。分配后正赶上提拔有文凭的,一步登天。

贩子闻讯,夜里再睡不稳觉,耳风里有人在闹,睁眼却不见个影。日里没了精神,瞌睡打盹,熬到夜里,还是睡不稳。去诊病,大小医院都跑了,看不出有啥毛病。人却如霜打了的倭瓜,一天天蔫软下去……

　　尘泥村人添足:为人不做亏心事,半夜打门心不虚。此语同做贼心虚可以互为两面。贩子命硬,不知能否硬过此理?

生者

袋子在前面出过场,就是那位代表。

代表因烟钱的事走漏了风,落了这么个倒灶鬼名声。俗话说没有三十年不透风的瓦房。贩子月月交烟钱,交着交着心疼了,托人去公社打听,没人承认烟钱的事情。才知道每月的破费都到了代表的口袋里。众人说,代表是个装不满的袋子。

有人问袋子,这称呼是啥意思?

袋子则说:"胡开玩笑哩!我是上门招亲的,咱姓老婆家的姓,儿女也姓人家的姓,人家就好比一条布袋,把咱装在里面。"

听得人都笑了,袋子不笑,接着说:"其实这个理不对!布袋实际上是补代。补代是咋?是补充后代的意思。传说,从前有个皇帝没有儿子,不能立太子,就招驸马,给他生了孙子。这一下传位有后代了,所以,皇帝把招亲封为补代。这么贵相的事,传来传去,传变了味,补代成了布袋、袋子,和你们这些土包子说不清楚。"

袋子一副满腹经纶的学者派头。

袋子的学问不止这一点,高论多着呢!斯年,9·13事件,林彪葬身温都尔汗,小学校里也要传达。袋子是代表,去公社听的,有资格传达的是他。

袋子走上讲台,咳一声,提高嗓门说:"林彪叛党叛国,死有余辜。哦,什么是死有余辜呢?这个问题要搞清楚,要不就成了修正主义么!要搞清死有余辜,先要搞清楚什么是辜?辜是这里的重点,关键,那么,咳,这个的重点,关键是啥?说透了其实很简单,要不懂你就得懵半天。所以说,不管你是学生,还是老师,都不要不懂装懂。话说回来,那么到底什么是死有余辜?咳,辜就是骨头么,死有余辜就是林秃子虽然摔死了,还余下那么几块骨头!哪几块骨头?这更简单,咳,就是在现场拾到的那几个牙么!"

猴崽们听得眨巴眼睛,挺有味。"臭老九"慌忙背转身去,捂嘴憋住笑。

袋子的精彩演讲传得极快,猴崽们也知道袋子肚子里没有籽颗,都是秕谷,瞎嚷嚷哩!背后里笑话他。有相好的给袋子提了个醒,袋子说:"那有啥?大方向正确么,纠缠那些枝节问题干啥?"

袋子的口舌就是灵巧。

烟钱露馅后,贩子也不是省油的灯,问到了袋子的眉眼上。袋子回答得挺痛快,大有好汉做事好汉当的气度,反问:

"是,钱是我花了。这有啥?人常说,杀人放火一圪窝,积福行善独自个。我不杀人,不放火,弄点烟钱,还能有啥挂碍?"

贩子脸色铁青,却无话可说。据说,日后大小事都躲着袋子。

袋子却不以为然,月头上又去贩子屋里取烟钱。

贩子说:"你还有脸来?"

袋子说:"君子爱财,取之有道,不要白不要。"

贩子说:"你有狗屁道理。"

袋子说:"人前一句话,神前一炷香,说了就要算数。"

贩子嚷:"歪理,歪理!"

袋子说:"当然是歪理。若要是正理,君子不夺人之美,转正能轮着你?该瘦子哩!我作孽,你发财,这合情理?"

贩子缠不过袋子,扔了两钱打发他走了。

瘦子辞职后,学校缺了教员。袋子定了西子。西子实际是希子。她上头两个姐姐,父母亲希望有个儿子,叫她希子。结果父母连得二子,她整天看娃,没上几天学,识不了几个字。西比希好写,就把希子写成西子,活像是什么西施似的!

袋子让西子教半年级。这是照顾她,可西子也有难处,比如,猴崽入学那日,挨个地报名。

西子问:"你唤啥?"

答:"文革。"

西子记下,又问一个女娃:"你唤啥?"

答:"红霞。"

西子记了红字,却不会写霞字,念念叨叨:"霞,霞,霞狗屁呀,气死木匠,难死画匠!"

女娃脸皮薄,哭了,跑回家去。

紧跟着,红霞她娘找来了,吵得学校里乱哄哄的:"你不会写霞字,怪你学问浅,你才说我女娃的名不好!你的名好?西子,戏子,好脱裤子!"

袋子听了,出来,院里的猴崽们围满了,乐得蹦高高。他慌忙把红霞娘拦挡到屋里,劝说:

"她嫂子别生气。西子文化浅,可是咱们的苗子。你想,她是军属,爷当红军光荣了,爸在朝鲜挂过彩,有功人的后代,咱不使唤,使唤谁?使唤那头上戴帽的给咱下黑崽哇?你不怕把女娃也糊弄上个黑帽子?你还说啥脱裤子哩,你上过头,脸厚,人家女娃脸皮薄,要是寻思不过,有个三长两短,你不得顶命呀!还不安静点,快走!"

那婆娘怕了，抿紧嘴，溜了。

西子就当学前班的老师，没人再敢招惹是非。

袋子培养西子的事迹还被介绍开去，县上号召各校学习。学习工人阶级的同盟军——贫下中农怎么占领学校的阵地。

袋子和西子都晕晕乎乎的。

晕乎久了，有了收成。西子的肚子大了，无法遮盖了。

袋子领西子去刮，医生说迟了，太大了。

西子哭了，寻死觅活，要当袋子的人。

袋子无法，和老婆商量。老婆蹦跳到学校，还抓破了西子的脸，指着她数落：

"人家红霞娘骂你，西子，戏子，好脱裤子，真是这呀！"

西子哭得昏天黑地，没法收拾。袋子无奈，只得和老婆离了，在村里那个破碾坊和西子过到了一搭里。

背后人们指指点点。袋子却不在乎，对人说："狗日的，咱也解放了，不再给人家顶门当布袋了。伙计，咱也娶来了老婆，改日别吆喝袋子了。"

可是，叫惯了，众人改不了口，仍唤他袋子。

袋子的光景不如先前好过了。不光他解放了，学校也解放了，不再要代表去管。袋子只有扛起锄头下地，到田里的禾苗中显摆去了。袋子走了，西子没了靠山。隔几日，一测试，净错字，也被撵了。

西子下田，受不了那份苦，骂袋子没本事。袋子肚量大，不生气，背过身去不言语。西子独个生闷气，恨袋子毁了她的青春。她有过个看上眼的，山子，可迟了步，让袋子占了先。西子泼上了，暗里和山子好上了。

袋子下田，山子就来。两人晕晕乎乎的。

这日，袋子到了地里，有烟没火，发瘾了，没奈。回来取火，碰到了个正着。

西子慌了，揽住袋子的腿不放。那贼趁空儿窜了。

西子说："袋子，我不对，你说咋吧！"

袋子不语，点着火，抽了好几口烟，才说："只要不碍我的事就行。"

袋子的故事本应卑微地了结了。突然，袋子却又红了起来。村乡里也解放了，收粮好难，头儿们跑短了腿，也收不了几颗。思谋了个法儿，弄几个嘴甜的人下村催粮。袋子入选了，成了乡政府的人。我动笔时，正听见窗外的高音喇叭里有人叫喊：

"哪个皇帝不纳粮？俗话说么，咳，纳了粮，自在王。你不交粮，睡觉能贴稳？还有人鬼打得胡说哩，说今年粮要得多，太吃亏，咳，啥吃亏？咱连瓮都吃了，再吃这么个小盔子，你还有啥不情愿的？……"

袋子在讲，讲得满有兴味。听口音，活得挺有心劲，用个词说，生机勃勃的。

尘泥村人添足：脸厚心宽舌头活，这是小人的形象。世人厌恶小人，岂不知小人有小人的好处。大鱼因大而落网，小鱼因小而漏网。存者且偷生，正合小人的时宜。

灰烬

本是为了燃烧，

燃烧却很短暂。

留下的虽然长久，

长久的却是灰烬。

——题记

记不清是何时了，我突然间就喜欢上了静寂。伺机就挣脱人群，挣脱喧嚣，躲进一片完全属于自己的小天地。有时候我面壁而坐，或瞪着眼睛，或闭着眼睛，无端的思绪却早已飞出这直立的四壁，去做那无边无际的漫游。当然，我最喜欢的是走向阔野，走向寂寥，或躺在沙滩上，或伏在草丛中，轻松的四肢荷载起活跃的思绪，任它纵情尽意地舞蹈。漫游也罢，舞蹈也罢，游过舞过，常常又不甘心这种无意劳作行云流水般消失，忽儿来了兴致，这些漫游和舞蹈就成为笔底的文字。

此刻，当我落笔的时候，是又一次漫游和舞蹈的终结。

我想到了烧焰。俗话说，烧焰伙食，家缘过事。这看似简单的东西，却与家乡人们的生存和发展紧紧联系在一起。或许，在那洪荒年代，我先祖的先祖，从取暖的温热中发现了火的重要，就与之结下了难解之缘。更别说日后要吃熟食，火也就成为人难舍难分的伙伴。赖以产生火的材料，在我漫游和蹈舞的岁月，还只是柴禾和煤炭。托先祖的洪福，把我遗落在这么一片土地上。西去或者北去，都有高山，那山是石山。石山中有煤炭，所以，我的祖先有着烧煤的福分。我的头脑中没有留下"柴禾迷"一样的典型人物，却留下了关于煤炭的诸多记忆。

拨　步

回顾拉煤的那段艰难历程，我立即想起了一个词语：拨步。而且，我自认为由于那段阅历使我深切领会了"拨步"的意思。拨步一词，不同的词典有不同的解释，但无论怎样解释，总与词语所要表达的意思有一定距离，更不要说是恰如其分或贴切了。《辞源》解释为"抬起腿（跑和走）"。这种解释的要害处在"抬"上，失真处恰恰也就在"抬"上。抬表现的是走路的正常姿势，绝没有拨的意思。既然要拨步，那就必然是深陷泥沼，或者为什么力量所牵绊而难以抽腿，非如此就成了正常地行走，还有什么必要"拨"呢？《现代汉语词典》解释较为圆滑：拨步为拨腿。显然，这种解释保留了"拨"字的深深含义。但是，拨腿又是什么意思呢？往下看数行就有拨腿的解释："迈步或抽身"。抽身是另一种喻指的意思，这里姑且不论，而迈步的解释岂不和"抬起腿（跑或走）"不谋而合了吗？因而，这迈步的解释仍然停留在表象层面上。

接下来该谈谈我对拨步的体验了。按常规说，一般需要付出拨步般艰辛的是拉上实车，也就是装上煤的路程。刚起程，车似乎没有多重，轻轻一拽就走了，走不多远，却添了重量，车轮每转一圈，都需要付出相当的力气。人，已经汗淋淋的了。停住步，歇口气，再拉再走，走不多远，就又气喘吁吁。而且如此反复，每一次只能比上一次拉得距离短些。这还只是平路而言，要是上坡，费劲就更大了。从亢村煤矿回返，一路有好几个坡，最大的坡是土门坡。先下到涧河滩底，然后再往高高的坡上爬攀。身后拽着1300斤重的煤车，若非力大如牛，不可能一人拉上坡去。每逢此时，我们只有盘坡，也就是大家都停下车来，每三人一辆平车，一人在前面拉，两人在后头推，往坡上移动,送上去一辆,再回来推另一辆。即使这样,也容不得丝毫懈慢,每个人都拼尽自己的气力,那车轮滚动还是缓慢的,似转非转。这时候若要是有个好心的过路人从旁边搭一把手,那可真是求之不得,添只蛤蟆还有四两力么! 在这个坡前,我就为他人添过力气,那是"文化大革命"大串联的年头,我们一行人戴了红袖章,扛了红旗,徒步长征奔赴革命圣地延安。行至坡前,正遇弯腰弓背的拉车人,汗涔涔、气喘喘地蠕动。我们立即插了红旗,解下行囊,搭手推车。哪知推了一辆又来了一辆,在此我们一直从日影西斜推到日落西山,天已漆黑,才没了车辆,我们直起腰,拖着疲累的腿去村里借宿。看来是上苍由此发现了我和这长坡的缘分,才赐予我在这里蠕动攀爬,加深我对长坡的印象。每过长坡就尝到说不出的艰辛,即使后面有人推车,也不敢有一丝马虎。稍稍松气就可能倒退后去,那后果是不堪设想的,不跌个车毁人亡才怪。拼命用劲车轮转动也不容易,抬脚迈步也就分外艰难,抬头挺胸正常的走路是不行了,那样走非倒栽后去不可。拉车人必须双手握紧车辕,肩上挂紧车襻带,身子用力向地面倾斜,几乎和车辕倾成平行线,车轮才会向前转动,这就是拔步的姿势。

这种姿势总使我想到那么一幅画,这幅画在小学一年级时就深深印进我的记忆。那场面叫"老公公拔大萝卜",是说人多力量大,老公公身后是老太太,老太太身后是小姑娘,小姑娘身后是小花狗,小花狗身后是小花猫,小花猫拉着小花狗,小花狗拉着小姑娘,小姑娘拉着老太太,老太太拉着老公公,老公公握紧大萝卜,大家一起用力,身体一律后倾,于是大萝卜拔了出来! 那是多么令人欢欣地拔呀! 而这拉煤的拔步绝然没有拔萝卜的欢欣,每一步都充满了艰涩和悲苦。有一次,我猛往前一挣,襻带断了,一下扑倒在地,剧烈的疼痛立刻使我意识到什么叫死亡,顿时眼睛一黑,啥也不知道了。醒过来时,我满脸是血。好在没有伤着要害地方,只是鼻子出血,很快止住了。鼻子出血是因为鼻头高,出头的椽子先烂,谁叫他不安于平庸却要高出其他部件? 活该! 奇怪的是,鼻眼洼里居然擦伤了一块皮,至今尚残留着一个小小的斑点。我不知道这低洼地带为什么不能安全渡险? 那一次确实危险,若不是后面有两个人推车,见我摔倒迅速拦死车,在轮下垫了块石头,那煤车要是倒滑下去,定要撞伤人。我清醒过来,将车襻挽结续好,又拽起煤车拔步向前,继续体味拔步的意思。试想,这种拔步是能用"抬腿"或"迈步"而轻松解释的吗?

这是拉实车的情状,拉空车可以好一些吧?该是这样。偏偏天有不测风云。有一回,我就碰上个刮风的鬼天气。那是个冬日,我们是后半夜起身的。依计划在天亮时赶到窑上,装好煤,天黑前可以返回来。这样紧凑地往返,可以避免路途住宿,省了住店的3毛钱。这店钱委实不高,尤其是用现今的眼光去反观那遥远的店铺,这钱简直微乎其微。外地出差住一宿标准间要出50元,稍豪华些就得上百元或数百元,更别说住香港那上千元的客栈。然而,那会儿的3毛钱却来之不易,劳动1天仅记10分工,工值还不到1毛钱。三天的辛劳被这一宵掏光于心何忍呢!因此,要起早贪黑地赶路。起身的时候,月亮已不见了,只见低低的云絮。许是云层不厚,可以使轻柔的月光滤入人世一些,所以眼前并不漆黑。对着朦胧的夜色,一轮圆月浮上我的脑际。亮亮的圆月周围拥着好些云彩,那云彩犹如厚厚实实的围墙环绕着月亮。细细看,这城墙般的云圈尚留着一道小口。村上人称这现象叫做月亮戴圆圈。圆圈分两种,雨圆圈和风圆圈。有这么一道小口的是风圆圈,没有口的是雨圆圈。据说,这圆圈可以预测天气,围住雨圆圈要下雨,围住风圆圈要刮风。按说预测到风的信息,我们应该改日再来,可是,大伙都做了准备,更主要的是拉煤用的平车都不是自家的工具,是借用别人的,好不容易千呼万唤始得来,不用还回去,岂不可惜?为了避免这种可惜,大家义无反顾地上路了。

风果然来了,起初不大,只是一丝丝的凉。这凉风鬼精明的,掀起我的棉袄,从腰间直往我的肋骨间灌,浑身的肌肤随着凉风的侵扰而颤抖。我那握紧辕把的手不得不腾出一只来搂住棉袄,这样风掀不动棉袄,身上的寒气便少了。突然间,风大了,大得怕人。带着凶狂之气迎面扑来,那架势活像在囚笼里关闭了许久的猛兽,好不容易才挣脱出来,要把积蓄在身上心头的全部淫威倾向人寰。地上的尘土,田里的落叶,河滩的沙石,被狂风抛上天去,在空中结队窜流,横行滋扰,不断有撞在我和同伴脸上的,打得麻酥酥地疼。眼睛也迷了,无法睁开认路,只得伸手揉搓,让涩痛唤出泪水,冲洗沙粒。这当儿,每一步都困难极了,弯腰弓背,车轮还似转非转。形容这种情况,我敢说任何词语也没有"拔步"准确。我也就更为叹服"拔步"一词创造者的高明,也就愈发不能苟同解释"拔步"的浅陋。

由此我想到,每一个词语的诞生,都包含了人们真切的感受。诚如茅盾先生赞赏"麦浪"是作者的妙手偶得一样,"拔步"亦然。离开了对事物的透彻了解和切身体验,就不可能有突如其来的灵感,也就不会有什么妙手偶得。进而可以推出,对每一个词语的解释,也只能是一种情绪上的感知和体味。离开了这种体味和感知,用词语去解释词语,只能是隔靴搔痒,不免失之肤浅。因为,人们丰富的思想化为词语,本身就是一种局限,解释又是一种局限,要用一种局限把另一种局限说得透彻明白,怎么可能? 这正如我在这里挑剔他人的解释不尽词意,倘要我解释,我更没有合适的词语。作为人类词汇最精当的词典,不可能把我的这些冗长感受拉杂在其中,若要我去解释拔步,我也不得不承认自愧弗如。

变迁

用平车拉煤别看会导致艰辛地拔步,但却是乡村进化的一种标志。

当然这是站在过去特殊的位置去看,若用今天的眼光去看平车拉煤,那只能是一种落后的象征。自然如此,任何事物在历史和现实两端都难有永恒的价值。

这还只是宏观而言,若是微观细论,连平车这个名字似乎也难以合乎逻辑。什么平车? 既为车,就有车轮、车轴、车厢、车辕,试想这些物件,哪一样有平的特征? 车厢似乎平些,可还高高翘着两块耳板,影响了车体的平坦。

其实,平车之平,是相对推车而言。推车原是木头轮,木头把,木头板,轮不大,把不长,推上百十斤也死沉死沉的。后来的改进在于换了车轮,木

灰烬

轮变为铁轮,且装了橡胶轮胎,轻巧多了。一个人推个五六百斤不算事。车轮也比原先的木轮大多了,高高翘出车厢好多,而且在正中间,为了遮掩这高翘的车轮,车厢正中按了木头盖。这木头盖却破坏了车厢原来那小小的平坦。大概正由于这高翘的木头盖,才使两个轮的车子出现时,人们一下发现了那较之推车平坦的车厢,所以就有了平车的称谓。

平车比推车好用。推车一个车轮,举起双把,车子就失去了平衡,随时有倾倒的可能。因此,推这车子首要的一点就是不要让它翻了。怎么掌握为好?民间传播着诀窍:推车子,不用学,只要屁股扭得活。咋个扭法?却无定规,完全看临场发挥。若是初看那推车的模样,着实有点骇人,不是偏东,就是歪西,随时都可能翻倒。然而,推车人却满有把握,稳操胜券,平路敢推,山路也敢推,有人上山推炭,一车就能推回一冬天的烧焰,在当时这着实是件了不起的工具。

要知道,早先人们完全是靠肩膀担煤的。上好的把式,也不过能担个百十斤。路途远了,初时不重,越走越沉,要把百十斤担回来确实不易。父亲就担过120斤,那是头一遭担煤。到了煤窑,看看那堆积如山的煤块,实在喜欢,想想家里烧煤时节俭的模样,不知不觉就装了个满。在窑场上肩,担子并没有多沉,可是越走越重,扁担两头,如两架颤动的大山。赶从山上回到家里,连吃饭的气力也没有了。第二天更为难过,腿肿得好粗,脚肿得好圆,连炕也下不来了!所以,当推车出现时,当祖辈人告别担煤的历史时,心中的高兴劲真和过年喜庆没啥两样!

当然,担煤的历史结束,并不意味着完全抹去了那段历史中的辉煌人物。乔五斤就是我们家族中一位因担煤而被人称道的汉子。别人担煤用筐子,他担煤却用揽槽。揽槽是人们喂牲口的工具,用来装铡刀铡出的寸寸草。那草短小难装,若用一般的筐子,装不了几斤重,净跑了来回。一只揽槽有五六个筐子那么大,装一回顶好几回,最是出活儿。用这家具装草,满满一筐也就是几十斤,而要装煤,那就是几百斤了,普通扁担是无论如何也难以担起的。这当然难不倒这位大力士,他顺手从别人家拆房刚卸下的木

乔忠延客体散文

头堆里，选了一根较细些的墙檩上了肩。乔五斤挑着揽槽到了煤窑，四周的人都傻了眼，嗨呀，真没想到尘世上还有这般的力气大的人。窑主也在众人的惊诧中走过来，一走到那两只揽槽前，手中的水烟袋就没了"咕咕"声。他瞅瞅揽槽，瞅瞅比揽槽高不了多少的那人，说："你不用排队了，尽你的装，只要你一肩能担出山口，我连钱也不要！"乔五斤二话不说，捡起泛亮的煤块就装，装满了，挑起就走。窑场的人都扔了活计，簇拥着窑主，追赶着乔五斤看稀奇。哪里知道，这乔五斤力大如牛呢！

他好抽烟，常常没了烟钱，打场时，就思谋着要偷点麦子换钱。他精，爹更精，白天守在场里，晚上睡在场院，且堵在场厦口，看你咋能把装了毛褡的麦子倒腾出去，一毛褡少说也有上百斤，要搬咋也看得见。乔五斤也算孝顺，连日都披一件长袍和爹一块看场，穿长袍是因为夜露生凉，爹还披着棉袄哩！这夜，爹睡得正香，就见五斤从身上跳过，坐起一看没拿什么，便问："咋去？"答说："尿一泡！"爹没再留意又躺了。可是，一泡尿尿了一个时辰也不见回来，爹心里就开始盘算，点亮马灯一照，却见麦子少了一毛褡。便有些纳闷，也怪，这贼坏子是咋倒腾出去的？正照着，五斤回来了，拿了空毛褡说，我换了些烟钱。爹又气又奇，问他是咋倒腾的？五斤不语，撩起袍子，就在胳肢窝下夹了一毛褡麦子，轻手轻脚走了几来回。爹说了声"好你个贼娃子"，又躺下了。窑场的人怎能知道这底细，只见揽槽上下颤着，墙檩子咯吱吱叫着，乔五斤却腰不闪，步不乱，走得从容自在。追赶着看热闹的人都赶出汗来了，他仍然走得稳稳当当。很轻松地一肩就挑到了山口口，而这一肩竟然走了高高低低的十里路程！窑主服了，说："你担走吧！钱，我不要了！"

乔五斤说："你还看吗？要看，我再走十里到台头村换肩。"

窑主说："不看了，我服你！"

乔五斤说："那我就在这儿换肩了。"

说着，左手扳了扳肩头的墙檩，两只揽槽轻悠悠转到了左肩，趁势一闪，他迈开大步，风一样扑下山去。

自此，乔五斤担煤从来不用排队，谁见了谁让，他总是随去，随装，随走。

自此,乔五斤担煤身后总跟着一群人,沾他的光,早点装。

乔五斤不仅是我们祖上的荣光,也是我们村上的荣光。

推车的出现隐隐遮掩了这种荣光。往常担筐子的人,也能推回两揽槽重的煤了!然而,流传于众人口舌中的荣耀却一代一代传诵不断。我知道这个故事的时候,平车早已取代了推车,可是,我仍然可以在父辈们那绯红的脸上体味到这种荣光的不凡。

道路的拓宽很快结束了推车时代,逐渐兴起的平车代替了推车。平车比推车至少有两个优点:一是载重量大,一车可以装上千斤,抵两个推车,跑一趟,顶两趟,上算;二是平稳好拉,只要弯腰用劲就走,不必像推车那样时时担心翻倒,也不需要无休止地扭屁股了。只是一辆平车要花数倍于推车的价钱,村上少数有钱的富裕户才有这样的固定资产,大多数人与之无缘,只能一边羡慕,一边怨叹自己囊中无钱。每回拉煤只得借车,而借车拉煤,这车是要出大力的,非上好的交情绝对借不出来。

那一回,我的平车是姑父借来的。姑父借的平车是村上一位人物的。他叫石仁,抗美援朝跨过江,和姑父在一个营里。一次偷袭,他和姑父去摸敌人的暗堡。那是一个雪夜,一地的亮豁。他们没有穿素常的军装,披挂着卫生队的白褂白帽摸了上去。还算顺利,直到炸药包的导火索燃起,暗堡里的鬼子才发现了这白色的游魂。枪声划破了雪夜的静谧,子弹飞出来了,石仁翻了个跟头,姑父也翻了个跟头。接着,一声巨响,暗堡飞起好高。后面的战士们呐喊着上来,占领了敌人盘踞了好久的高地。石仁一个跟头跃了起来,抢先扑向高地。姑父却原地没动,他的血染红了白大褂和白大褂下的白雪。事后才知道,他被敌人的子弹打穿了梭子骨。姑父被送往后方治疗,而石仁却因作战勇敢升任为排长,继而当连长,当营长。他回村的时候就要当团长了。

前方的喜报不时传回村里,石仁成了村人眼中的英雄。提亲说媒的赶趟似的往家里钻,父母二老还是有眼光,花里挑花,也没眼花,选中了桑树湾那漂亮的闺女定了亲。部队回国不久,公公就领着未过门的媳妇到了部队。石仁一见姑娘,满心喜欢,姑娘却一脸的不悦。原先介绍人只说石仁脸上有几个碎麻子,何曾想竟是这么多呀!可是,一切都晚了,当夜石仁就把生米做成了熟饭。姑娘认命了,她铁了心,准备跟着团副好好当娘子。谁曾想,就为这生米熟饭的过失,团副被撸了,石仁回到村里也不过是个庄稼汉而已!

石仁一下塌了架子,往日在部队的凛凛威风没了,在家里事事由着老婆。老婆凡事都要掐尖,实在有气了,石仁也不敢对老婆抬手动脚。有人说,那一回收玉米,雷紧吼,风猛刮,老婆躺在炕上就是不挪窝,没人撑布袋,一个人装不起来。石仁吼叫,老婆不理不睬。他恼了,一脚把刚刚扫起的玉米踢得四散乱溅,却没敢弹老婆一指头,一赌气也不管了。老婆只翻了个身,睡得更稳了。还算老天不赖,光响雷,没下雨,刮一阵风,把云掳跑了,玉米没淋湿。眼看日落天黑了,老婆还是老样子。石仁只好有气变没气,拿起扫帚把自己踢散的玉米又搜罗到一起,再慢慢装好。

石仁生来脸丑,又难有高兴事上心,从来都愁煞煞的。村上的娃儿们都有些怕他,背地里七拼八凑地编排他。日子久了,居然演化为一首歌谣:

碰见一个人,

长得还不错,

就是脸上有些小圪窝。

大的像海洋,

小的像笸箩,

最小最小的也像个烟袋锅。

若不是那年"四清",一锅端了原先的村干部,石仁很难有出头之日。石仁一上台,就抖出团副的威风,呼喝出久有的怨气、穷气,呼喝出一村人的惊怕、忙乱。没多时,他的脸上滋润了,还买了平车,拉拉拽拽,光景好多了。试想,这样一位人物的平车岂是好借的?只有姑父才敢登他的门,借他的车。我也才能在借到这先进工具后去躬行艰难地拔步！

漫画

70年代初，一家省报刊出过一幅漫画。画面上是两车不同的煤炭。一车块炭，一车碎面。两个车主，两种表情，一个欣喜，一个忧郁。画面下的词是：

有面子的没面子，
没面子的净面子。

这幅漫画立即引起了我们的共鸣，画面虽然在人们的口中无法传诵，而那句传神的配词却家喻户晓，妇孺皆知。甚而，学校里的那些小学生读厌了干巴巴的课文，也会突然亮出一句："有面子的没面子，没面子的净面子"，这也会增加一点校园里的生动气息。有谁知道，那句久久传诵的词作者是谁呢？不错，漫画自有漫画的作者，可是我敢断定，漫画的作者是一位颇为精明的画家，他是受了这句词的启迪才欣然走笔的，而绝不是先做了画，再配上这句远近闻名的词。因为这词的作者就是在下呀！时隔这么久，我绝没有去和作者争夺版权的意思。况且，时下商品大战潮涨潮落，真假猴王早就难分难解了，"假做真时真亦假"，何必去冒那夺人之好的风险？弄不好既不能为自己正名，还会被指控为恶意侵权，我自不必去纠缠历史的陈账。如果尚有一点知识，还是去创新，创新才会使生命蓬勃，永不枯竭。

当然，我所以会有那样的传世之作，并非是我有超人的才智。而是拉煤的苦难生活点化了我的愚顽。拉过几回煤后，我发现我的煤没有一次是像样的，所谓像样的是指块炭。我每回都拽回一车稀碎的煤面子。这样的煤不好烧，也不耐烧。不好烧也还能将就，多用柴禾引着煤，一点着也就没什么难的了。要耐烧，却不是面子煤能达到的。块煤到了炉膛，一旦燃着，膨化开来，小小一块能胀满半个炉膛，燃烧好久。面子煤哪有这种优势，没烧咋一会儿,迅速萎缩下去,化为灰尘,被火箸漏下坑道。这不耐烧着实是困扰我的一大问题,实质是个利益问题。花同样的钱,买一车块煤可以抵两车面子煤烧,何乐而不为呢?但是,买块煤何其容易!

那时候,一切都在紧缺之中,煤炭也是这样。拉煤的人在煤窑前排了长长的队,缓缓移动,移动到装煤的地方,再眼巴巴盼望和祈祷自己的好运。从煤窑里伸出根铁轨来,铁轨上载出一斗一斗的煤厢。"咣当"一敲,那厢煤就翻倒在你的面前。猛然,你的运气就真真切切展示在你的眼前。多数时候,多数人得到的不是欣喜,而是失望。也许为了这厢煤,你昨夜曾作了一个甜美的梦,梦见又黑又亮的块煤,闪闪翻倒在你的面前,你笑着装好,笑着拉回去,又收获了老婆娃娃满满一院子笑。可是,偏偏事与愿违,翻在你面前的竟然是一厢碎而又碎的面子煤。你能不失望?失望也不敢怠慢,你得快快装,迟了别人会要装,你就得等下一车,说不定等来的是更大的失望。

装过几回失望后,人就逐渐变得精明多了,千方百计去寻找各种可以利用的亲朋关系。本来跻身于这种黑污的行当之中,我就卑低三分,再要去死乞活赖地求人,那更难开口了。可是,有一次,我在煤场硬硬厮守了一个夜晚,这种骨子里的清高被挤压出来,逐渐化开,也变得媚俗入世,不惜用浅浮的媚笑去讨得别人的欢欣。那是一个中秋节。选定这一佳节去拉煤,是因为节日学校放假。父亲有一天的假日,可以陪我去煤窑帮把手,推推车。其时,父亲告别担煤生涯已有很久了,这些年中,他成了一位教师,又成了一位校长。校长在他人眼里不算什么了不起的人物,但在学校那帮猴崽眼里还是颇具威严的。可是,一旦混迹于这种煤污的浊流中,不管你是威严,还是尊严,都应和同流们一样自谦和自卑,都应该听那些脸比你黑、衣比你脏的窑人指派。否则,你就会蒙受意想不到的祸害。按说,父亲和煤窑的交往要比我早得多,这种感受和体会应该更深。或许是父亲担煤的时代太早了,那时的窑人还没有研究出时下这一套耍威风的技能;或许时过境迁,父亲早好了伤疤忘了疼,久久不来此处,以为这里和教科书上一样纯洁无瑕;或许是他背了一肚子毛主席语录,以为红太阳的光辉也将这块土地照得灿烂一片呢！反正,他一句话冒犯了那位过秤人的天威!

我清楚记得那位过秤人脸长得挺长,挺黑,口一张,白牙明晃晃的,还长着一张逗人发笑的滑稽相。他姓马,没有人敢叫他老马,恭称他马师傅。马师傅就用他那一副滑稽相,滑稽着一个个毕恭毕敬的拉煤人。轮到我们过秤时,我也像常人一样躬背弯腰,笑嘻嘻地递上一支香烟。现在看那烟并不值钱,即使一盒,也比不了时下一支红塔山烟的价钱。可是,为递这支烟,我却付出了极大的努力。首先,我要涤净我骨子里素习清高,否则,决不会甘于向这位黑汉媚献殷勤;其次,我得时时惦记这烟的事情,我不抽烟,即使口袋装好了招待人的烟,也常常会忘之脑后。这一次还好,我成功地演完了同流中一个普通的角色。马师傅没有推辞,也没有把我的那支烟像他人的一样放在桌上,而是夹在了耳朵上。我看到我刚从烟盒中掏出的雪白的香烟夹在了耳朵上时,已清楚地印上了黑黑的煤乌。马师傅夹着我的烟卷给我过秤。磅秤显示,我们多装了30斤煤! 多装不是错事,如同少装一样,谁也不可能按照开票的斤数正好装满,多退少补这是惯例。问题就出在退煤上。在我前面的那人,卸掉上面的煤块,把车厢的面子煤往外搓了几铣,然后又将块煤装好去了。轮到我时,瞅准先例,前车后辙,照着办就行了。谁知,事情就坏在这照办上。当我搬下块煤,搓面子煤时,马师傅突然大吼一声,毫无思想准备的我,着实吓了一跳。我顿时明白了自己的过错,是没有把那些块煤退出来,我也明白了我这支烟的努力算是枉费心机。我瞧一眼那支刚刚还洁白无瑕、这会儿却乌迹遍体的烟卷,不仅满腹委屈,却又不敢将这种委屈流露出来,努力扮出满脸笑颜去改过自新。

偏在这时候,我的父亲发话了,父亲此时已忘却了自己所混迹于乌流中的身份,摆出了小学校里校长的架式,质问马师傅:"你为什么不一视同仁?前面那位怎么退的?"按说,面对指责,马师傅脸上应该红一阵,白一阵,自知理短,怀着歉意改过。然而,这张黑脸没有红和白的任何余地,因此,从他那雪白的牙齿喷出来的竟是这么几个泥污不堪的字眼:"老子就这样,你告去!"父亲大怒,骑着自行车便去矿领导那儿告他。我没敢发怒,一再好言求告,马师傅却不让我过去,把我的煤车拽到一边,再也不理不睬。

我和我的孤车站在旁边,目视着后来者一个个谦恭而温顺地拉着车过去,心中的滋味实在难以言表。老实说,作为一条汉子,我也不乏热血冲动的时候,我真想狂吼一声,扑向前去,抢起我装煤的钢锹直劈那颗马脑袋。这样,我不费多大力气就会结果了这害群之马。虽然,因为结果他的性命,我会成为刑场上的死刑犯,但是,我敢说那群谦恭的人流会把我尊为一名英雄。我的肉体会在枪声中溅着热血倒下,我的刚正却会在众多的口舌中耸立。然而,我没有这么做,我的懦弱占了上风,我想起临起程时母亲的殷望,妻子的缠绵。倘若我为了一车煤而捐躯,会给她们造成多么大的打击?!这种怀恋阻碍了我的冲动,荡涤了我的鲁莽,我只好在一旁瑟瑟抖动。抖动一阵儿,我便上前陪一回笑脸。每笑一次,我的心就痛哭一阵。我强压住心痛,竭力让这苦笑变得自然柔和,且带有更多的媚俗。越是这样,我的笑就越难自然。无论如何,马师傅都可以看出我是驯服了的,即使铁石心肠也该动一动了。马师傅却立场坚定,毫不动摇,对待我像严冬一样冷酷无情。父亲的告状很快败北了,矿领导正在"斗私批修",哪里顾得上这鸡毛蒜皮的小事?一辆一辆的煤车过完了,煤场空荡了,马师傅还不给我过秤。日落西山,他把大门一锁,扬长而去,我们被困在空落的煤场,车出不来,人也就走不脱。谁知人不在,平车能否安然可靠?若是平车轮子被人卸走,那就实实可悲了。父亲火冒三丈,却也有苦难言。天黑了,我们不能父子俩都厮守在这里,我请父亲去店里投宿,父亲答应了,从那扇大门的小洞里往外钻,留给我一张永远难忘的背影。那背影既低着头,也弯着腰,然而,要不在煤场厮守暗夜,只有低头、弯腰才能钻进温和的店铺。这背影留给我无穷的思索。

父亲走了,我啃了几口干馍,用木棍撑好车辕,铺一条麻袋,蜷缩在平车下面躺了。中秋时节,夜寒天凉,地上又是硬邦邦的,可以想象这种睡觉的方式是何等凄楚,何等难以成眠?恰恰相反,我浑身着地却得到一种少有的舒适,疲累一天,确实困了,劳困的身体很幸运能有这种歇息。我睡得沉实,酣畅。

睡醒一觉,倦意消散,望着朗朗秋月,我一时浮想联翩,心乱如麻,哪里还睡得着呢? 我想到苍茫的暮色中,妻子或许正领着我的孩子在村头道口翘望我的踪影,他们失望了! 我想到马师傅,他酒足饭饱后早酣然睡去,睡梦中也可能还会有几声胜利的得意! 忽而又想到李白的思乡诗,和着音韵吟成一首打油诗:

> 车前明月光,
> 疑是地上霜,
> 举头望明月,
> 低头暗凄伤。

第二天,在艳艳的红日下,马师傅淫笑着放了我。非常感谢马师傅给我上了一堂生动的面子教育课,使我日后没有面子再也不轻举妄动。我很快找到了一个关系户,她叫秀梅,是我小学的同学。我上学那会儿,年龄参差不齐,比我大好几岁的人不少,女孩尤多。所以,我读完小学,又去城里上初中的时候,我的那些同学有不少就当了丈夫、妻子,继而又晋升为爸爸、妈妈。

秀梅就是其中的一个,她不知托了哪一门的洪福,会嫁到矿上来,成为国家正式人员的家属,这在我们村上,没有不青睐的。秀梅是一位美丽而又聪明的姑娘,她一直是我们的班长。她那高挑个儿来去如风,回答问题,完成作业,干脆利落。同学们喜欢她,老师也喜欢她。如果她继续升学的话,准会有大的出息,但那时的乡村,父母都不愿供女娃读书,她没能去考初中。这是她的悲哀,或许更是她的幸运。我找到她的时候,她在矿上已有了一套居室。居室里有当时还颇为时髦的立柜、平柜之类的家具,立柜和平柜之间有个短桌似的摆设,上面有一块椭圆的大镜子,后来才知道这叫梳妆台。从梳妆台前掠过,一眼就看到了我蓬头垢面的形象,想想每日秀梅要在这里打扮自己的花容月貌,我真害怕自己的丑陋污染了明洁的镜面,悄悄躲在镜子难以照见的角落。秀梅和她的丈夫正在吃午饭,餐桌上摆着四碟小菜,还有满碗满碗的面条。在我眼里这是丰盛而不寻常的饭菜,秀梅竟说是家常便饭,尽着让我吃。这样的家常便饭着实让我惊诧! 坐定不久,我即发现了这个家庭的缺陷。秀梅男人面目苍老,寡言少语。猛然一看,很难把他二者视为夫妻。听说一位拉煤汉前去要点水喝,指着那男人讨好地问秀梅:"老人家的身子骨还挺硬朗。"显然把男人当成她的爸爸或公公了,秀梅啼笑皆非。我这才领悟到,一种幸运之中必然隐藏着某种不幸。果然,日后我屡次来往于矿上,便听到了不少的风言风语,多是说她和某人如何如何。这种议论,在我们那个村里也时有所闻,并不新鲜,但发生在秀梅身上,实在有损她在我心目中纯洁完美的形象。然而,我坚信秀梅的雅洁,他人胡诌不外是吃不到葡萄却说葡萄酸。有一回,秀梅伴我装好煤匆匆去了。我回身去厕所撒尿,一进去便听见有个家伙淫笑着说:"伙计,我要是有钱,也会让秀梅尿一泡黑水! 嘿嘿!"另一个家伙说:"我要有钱,还轮不上你哩! 嘻嘻!"两个家伙嘻嘻哈哈地笑着,笑得满鼻孔都是臭气。我很惊奇,也很愤怒,只是势孤力单,无法去惩罚眼前的丑类。更多的则是悲哀,我难以置信我心中的美丽娇艳的佳人怎么会沦落到这种地步? 一团疑云久久萦绕在我的眼前,顿时头脑中迷乱不堪。

但是,无论如何,由于秀梅的屡次关照,我再没有受过害群之马的奚落、刁难,再没有和衣望明月的遭遇。每回去都是随到随装,而且都是油黑发亮的块煤。那一回,我和我的同伴把冒尖的煤车拉上一面高坡,在一棵大树下乘凉,缕缕轻风很快吹走了热汗,看着眼前一辆辆拉着面子煤蠕动的同类,心中百味集聚,突然脱口吟出:

> 有面子的没面子,
> 没面子的净面子。

同伙们听了无不称好,回村,作为谜语调笑他人。他人始终猜不着,一

灰烬

129

经指明，众口夸妙！于是，这作为漫画题材的作料不胫而走，流浪他乡。以至若干年后，回到我的桌面，居然一年土，二年洋，三年不认爹和娘，连它的缔造者是谁竟成了一团疑云！

　　苦趣

　　毋庸置疑，拉煤是一件苦涩而艰难的活计。那一溜平车过去，延续着一行躬腰驼背的苦难。望着那些蠕动的影子，使人难以想象这些饱受苦难的同类，活着还有什么意思？然而，正是这群苦难的魂魄，也不乏自在的逍遥和乐趣。

　　每爬上一面高坡，车队都会停下来做短暂的喘息。别看这时光不多，可只要喘吁平定，缓过气来，就有人妙语连珠，打乐逗趣。这不，有人刚打了一个喷嚏，就有人接茬说："哟，天气要变脸呀，快走！"顿时，众人哄然大笑，因为都知道这么一句俗语："狗打喷嚏，过不了三天要下雨。"而那位被嘲笑的汉子则不亢不卑，不慌不忙，一副悠然自得的样子，不无欣慰地炫耀："你们懂个屁！这是老婆和咱亲，念叨咱哩！伙计，有这福气吗？"众人哑口难言。据说，有人信以为真，回去还真抱怨老婆不把自己当回事，看人家张三李四，每回出去，老婆都念叨好几回哩！老婆知道自己男人是铁汉子，比不得人家那瘦骨架，就是刮了刀子风，下了雹子雨，也难让他伤风受寒。那怎么念叨念叨呢？思来想去，知道男人好用袖子擦汗，就用辣椒水浸泡了袖子。拉空车不出汗，男人不擦；拉平路不出汗，男人也不擦；到了上大坡的时候，铁汉子也止不住汗流满面了。苦涩的汗水不断流下，还会流进眼睛，搞得人涩痛，只得擦，一擦，鼻孔辛辣难忍，打了一个全车队都听得见的响亮喷嚏。汉子好高兴，边走边喊："不使劲不行了，得快些回去，老婆念叨咱哩！"越使劲，汗越多，擦得也越勤，喷嚏也就一个接一个爆响，终于这汉子忍不住了，唠叨"抄花头老婆，就念叨得不停啦！"众人哈哈大笑！

　　这支艰涩的队伍，就是在这种人们难以理解的浪漫中前进的。不仅现实，追溯往昔也充满了谐趣。在这泥污的行列中，确实不乏有识之士。虎落平阳被犬欺,一旦步入这个行列,即使天王老子也一样被人瞧不起。我们村曾有一个落第的老秀才,混迹于驮煤的队伍中。此人姓刘,人称刘先生。刘先生满腹经纶,却屡试不中,后来心灰意懒,只好随了俗流以驮煤为生。某日雷雨之后,天气生凉,刘先生戴了一顶草帽,披了个棉袄,牵着他心爱的毛驴在草坡上放牧。口闲无事,哼出几句戏文。或许就是这几句戏文,招引了路人的注意。一位过客朝他大笑,笑毕扔来一句:"穿冬衣,戴夏帽,胡度春秋!"刘先生猛一怔,打住小曲,随口还击:"从南来,到北去,不是东西!"这一句既对应了那一句,语意比那一句更为尖刻。那人一听,慌忙过来,低头就拜,连连说自己有眼无珠,不识先生高才。

试想,这样一位有才学的人混迹于驮煤的人群中,这队伍岂能安生!可叹刘先生人强命不强,生得也没有什么姿色,脸拉长好多,看上去总体失衡。有一天,驮煤路过坡村,有几位在村口闲歇的老汉见了,一位逗趣说:"哟,你看那人的脸足有一筷子长。"

另一位接着说:"可不,比那头驴的脸还长哩!"

刘先生队伍中有人发怒,回过头正要接茬反击,被刘先生用眼神制止了。刘先生不恼不怒,轻轻往驴身上加了一鞭说:"贼坏子,不快些走,还要把垣上的戏误了!"伙伴都应声:"咱跟紧些,回去到垣上看戏!"村边的老头听了,都以为垣上村唱戏,连忙散了,匆忙回去吃了些晚饭,相约了去看戏。爬了五六里山路,好不容易进了垣上村,村上却静寂寂的,没歌声,没笑语,哪里像个唱戏的样子? 方知上了当,被驮煤的人日哄了! 老汉们火了,都说那人再过来,非给他点难看不可。

第二日,刘先生赶着毛驴悠悠走来,早就等在村口的老汉们呼啦一下围上去,喝道:"你这贼货昨敢日哄爷们?"

刘先生一副为难的样子,说:"好叔哩,我出门在外的,哪敢日哄你们,我是看天色不早了,嫌驴不好好走,日哄它哩!"

老汉重复:"你是日哄驴哩?"

刘先生说:"哦!"老汉们熄火放他走了。待在村头闲聊了一会子,忽然

灰烬

有人说:"不好,咱又被那家伙日哄了!"

　　众老汉一想,可不是,但知道自己不是人家的对手,也就检点本身的过错,不再寻衅惹事。

　　此事过去不知多少载了,仍然在拉煤的口舌中传留不衰。刘先生这样的人物,过去有,现在也有。拉煤的行列中活跃着一位姓冯的后生。这后生虽然没有刘先生的那些才华,可是也颇精明的,而且容貌长得周正,他能言善辩,尤其长于见机行事。他的最好才能便体现在男女之事上,初中毕业就领回了一个花儿一样的媳妇。或许男女之事耗费冯后生的才智太多了,他没能升高中,也没能升中专,沦为庄稼汉,厮守着花媳妇种田。因此,时不时也在拉煤的行列中闪现。每每拉煤,媳妇早早起床,给他做好饭,才叫醒酣睡的冯后生吃饱了上路。往往吃饱饭,伙伴们还没过来,就留了一段空白。这段空白小两口不甘寂寞,就完成一次家庭作业。当然,这作业无需人去批改,不会露馅。可是,每当上坡,冯后生气喘吁吁时,常把这家庭作业无意泄露出去!这种泄漏,非但没有降低冯后生的身价,却大大活跃了劳动的气氛,大伙将他称为快乐大师。快乐大师的能说会道很快出了名。马师傅也风闻了快乐大师的能言善辩,滑稽风趣。这日轮到给他过磅时,即停了手,要他说个笑话再走。快乐大师也不推辞,张口即说:"那天回到家里,我烧火,老婆和面。烧着烧着,我想那个,一下搂住老婆。老婆却不,说是面手。我火了,说煤手也不饶!"磅旁的人都笑了,马师傅也笑了,笑着挥手放行。待快乐大师走出一大截了,马师傅忽然想到自己就是煤手,这厮原来将我戏弄了。顿时生怒,跑步过去,扣留了快乐大师。这样,快乐大师也像我一样在煤场厮守了一个漫长的夜晚。我那一夜只守出了一首有抄袭之嫌的打油诗,而快乐大师却守出了一个好点子。这点子为自己,也为大伙儿出了气,马师傅却大大出了洋相。

　　快乐大师有点子,也有实施点子的才智,费了几阵口舌,就把马师傅家庭情况弄得一清二楚。是日,拉煤的人群上了土门坡歇息,快乐大师告诉大伙儿多待一会儿,他要在这里点燃引信。他找了一户人家,洗净脸上的煤黑,然后在路口东张西望。不多时,南面过来几辆平车,他拉住人家问是不是去拉煤,这当然是。又问认不认识马师傅,当然认识。他给人家下跪磕头,慌得拉车的人忙把他扶起,他才说我是涧儿洼里的,马师傅的叔伯弟弟,请你们给他捎个话,他爸黑夜里急病殁了。碰上你们省了我的腿,我去通知旁的亲戚。快乐大师流着泪叮嘱,麻烦你们一定把话捎到。拉煤的人当然愿意捎这个话儿,早就想和这位实权人物套近乎套不上,捎这个话儿正好。马师傅得了信,先是难受,马上想回去。又一想,家在后山洼里,上去一回不易。屋里还有弟弟张罗,不妨先把山下的亲朋都通知了,把丧事办得风光体面些。托了好些人,才把亲朋好友通知周全。

第二天,他挂着黑纱,坐着一辆130汽车往家赶,这是当时最体面的交通工具了。是日,冬阳高照,照得车上的花圈也闪闪烁烁的。车到门外停了,马师傅失声哭着"爸呀———"向院里走去,一进门却像活见了鬼,扑通一下跌倒了。他的老父亲正抱着拐棍在头晒太阳,闭着眼睛美滋滋地享受阳光。马师傅忽然醒悟了,赶忙撕了黑纱,转身上车毁了花圈,才来见父亲。这时候,山下的亲朋有搭顺车赶来的,女人们一进村就吊开孝了,扯开嗓子哭:

"我那早死的伯呀——你再也见不上我啦!哦嗬嗬!"

人越来越多,闹声也越来越高,花圈一个接一个送来,个个上书"马老先生千古"。村里人早被惊动了,围在胡同里看热闹,指指划划,议论纷纷。气得父亲抡高了拐杖撵着打马师傅,我们那尊贵的马师傅羞愧满面,如丧家之犬,狼狈窜回煤窑,好久好久不敢回家。

自然,这悲壮的场景,是拉煤的车队陆续收集到的,每得到一点儿情况,车队里就增添一点乐趣,而且隔几日就会反刍一遍。自此,快乐大师缘此而名声大振,人人都敬他几分。

人间形色

恋人

恋人,是人群中最浪漫的人。

恋爱,是生活中最浪漫的事。

恋语,是口舌中最浪漫的话。

如果哪家广告公司要培训业务员,且这业务员又是小青年,与其花钱培训莫如给点时间让他谈恋爱,恋爱成功了,他的业务水平必然提高了。因为广告与恋人有着相似的性质,就是要把自身的弱点、缺陷想方设法隐藏起来,尽量给对方一个完美的形象。

这么说来,恋人就是用世界上最好的甜言蜜语,为对方的感情天地设造一个花好月圆的美妙场景,让他或她自觉自愿地喜不自禁地称心如意地陶醉在这个天地里。

最有意思的是,恋人双方都是这样。当男人陶醉在女人圈套中,女人为自我的高超本领而自豪时,并不知道,实际上自己也早就深陷于对方的圈套,而且,她此时的陶醉,男人已不知陶醉过多少回了。

恋人最难得的是冷静。

而冷静是一种理智。理智这东西却是感情的大敌,秩序的挚友。世界上的良好环境要有良好秩序,秩序全靠理智保证。恋爱如果遵循规律,按照某种秩序,那恋爱就不成恋爱,成为舞台上的某种适度表演。

看来,恋人需要冷静,又害怕冷静,冷静过量必须稀释了感情。感情降至零点,就无法用惯常的温热搅沸对方,让对方如云缕,如气雾,缭绕在自我的周身。

恋人最怕的是失败,而冷静导致的不是失败就是波折。

失败的恋爱叫失恋,失恋对于恋人未必是坏事,而恋人总喜欢在隐含着欺瞒的境地陶醉,不愿意承受走出误区的打击。所以,恋爱的成功往往不等于婚姻的成功。

婚姻是恋爱的果实。

婚姻是恋人的收获。

恋人必须品尝自己的果实。这果实是酸,是甜,是苦,是辣,惟有自己明白。一旦品尝到苦和辣,或者是过量的酸,恋人必然会大惑不解,却怎么满腔的甜蜜会培育出变异的果实?

恋人不会明白,恋爱是在虚幻的空间里,生活则是在务实的境遇里,而一旦柴米油盐分流下岗,金钱物资成为无法回避的东西,任你怎么想浪漫,也浪漫不到虚幻境界去。

有一天,明白了这并不深奥的道理,那恋人早就不是恋人了。

的确,懂得世理需要一定的阅历。

情人

东躲西藏了多少年,流落荒漠了多少年,几乎山重水复疑无路了,突然,忽如一夜春风来,千树万树梨花开,情人,居然在闹市万紫千红了!

情人,有着非凡的生命力。

是山间清泉吗,有醉人的纯美甘甜? 是幽谷碧流吗,有可目的蹦跳舞蹈? 是梢头莺声吗,有悦耳的婉转流韵?

至少,该是田垄边的茵绿嫩草中的野花。

是野花,就会带着露珠。露珠的洗润总让她容颜新美,娇美迷人。

莫非,这就是情人的魅力?

有人不甘让情人只是情人,要让情人成为爱人,于是,往日的胶合碎裂了,昔时的姻定毁废了,一场石破天惊的感情动荡,结束了过去,成就了现在。现在,正如一幅俗联:

一脚踢开眼中钉

双手抱来如意花

日子重新开始。太阳似乎做过认真的沐浴,将光缕清清新新地送进了心湖;月亮似乎做过认真的梳妆,将淡雅悠悠扬扬铺进了洞房。

——一个圆圆的梦甜蜜着渴求的心。

然而,这样的时光并不长久。如同月圆便会月缺一样,情人一旦成为爱人便潜藏着新的危机。不是爱人,就会是丈夫或妻子。因之,情人没有了先前的醉人的感觉。

他和她,目光中散发出共同的疑问。

其实,何必生疑? 是山间清泉,就该在山间,清泉出山免不了蒙灰染尘;是幽谷碧流,就该在幽谷,碧流入川免不了夹带泥土;是梢头莺声,就该在梢头,莺声落地免不了杂糅噪音。

而真要是野花,那迷人,那芬芳,自然是由晨夕的珠露滋润。倘若供进屋宇,离开了珠露滋润,芬芳殆尽,何谈迷人?

质本洁来还洁去,野花的风韵在野地,在那远僻的野山幽谷里。

抑或这才是情人的韵致。

不过,若要日子过得平静祥和,还是那歌唱得好:

路边的野花莫要采!

美人

写下这个题目,就拥来一伙儿欢笑不止的丽质佳人。细看时,分明都不陌生,书卷里鲜活着她们轻盈的身姿。衣裙飞舞的是风流独具的西施,翩翩而至的是昔年出塞的王昭君,秋波频递的是风仪亭上的貂蝉,当然还有那位集三千宠爱于一身的杨贵妃……

这就是美人?

是美人。

美人之美,首推貌美。先天的色彩将无限的浓情凝于她们的肌肤、容颜,她们可以闭月,可以羞花,可以沉鱼,甚而还可以落雁呢!

美人让自己生光,也让中国的诗文放射出不灭的光彩!

然而,美人仅是貌美就可以美色绝伦,魅力无穷吗?

姑且不论她人,就那个杨贵妃来说,她能够独享三千宠爱其因素多多。别的因素不论,单说这歌舞,杨贵妃的技艺恐怕就不是他人所能比拟的。世人论及唐代的兴衰,唐玄宗李隆基沉迷歌舞不问政事必然是一大耻事。可是,能让皇帝不爱江山爱美人,痴醉在歌舞中,足见这歌舞的力量是不可小瞧的。而要追及这歌舞的身世,恐怕绝不是杨贵妃天生的了,即使天分中多有艺术细胞,这细胞的灵动也要靠后天的努力去激活。

美的容颜加上汗水滋养出的艺术造就了美人。

好些年前,美人是世间的老鼠,东躲西藏不及,就有挨打的危险,谁敢招摇过市? 谁敢自讨风流?

野火烧不尽,春风吹又生。

如今,昔日那潜匿的爱美之心,忽然就成了满目的赤橙黄绿青蓝紫。追求美成了崭新的时尚,发要金斗熨波,眼要手剪刀割,眉要细笔描画,唇要大红大紫,脸也要粉色素裹……

美人之多,美人之众,如地上草木,如天上繁星,上街走走,流云般来的,不是美人,也似美人。

不过,这美人绝不是往昔那美人,开口无诗,迈步无韵,若硬是卡拉OK一曲,听得你头皮发麻是对你的从轻发落。突然间你便陷入沉思:美的浮泛,难道不是美的误区?

人间形色

你也就不得吟咏——

清水出芙蓉,天然去雕饰。

你也就不得长呼——

美人归来兮!

诗人

诗人,是明天的人,不是今天的人。

诗人,是理想的人,不是现实的人。

人们常说:文人无形。其实,最无形的是诗人。

所以说,诗人是水一样的人,不是山一样的人。诗人像水,还是流动的溪水河水江水,不是固定的池水塘水湖水。诗人更像是变了模样的水,像汽像雾,不像固定不动的冰。

诗人是好人,好人心最好,好就好在他要世间天天都花好月圆,坏也就坏在这里。花好月圆确实人人喜爱,可是世间难能天天如此,花开就有花落,月圆必然月缺。无花的日子多过花开的日子,月缺的日子多过月圆的日子。

无花的时候,诗人盼花,盼得食不甘味;开花的时候,诗人爱花,爱得不识晨与昏;花落的时候,诗人想花,想得人比黄花瘦——诗人难以解脱个忧字。

无月的时候,诗人盼月,盼得夜来难寐;月圆的时候,诗人爱月,爱得人约黄昏后;月缺的时候,诗人想月圆,想得生死两茫然——诗人难以解脱个愁字。

诗人活了一生,忧愁了一生。

因而,诗人常常:"念天地之悠悠,独怆然而涕下!"

诗人忧愁了的时候,也想解忧。"何以解忧? 惟有杜康。"这就把诗人泡在酒缸里了。所以后人说"李白斗酒诗百篇。"诗是写了不少,但是忧愁没解,不然何会还有:"举杯浇愁愁更愁?"

说透了吧,诗人都是想掌权的人。

可是,诗人什么都可以干,就是不能让他掌权。南唐后主李煜掌过权,权掌成了个什么样子呀?亡国!别人遭了多少殃不说,他自己也"问君能有多少愁,恰似一江春水向东流。"

看来,掌权人应该让天下人没有忧愁,减少忧愁。可是,没有忧愁就没有了诗人。

"生于忧患,死于安乐。"一旦安乐到手,又向往新的安乐。诗人不能贪图安乐,贪图安乐的人可以把诗写得很完美,完美的诗不一定动人。不动人的诗死亡率很高,往往诗人还未死,诗已经死了。

诗要是死一首两首还罢了,要是死完了,诗人活着也不是诗人了。

文人

词典解释:文人是写文章的读书人。

照这么说,现今的文人够多了。读书的人多了,写文章的人也多了,自然而然文人也就多了。

可是,我总不以为然,似乎写文章的人不一定都是文人。真正意义上的文人应该卓而不群。

这是书面话,好听的话。说透了文人就像羊一样不随群,像水一样不入流,你们朝东,说不定他要朝西;你们朝南,说不定他要朝北。你有你的办法,我有我的主意,而且,我这主意要是打定了,你多少匹烈马也把我拉转不回头!

——莫非这才是文人的样子?

所以不随群,不入流,是因为文人除了像别人一样过日子外,还不停地看书。书这东西,无疑是个好东西,记载的都是前尘旧事,都是人生要义,少不了透露一些做人的真谛。读着读着,上知了天文,下晓了地理,看得穿迷雾,悟得透世理,原来这书中泄露的就是天机,怪不得当初仓颉造字,"天雨粟,鬼夜哭",不就是怕人们知晓了天地间的奥秘?

文人得道，身在今日，心在明日，眼前的诸多事情就难以尽心如意。看上去七高八低，错错杂杂；走进去七上八下，坎坎坷坷；要梳理七扭八挂，纠纠缠缠……这境况与心中的天地，与明日的世理差之千里万里，于是乎怨气陡生，忿忿难平；于是乎指手画脚，数道斥骂；于是乎免不了遭冷遇，看白眼，受到他人的冲击……

这就注定了文人的境遇，曲曲折折，起起落落；

这就注定了文人的日子，孤孤独独，寂寂寞寞；

这就注定了文人的心情，郁郁闷闷，忧忧愁愁。

因而——

文人做事，不会坑蒙拐骗，昧着良心发财；

文人从政，不会浮夸虚报，厚着脸皮升官。

所以——

苏东坡一垮再垮；

柳宗元一贬再贬；

连电视剧里那刘罗锅不是也被摘了宰相帽，贬成了个城门官？

然而——

世事越千年，这些难活的人却轻易死不了，活着，活着，活在口舌中，活在书卷里，甚而，还能风光在电视电影上。

活着，艰难可怜。

死后，风光体面。

——文人，难道就是这般！

伟人

伟人是世界上成功的生命。

伟人的成功不同于普通人的成功。普通人的成功，在于改变了自我的命运，以及与自我相关至殷的人的命运。伟人的成功，在于改变了一定时代的社会运行方式，也改变了许许多多人的命运。

伟人是从凡人起步的。

凡人的历程曲曲折折,坎坎坷坷,风风雨雨,霜霜雪雪。凡人一往无前,不畏曲折,不畏坎坷,不畏风雨,不畏霜雪,凡人就不是凡人了。凡人若是畏惧曲折,畏惧坎坷,畏惧风雨,畏惧霜雪,就永远是名副其实的凡人。

凡人通向伟人的历程还不仅仅是如何面对艰难,更为重要的是如何对待优裕。凡人也有舒舒适适,甜甜蜜蜜,幸幸福福,美美满满。凡人拥有了舒适、甜蜜、幸福、美满就不愿意离开了,迷醉其中,不可自拔,所以才无法走出平凡。伟人则不然,他拥有了舒适,就要挣脱舒适;拥有了甜蜜,就要挣脱甜蜜;拥有了幸福,就要挣脱幸福;拥有了美满,就要挣脱美满。

在凡人看来,伟人带着傻气、憨气,不会享受已经获得的优裕。

在伟人看来,今天的获得是小获得,今天的拥有是小拥有,明天的获得和拥有才是大获得和大拥有。而到了明天,明天又是今天,今天的前面又有明天,明天永远是伟人的目标。伟人的生命是艰辛的,惟其难辛,伟人的生命才令人注目,也才有了不同于凡人的光彩。

当然,伟人的成功需要力量和智慧。

伟人以为自己力量太小太小,自己的智慧太少太少。凡人正相反,总以为自己的力量很大很大,自己的智慧很多很多。所以,凡人尽量地发挥自己,而伟人尽量地发挥别人。

伟人把别人的力量变成了自己的力量,把别人的智慧变成了自己的智慧;凡人则把自己的力量变成了伟人的力量,把自己的智慧变成了伟人的智慧。

伟人的富有在于——

拥有脑外脑,力外力!

凡人以为自己是成功最多的人,伟人则不同,伟人的成功只有一次,那一次不是一飞冲天,就是一鸣惊人,甚而是——

石破天惊!

圣人

有位声名显赫的人物,在评价其亲密战友时使用过这样的话:像他这样的天才,中国几千年、世界几百年才出一个。

这话用来评价自己的顶头上司有些吹捧之嫌,可是用来评价圣人却再恰当不过了。

出个圣人确实不易。

圣人和伟人不同。

伟人是务实者,圣人是务虚者。

伟人用自己的行动改变社会,改变人的命运。

圣人用自己的思想改变社会,改变人的命运。

伟人也有自己的思想,但无论自己的思想怎么变,变来变去总带着圣人思想的痕迹。

圣人也有自己的行动,但无论自己的行动怎么变,变来变去总和社会和他人有着难以弥合的裂缝。

圣人的行动在当时、在当地,似乎就是怪诞的代名词。圣人对人对物对事总爱评头品足,指指画画,在别人眼里也就是个唠唠叨叨不讨人喜欢的老头子。

圣人和社会有着深深的隔膜。

圣人要社会变成自己喜欢的样子,这社会必须改变原来习惯了的样子。社会的样子要靠人改变,人的样子不变,社会的样子也就改变不了。可是,人们总喜欢把习惯当成行为的尺子,用这把尺子丈量和裁剪出来的行为只能重蹈旧辙。圣人的行为最先跳出了旧辙,因此,也就不合这把约定俗成的尺子。

圣人要活得好些,就应像世人那样。

圣人却嫌世人活得不好,没有像他一样。

孤独,寂寞,寥落,于是成为圣人的生活写照。

圣人无法用说话改变世界,也无法用行动改变世界,又不甘心让世界继续这么堕落,所以,圣人只好用笔向世人诉说,诉说出与时代格格不入的方略。

这方略成为世人不屑一顾的异端邪说。

可是,多少岁月过去,后世子孙的所作所为居然全践行着那异端邪说。

这时候,昔年那不识时务的老人突然被尊崇起来,红得人人礼赞,紫得个个叩拜。遗憾的是,圣人却无法领略这般礼遇了。

可悲的是圣人。

可敬的是圣人。

——圣人是超前的人,可以跨越时代与后世子孙对话的人。

天日

　　写下天日这样的文题,标记着我和读者诸君将要游渡一段以吃饭为中心的岁月。按照作文的常规,为了叙述和阅读方便,可以把较长的文字分为一、二、三、四,甲、乙、丙、丁,或者A、B、C、D。本文是写吃饭的,不妨摆出一些餐具——杯、盘、碗、盆、勺,将内容装置进去,如何?

杯

　　应该说,我的家乡是一块富庶的田园。这里沃野铺展,清流缠绕,插一支木桩会落地生根,撒一粒种子会发芽结果。因而,誉为"富庶之乡"并不是夸张和炫耀。

　　然而,在我的记忆里,至少有10年时光是与饥馑为伍的。而且,我祖辈流传的故事多半和吃有关。这就把吃放在人生日月中最显赫的位置。

　　起初,我有些不以为然,可能是童年深受奶奶影响的结果。奶奶说,上人争衣,下人争吃。争吃,在我眼里是粗野之徒的放纵之举。世事却无情地教育我、规正我,使我重新认识吃的不凡,并且成为吃的仆从,为之劳作和奔波了好一段时日。这是醒悟,也是堕落。

　　那一年,风紧天寒,大年渐近,乡村里还没有一丝节日的气氛。那正是"农业学大寨"的岁月,四处流传着这样的口号:"大干到腊月二十九,吃了饺子就动手。这激荡人心的口号,再也无法使我激动,我为之动情的是那口号中明确提出的："吃饺子"。看来无论怎样革命化,这过年吃饺子的习俗还没有作为四旧破掉。可是,吃饺子必须先有饺子呀,而那时有饺子吃可不是那么容易的。再现当时的艰涩日子,可以钩沉出我胡诌的几句话作证:

风裹寒流侵金殿,

腊月已近人岂安?

饺子有馅皮何在?

学习大寨难吃饭!

这算不上诗句,也没有难以理解的含义,值得提醒的是,金殿与饺子的馅和皮。金殿是个地方名,是我故乡的代名词。至于饺子的皮和馅,站在现在的角度去看,馅当然要比皮值钱,既然有馅,怎会没皮? 岂不荒唐? 然而,一旦进入荒唐岁月,荒唐的世事就会变得合情合理。所谓有馅,是指萝卜不少。萝卜多是因为当时要求一人一猪,一亩一猪,皆因为一头猪被誉为一个小型的化肥厂,猪多才能粪多,粪多才能粮多。为了粮多,或许也为能填饱大伙的肚子,队里给各家各户留了猪饲料地。这地大多数种了萝卜。是年雨多,萝卜可劲狠长。秋日里,萝卜丰收了,家家堆得好高。萝卜,猪能吃,人也能吃,包饺子自然不缺馅了。而饺子皮直至年根仍然是个未知数。

这饺子搅得人好不烦恼。

回想阳历年那天,雪落天白,待在家里无事可干,居然想到了今儿好歹也是年节,该庆贺庆贺。庆贺的好法子在家乡就是吃饺子。包饺子没有白面,没法擀皮包馅。扫净瓮底,母亲只扫出了一把白面,掺进玉米面里勉强实现家人的夙愿。和好面,凑合着捏在一起下进锅里,只待稍稍一煮捞出来美美享用。

恰在此时,来了一位不速之客。对门邻居无事串门,坐在炕沿,东一犁,西一耙,唠叨着不走。锅里的饺子早已熟了,可是无法揭锅。倒不是小气得怕邻居食用,而是怕人见笑。用玉米面包饺子从来无人所为,若要张扬出去,岂不惹人耻笑？我们也只好有一句没一句地应酬那东犁西耙,用肚子里的咕咕声奉陪锅里的咕咕声。好容易熬走了邻居,揭开锅盖,一个饺子也不见了,成了一锅糊糊。

时近年关,想想阳历年的遭遇,岂不引人叹息：

饺子有馅皮何在？

凭良心说,我们那块土地上的粮食足以养育她的子民,饺子的皮和馅都不应该成问题。可是,那会儿上百口人都在一搭里过光景,分配场上的果实,队里有个原则：即先国家,后集体,再个人。先国家是要完成国家的征购任务,后集体是要留足队里的用粮,而后再分给社员,也就是个人。这样下来,到底众人还能分得多少粮食呢？有民谣活画了分粮的场景：

不用拉,不用担,

光棍汉分粮簸箕端。

簸箕端回的粮食,到底能吃多少日子,自然是数得清的。

我曾经困惑,对于这样一种分粮方式,家乡人接受得为何理所当然？明白这么一个不好明白的道理,我是从一句俗语醒悟的。俗语云："纳了粮,自在王。"对于这话理解和解释都高我一筹的是一位村头。村头用高音喇叭讲,哪个皇帝不纳粮？以此号召众人踊跃交粮,把自家的小麦驮到国家的粮站去。这当然是大光景解散后的事了。

与那位村头相比,我是一位蠢人。他当时讲过的道理,我在20年后方才领会,领会的原因还是得益于历史的启迪。掀开历史的书卷,在首页上我即看到了故里的荣光。故里曾是尧王的都城。这是有文字记载的历史上最辉煌的一笔。然而,写下这一笔也是极不容易的。关于尧王,有人说他是汾河东岸的伊村人；有人则说是河北人,古时河北称唐,尧王又有陶唐氏之称,所以,祖籍河北也有可能。不论近在对岸,还是远在河北,反正,尧王不在养育自身的故乡建立都城,而将都城建于我的家乡,足见我的故乡不是一块平凡的土地。

回答这个问题，后来的历史更为确切。公元309年，又一位皇帝，史书称之为前赵，而自号汉国的刘渊，也将都城迁到了我的故乡。那时候的皇帝已经有金銮宝殿了，所以，他建都的地方现在仍叫金殿。刘渊是位匈奴人，起兵称帝先在蒲子，后有人进谏，平阳沃野，好筹军粮，不若易之。平阳乃我故乡的旧称，刘渊皇帝听了此谏才将都城迁来。可以设想，从尧王建都的那个时候起，村上的先祖们就如数交纳皇粮了，祖辈传留，延续至今，村人的骨子里、血脉中流淌着纳粮的因子。

尽管我的父老乡亲有着纳粮的天然素质，时常还是难以应付那催粮的时局。祖母曾经淌着泪哭诉往事。那年月实实难熬，催粮的人一拨接着一拨，日本人明抢，二战区暗逼。白天，日本人挨门挨户地搜刮。夜里，二战区的长官们高喊抗日的口号下了山，把各家管事的人撵到村中的大庙里，谁家来人交了粮，才能把关押的人赎回去。祖父常年不在家，这管事的人自然是祖母。祖母被关了大庙，年幼的父亲和他的妹妹蜷缩在屋里不敢动弹。无人去送粮食，祖母也就回不来。祖母说，在那阴森的北殿里她站肿了双腿。诉说这些往事时，祖母只有悲苦，并无愤恨，愤恨的则是土匪。土匪抢粮的手段更毒，她亲眼看到那伙凶神恶魔没有搜出粮食，就把王财主绑到柳树上，烧红的烙铁直烫他的前胸后背。随着一股焦煳味的弥散，王财主惨叫一声，栽倒在地……

这情景，祖母讲过好多年了，我仍然无法忘记。那年在课堂上学习岳飞，读到那句，每筹军粮，必蹙额曰："东南民力竭也！"当即百般动情，感慨岳飞不愧为民族英雄。

我品尝交粮的滋味是珍宝岛发生战事的那年。那年秋里，稻子已压圈了，早熟的玉荚也可掰了，突然传来了交爱国粮的命令，而且要交麦子。交麦子当然是对的，难道还能让浴血奋战的将士在前线啃窝窝头呀！只是夏收时分到家的麦子本来就是极有数的，各家各户倒栽了粮食瓮，也难以交出。催粮的办法一个接一个涌现。先是召开动员会，讲爱国支前的政策；接

天日

147

着是广播喇叭里高喊着催粮；再就是树典型了。典型找的是鳏寡独户，人口少，交得少，好筹集。前面刚交，后面就有人敲锣打鼓送喜报，好不荣耀！一应高招都使完了，大多数户还是没有动静。于是，树典型变为抓典型，典型户找的多是戴帽的四类分子，凡没交者统统抓去游街批斗。这些户交完了，又斗富裕中农、中农……这一招满灵验，村人都屈辱地交了小麦。从此，我看到的天日就有了不同以往的含义。

盘

历史上，因为粮草断绝而兵败城破的绝非晋愍帝一例。我所以独独想到晋愍帝，是因为他的故事情节逐渐延展到我的故里。投降后的晋愍帝即被押解到金殿，刘渊皇帝虽然已经患病身亡，而他的儿子刘聪继了皇位，打坐在金銮宝殿着实戏弄了亡国之君一番。

这事早在上千年前就发生了。而且，似乎怕后人忘却这屈辱投降的耻事，司马光在主持编纂《资治通鉴》时，明明确确将这段史事榫入其中。以史为镜，可以知兴衰，这足以窥见先人的一片匠心诚意。

但是，我知晓这件史实却是近年来的事。先前我既不了解我的故里有多么值得骄傲的辉煌，也不清楚晋愍帝有多么荒唐的旧事，更不明白这辉煌对吃饭问题有过多么深刻的注释。我浅白的思维中，祖母的训导占据着绝对统治地位。组成祖母训导主旋律的还是那句话：上人争衣，下人争吃。在好长一段日子里，我一直固执地认为，要活得体面，应当讲究衣冠，而不应该在吃饭上竞争，甚而觉得在吃饭上花费精力是十分可悲的。

我难以说清祖母的这种理论对我的头脑算不算禁锢，单是冲破这种观念我就耗费了不少的时日和精力。在突破祖母的理论之前，对争吃的一切行动我都很鄙弃。有两则民间故事，我记忆犹新，因为是耻笑争吃的下里巴人，所以我常引为笑料。

一则是，某人为了找碗饭吃，经常去一位要好的朋友家去。去多了又不好意思说吃饭，更要紧的是，朋友及家人虽然也明白他的意思，却没有留他吃饭的意思。某人要改善这种僵局,达到吃饭的目的,需要用智慧来开启这把锈锁。冥思苦想数日,总算有了办法。

是日,快到吃饭时,某人去了朋友家。一落座便把朋友的娃娃抱在怀里,问:"亲狗仔,你猜伯伯今儿在你家吃不吃饭?"

因为他早有吃饭的惯例,娃连眼也没眨就答:"吃哩!"

他忙顺水推舟:"狗仔真亲,一下子就猜对了! 伯伯就是要吃饭哩!"

于是,待到热饭上来,饱餐一顿,满意而归。

次日,去了朋友家,又是故技重演。朋友的娃娃可能在他饱食走后,受了父母的训教,他再让猜时,居然回答:"不吃!"

这显然是逐客令。然而,某人的心计正在于此时,他不愠不怒,而是哑然一笑,说:"亲狗仔,这回可猜错了,伯伯吃饭哩!"

娃娃无奈,娃娃的父母更无奈,只好无可奈何地又奉上一顿饭。

另一则故事是,某公参加朋友的聚会,进餐。第一道菜是豆腐,菜盘刚放好,某公时不我待,立即夹了一块放进口里。环桌便有人笑,还有人问:"你这么好吃豆腐?"

他答:"是好吃,豆腐就是我的命。"

言毕,连连下手。转眼,第二道菜又上来了,是一盘肉。某公立即转移目标,把夹豆腐的筷子对准肉盘连连出击。桌边人又笑,还有人逗趣:"你不是说豆腐就是你的命么?"

某公脸不红,不烧,笑而对答:"嘻嘻,我一见肉就不要命啦!"

两则故事,一个意思,此二人既为吃饭丢尽了脸面,却又花言巧语遮掩汗颜。听到这故事,我不止一次当做笑谈,嘲弄二位。现在想来,颇为愧疚,因为我曾经的行为并不比他们高明。与他们相比,我是蠢笨的。我没有像二位么找现成饭吃,似乎是维护人的尊严和体面,孰料,在那劳顿的过程中丢掉的还是人格。

那时候,我们吃饭到了最艰难的地步。一位吃过派饭的公社书记曾将一日三餐概括为:"早起金丝塔,中午一把抓,晚上要想吃,拿起来还是它。"

天日
一

金丝塔是黄色的玉米面窝窝头。一把抓，是将一块铁皮上钻好眼的长板搭在锅上，抓一把用开水烫好的玉米面，擦按下锅，叫做擦圪斗。这样打发日月就够难熬了，时常还连这样的饭也吃不上。尤其是那年交过爱国粮，只好另谋生计。换大米和拾红薯都是生计的需求。

换大米是用大米换玉米面。这本身就是一场悲剧。试想，好端端、白莹莹、香喷喷的大米谁不想吃？自那年串联去了南方，我连着吃了几个月的大米，居然吃上瘾来了。时不时就想吃点大米。可是，这大米是好吃的？那时候，大米金贵，一斤能换近三斤玉米面。对于肚子来说，一顿也不容空缺，填满它颇不容易。而不论大米还是玉米面，一斤是一斤的地盘，所以，为了多填几回，只好将大米变成玉米面。殊不知这交换过程充满了辛酸。那年春节联欢晚会，换大米的演员推车上场，我心头就痛楚纠结。我立即想起串街跑巷的琐事。记不清是哪一年元旦了，已经夜晚10点了，我还奔波于街头。我的大米没有发落完，只好在寒风中继续叫卖。直到在火车站全部换完，我才顶着西北风返回，到家时已是次日凌晨了。

换大米留给我的深刻记忆是那些不乏挑剔的眼光。抓起一把，瞅瞅，又抓一把，瞅瞅，滚来滚去的眼珠搜索不止，似乎我的大米中潜藏了什么不法人员，似乎我就是一位惯于以次充好的奸商。每每此时，我都像受了侮辱，只想为捍卫大米和我的尊严大喝一声，凛然而去。但是，倘若那样，我的大米则只能是大米，绝不会有填充三倍空间的效果。因而，我需要忍耐，忍耐出卑贱的笑，笑着解释这大米的妙处。这情境不比某人搂着人家的娃娃猜饭好熬。

拾红薯应该没有这样的烦恼。我的故乡紧邻汾河，河的对岸是一马平川，一抹黄土高原。高原上缺水，没有我们这般水灵灵的条件。家乡得益于水，粮丰林茂，是个富庶之乡。但是，也失之于水，外地人纷纷拥来，光我们村土改时落户的河南、山东乡亲就不在百人之下。人口稠密，本来水土就难养育，何况还要交粮？红薯喜欢黄土温床，稍稍落点雨丝，就滋润得嫩翠嫩翠，生长得茂盛无比。这是指叶蔓，而叶蔓下面的果实，早在这嫩翠茂盛间积蓄了一袋子蜜。河东那辽阔的大地自然是红薯的乐园。

收秋后，离上冻还有些许日子。这时候是我们拾红薯的极好机会。我的父老乡亲汇成一支不用组织的人流，络绎流向河东大地。这是一支自行车的队伍，每辆破旧的车上都夹一把钢铣和一条布袋。车把上挂一个馍布袋。那布袋中的馍也是极为节俭的花样，为了不凉，都在鏊子上烙过，白面饼当然吃不起，只有玉米面窝头烙干的馍片。翻一整天地，不知要流多少汗水，却没有喝水的任何条件。干馍片实在咽不下去，就将拾到的红薯捡净些的掰开去吃，吃得有滋有味。拾红薯是天下最没有良心的活儿。其他任何活儿，都可以按劳动量多少计算收入，而拾这玩意却不一定了。有时，你翻的地正好是位粗心人收获过的，那收获就会超过希望。倘若正巧遇上位精细鬼，那么捡拾些小不点也不赖了。遇到这种时候，就应更换地盘。可是，谁又能知道哪块地是什么样的主儿收拾过的？所以，这收获的多寡也像命运一样难以预料。命运之说在一切自我无法把握的时候都很实用。

有一回，我们碰上了一件倒霉事。正拾得起劲，村里出来个吆牛的老汉。老汉喊，不准拾！我们不听，他拴了牛要我们去大队讲理。拾红薯又不是偷红薯，又何惧的？我们去了。进到院里，正开批斗会，有人正在打挨斗者的耳光，响亮之声如过年鸣炮，我们顿觉惊悸。惊悸未定，就有人呵斥："破坏到这里了，把红薯倒下！"没有人犹豫，没有人辩说，匆忙解开布袋倒下那大大小小的罪孽，都怕那响亮的耳光移到自己脸上！这当儿我突然明白了，拾红薯的行为比乞丐体面不了多少。可是，连拾数日，就能拾到一个多月的口粮，我们怎么能轻易放弃这样的好事？因之，我们羞怯地倒下红薯，又匆忙地重操此业。关于吃饭，我们还可以摘引晋愍帝投降的史实为例。公元316年(建兴四年)8月，刘聪的大司马刘曜率大军进攻长安，国库太仓空无一粟。晋愍帝无奈，只好袒露胸臂，坐着羊车，拉着棺材，口衔玉玺，出城投降。

这种场面要比我们倾倒红薯的情形悲惨得多。比之晋愍帝所受的屈辱，我们是小巫见大巫。只是我们不应忘记，因为无粮才导致晋愍帝投降，也结束了西晋51年的统治。如果换一种思路，倘若长安太仓殷实，米粟充足呢？自然不会有投降的下场。推而思之，若有饭吃，某人和某公，以至现今指派文字的在下恐怕也不会有曾经的作为了。莫非不为五斗米折腰，还需要自己有三斗米，或者至少也应有一斗米？一碗米？

……

碗

世事不断发展和变化的性质，往往被迫改变初衷，甚而大相径庭。

那年，在凶神恶煞的怒视下，我几乎是战战兢兢倒下我挥汗翻捡到的红薯。完成整个过程后，再聆听那批斗会上持续不断的耳光声，我深深体会到缴枪不杀有着广泛的外延。至今我弄不明白，我们那么多人，为什么会屈就在吹牛老汉的手下，去经受一场少见的侮辱？我们完全可以逃掉，四散而去，他有何奈？可是，我们却没有逃。在找不到答案之前，我只能认为这是上苍对我的历练，有如韩信受胯下之辱一般。我在历练中硬朗和茁壮了，成为了现世的人。正由于经受了历练，反刍过去时，我才有资格发表有关吃饭的感叹。这一点绝不是在换大米或者拾红薯时就可以设计进去的。

同样，作为一国之君的晋愍帝也没有精明透彻到哪里去，更谈不上远见卓识。没有粮食的日月迫使他丧失了人格，成为一名亡国之君。可以设想，在打开城门前，晋愍帝经过了深思熟虑。起码考虑到投降的最低待遇也能讨碗饭吃。他没有料到，吃这种奴颜者的饭也仅有一年的时间，一年后，刘聪即杀了他。在我的故乡，晋愍帝由亡国之君变成丧国之鬼，结束了吃饭的忧虑。这一年中，晋愍帝没有饿肚子的危机，却受尽了羞辱。刘聪宴请群臣，命他在席间上菜斟酒。晋愍帝着青衣，戴小帽，忙碌非常。读史至此，我禁不住拍案而语："酒囊饭袋。"倘若人没了精神气节，活着和死去有何差异？

我在换大米和拾红薯的时候，没有想到我会反刍往事，似乎，我那战战兢兢的举动和晋愍帝上菜斟酒没有什么两样？只缘我有了反刍往昔的今日，才使那旧事具有了不同以往的意义。这完全是事物发展过程对命运的慷慨恩赐。承受这种恩惠的远非我一人,我们村上数得出几位传奇人物。

"剃头王"当推首位。"剃头王"是个庄稼人,闲来爱摆弄把剃头刀给众人削光脑袋。又因姓王,才得了此号。那一年,他在官道边锄田,却窝着一肚子火气。早饭吃得清汤寡水,尿了两泡就没了劲。他想发火,父亲的火比他还大,瓮底早已朝天了,还不知劳累一前晌,午饭有没有着落。恰在此时,官道上跃过一面艳红的旗帜,旗帜后面的人结伙成队,一看,队伍的尾巴远着哩!队伍过着,有人还敲打嗒哒板,冲着看热闹的人表演:

> 当兵你就当红军,
>
> 红军都是大好人。
>
> 打土豪,分田地,
>
> 从今不怕没饭吃。

听说有饭吃,"剃头王"立即流了口水,肚子也咕咕叫了,不由得撂了锄头,跟着队伍走了。

这是1936年,红军从延安渡过黄河东征,途经我的家乡。许多像"剃头王"一样的饿汉纷纷投军,使我们那块土地再度灵光。解放后那么多人享有老红军的美誉,惹人垂青,"剃头王"是其中的一员。他是土改后回来的,给他补分了房子、土地。有人问他,这些年在队伍上干啥?他无不得意地夸口,咱干的那活儿,说出来你们别怕。众人都诧异,这至今也识不了几大字的粗人,当的是啥大官?"剃头王"说,咱没有不管的头。什么样的头儿在咱手下都服服帖帖的,叫高就高,叫低就低。说多了,漏了馅,众人大笑,哈哈,敢情你在部队还是玩你那老手艺,剃头呀?"剃头王"正色道,可不能说剃头,那是下三流的说法,咱部队不分高低贵贱,是当理发员哩!

"剃头王"回村后很是风光,娶得妻室,生儿育女,光景过得红红火火。曾经对他发过火的老子说:"多亏我儿那年跑了,要不,吃死老子,也饿死他小子。"俗话说,祸福一体。"剃头王"因为吃饭赢得了个好奔头,好光景,却又因为吃饭毁了自个的家庭。

也就是我拾红薯的年头，"剃头王"已经抱上了孙子。由于年龄的老迈，也由于作务庄稼的老道，秋播时队长又派了他摇耧的活计。摇耧是个技术活儿，步要迈得稳，手要掌得准，一步一走，还要一走一摇，随着摇动，麦籽均匀地落在沟里。小时候，就记下了这样的歌谣：

> 圪巴巴，摇耧耧，
>
> 糜黍颗，截头头。
>
> 老汉老汉到了么？
>
> 今年种好过年收。

这农活关乎着明年的收成，不是任何人都可以操持的。要有技术，光技术却不行，还要思想好，觉悟高。那时候很讲究阶级路线，试想若要派个阶级敌人，有意下籽不匀，即使出苗后发现了，将他斗倒斗臭，苗也无法更改了。俗话说："人误地一时，地误人一年。"不假。这样选人，自然"剃头王"最有权威。因此，队上那把耧理所当然操在这位老红军的手里。

谁料，"剃头王"的作为让人大失所望，而且，终生也难洗清其罪孽，再也无脸挺直在人前了。他偷了生产队里的麦籽。那会儿，偷是个十分犯讲究的事，更何况你是偷麦籽，这举动和有意破坏的地富反坏右几乎没有什么区别。本来，悄悄偷些麦籽，或许先前就有人弄过，只是活该"剃头王"倒霉，别人偷就偷了，而他偷了却偷得满村风雨。他偷麦籽是看见两个孙子饿得可怜，悄悄抓了几把，在裤裆里装回家去，捣成面粉，化了拌汤。两个孙子好不高兴，狼吞虎咽，喝得净光。喝下去就肚子疼，疼得在炕底下打滚，死了。死后浑身皮肤发紫，医生认为是中毒死的。

"剃头王"哭了，他突然明白，麦籽是拌过农药的。无须什么惩罚了，"剃头王"憨了，逢人就说："我真蠢，害了我的孙子。"说着，猛打自己的耳光子。这样揪人心肝的表演一直到死，到和他的孙子躺在一处的黄土里。

另两位人物的命运也和吃饭很有瓜葛。论岁数,他们当比"剃头王"小一辈了,"剃头王"快回村时,历史也给了他们一次飞黄腾达的机遇。他俩是叔伯兄弟,大的叫大猴,小的叫二猴。猴是我们那方土地上对男娃的统称。大猴、二猴长到年轻力壮的份上,正赶上解放大军渡江南下。村里头有点男人样的人只要乐意都扛枪吃军粮去了。大猴、二猴也杂在当间。队伍开到黄河边,住在风陵渡的一座小院。天擦黑,二猴找到大猴,说:"哥,这狗日的饭不好吃,脑袋在手里提着哩!"大猴知道二猴的心思,肯定是因为晌午和小股土匪交火吓着了,就说:"怕啥? 人家能吃,咱也能吃。"二猴拉住大猴往外走走,瞅瞅没人,指指黄河说:"哥,过去就难过来了,我想回。"大猴没答应,他家里穷,不像二猴家殷实。常常吃了这顿,熬煎下顿,哪如在队伍上,虽说苦些,可挺自在,吹号就走,停下来有伙夫做饭,吃饱了要么走,要么躺,不费心思。第二天一早,排长问大猴,看见二猴没有? 大猴说没看见,却明白这狗日的肯定跑回去了。

　　大猴没有为二猴跑了痛心,痛心的则是二猴了。10年过去了,大猴衣锦还乡,带回了一大家子。村人有顺口溜为证:

　　　　咱大猴,本事大,

　　　　广东带回一大家。

　　　　又有女子又有娃,

　　　　还一个蛮子爸。

　　这顺口溜活画了大猴的风光体面。大猴回来是工作调动,当上了堂堂正正的公社书记。走村串户,人簇人拥,吆三喝四的。看到这场景,二猴心里酸溜溜的。想当初要是咱家也搭不上锅,准不会逃了,那现在不也一样吆三喝四的? 何苦来让咱摸这牛尾巴,没完没了地受苦呢?

　　吃饭在这个世道上是个操持命运的幽灵,说不清它到底朝如何引导你? 它可以成全一个人,也可以毁坏一个人,而且,成全和毁坏一个人,不一

天日

定非要有吃的,或者无吃的。有和无,都可以成全人,毁坏人,这让人不得不左顾右盼,步履维艰了。

盆

我在春日的阳光中咀嚼着吃,咂摸出了少有的滋味。晋愍帝、"剃头王"以及大猴、二猴的事实,都把吃和命运衔接得天衣无缝。同时,也咀嚼出另一种味道,即吃饭和礼仪也有着密切关系。

故乡的人们走亲戚,往往给亲人带些吃食。有一出戏,在歌颂共和国新生活的幸福时,就用走亲戚来表现,一位大娘唱道:

> 手里提着竹呀么竹篮篮,
> 雪白的馍馍放呀放里边。
> 猪肉羊肉各斤半,
> 还有三十颗大鸡蛋。
> 嗳咳嗳咳嗳咳哟哦,
> 还有三十颗大鸡蛋。

带着这样丰厚的礼物走亲戚,当然体现了对亲戚的盛情,同时也展现了自身处事的大方,脸上定有少见的光彩。不过,这是在舞台上,是在戏剧化了的世界中。而在现实生活里,那时候我常见的是蒸馍。由于礼仪不同蒸馍也变化着不同花样。孩子出生去看望,一般蒸的是大馍。大馍样如织布的梭子,稍带点弯。孩子生日送圐圙。圐圙成圆环形状,满箅子蒸一个。有虎头,有凤尾,通体镶花。当中的空间要大到能套在孩子脖子上,这圐圙的意义就出来了,像是把孩子锁住,喻指好带好养。外祖母家给外孙蒸圐圙要从一岁蒸到十二岁。最后一次是油炸过的,炸字在我的故乡和煞字同音,是指孩子大了,蒸圐圙到此煞尾。逢到老年人闹寿,是蒸寿桃。寿桃当然是桃子样,精细的人涂红抹绿,活脱脱的好看。老人寿终,要祭奠,是蒸祭馒头。

乔忠延客体散文

祭馒头都是插花的,花样别致丰富,有一盘盘瓜果梨桃,有一出出戏剧人物,都是能人巧手捏的。

逢年过节,花样更多。家家灶头蒸有枣山,高高叠起,面中裹枣,颇见气势,显现蓬勃向上的光景。给老人送的都是枣糕。枣糕一层面,一层枣,用糕的"高"音表示祝老人高寿。这馍馍的世界,博大浩瀚,深蕴着古老的民间礼仪。

那一年,我串联来到大巴山区。山民们走亲戚的规矩绝然不同于我的家乡,多是提一手绢咸盐。这在我们看来很是奇怪,后来方知,盐是这里的贵重物。先前人们吃不到盐,不少人得了粗脖子病。我们看到的,有汉子,也有婆娘。有的脖子突出来,如同椰子树上高挂的果实;有的整个脖子粗大,实在难受。不知其人怎么熬过这难受的日月。所以,在这里走亲戚带点盐是最好的礼品。用这贵重的礼品去推测家乡的礼物,同样,用吃食敬人也是最贵重的。足见吃的位置是非同寻常的。

出门走亲戚如此,亲戚上门也理应如此,多是拿上好的吃食待客。有一回,我们村上来了一位外调的客人,日上三竿了,还没有吃早饭,腹中的饥饿状况可想而知。大队干部忙着派饭,连派几家派不出去,糠面煮菜,无法待客。最后找到一位民办教师,指令不准推托。民办教师领客人回屋,一问,母亲蒸的是死面卷。这是二三月里最简易的吃食。这季节,田垅上草绿了,野菜扬头了,可以刨到小蒜了。小蒜样子像蒜,味道也像蒜,只是长得小些。将玉米面和好,擀开,往小蒜中拌些调料,卷入中间,剁为一截一截,蒸熟即成。这吃食,最简单,最粗糙,用它待客,民办教师心中有些不安。哪知,端上桌,客人吃得津津有味。边吃边说,着实饿了。没有松口,连吞三个。三个死面卷下肚,喝完一碗米汤,客人笑呵呵地说:"老师,这饭真好吃呀!我要不来,你们可能不做这么好的饭!"民办教师心头的重负也才放下。

客人从死面卷中吃出的特别滋味本来与我无关,可是,我一旦听到之后,就再也难以忘记这样的情节。因为这情节总是不断启迪和引发我去思索,思索特定生活环境下的特别意义。

天日

腹中的饥饿能够改变人对食物的需求标准和看法,粮食的紧缺能够扭曲人的生活和品格。晋愍帝投降的历史证实了这点,而且,他的到来似乎把他的行为的种子也撒落在家乡的田园里。因之,才滋生出"剃头王"这样的后人。若是提及待客的事,我身后的岁月也不乏戏剧性的场面。

那一天,我执教的那所村小的校长吃派饭回来,进门就唠唠叨叨:"嘿,还是什么富户哩? 穷酸气!"几位老师忙问原故,校长愤愤地说,这是今年收了麦吃的头一顿坨坨。坨坨是用玉米面摊成的。把面粉化成稀糊糊,搭了鏊子,擦点油,待鏊子热好时,舀一勺倒去,烙黄一面,反过来再烙另一面。这虽然是玉米面中的上等吃食,可待客还是上不了桌的。尤其是给老师吃的饭,在吃派饭的人等当中是上流的,最受器重。所以,校长吃了这东西心存反感,是情有可原的。尤其如校长所说,他吃坨坨的那家确是个比较富裕的户。这似乎不合逻辑,其实,坨坨正是这逻辑中派生出来的。村里人喜欢说,穷汉肚里没杂粮。这话诉说了日月的单一,即打下麦吃麦,收了秋吃秋。只有富户才有余粮,才能打下麦还夹杂着吃秋粮,省下白面日后匀着吃。遗憾的是,这富户宽裕了自己,慢待了客人。这当然影响了人格质量,校长怨怪不无道理。

然而,一旦深入到这个家庭中,去探讨其慢待人的原因,却明白了慢待人竟是从慢待自己开始的。这个家庭的主妇,出过一件后怕的事。那一日,天色刚晓,村胡同里就人声纷乱,匆忙起来一看,这位主妇被平车拉走了,主妇上吐下泄,折腾了一夜,到医院诊断是急性肠胃炎。原由是主妇吃了隔夜的剩饭。天值炎夏,酷热难当,隔夜的剩饭必然霉了,主妇舍不得倒掉,自己吃了,吃出了紧急救治的情节。亏得离县城医院不远,若是救治迟了,性命也有危险。

这情节的出现,引发了村人的兴致,一街两巷的议论,居然扯出了主妇的出身。而这出身足以回答校长嫌其酸气的原因。主妇出生在富裕农家,父亲人称面汤先生。面汤先生饮食节俭,他的名言是,三碗面汤顶一碗拌汤,三碗稀的顶一碗稠的。所以,他家多是喝稀的,尤其是平常日子,连稠点的面也见不上。这样穷酸气了几十年,居然买了田地,盖了新房。面汤先生也才因此得名,从小喝面汤长大的女儿,岂有不穷酸气的道理?

习惯的力量是可怕的。我在品味校长吃派饭的故事时,时常一个人发笑。我可笑现在,也可笑以前。我想到这么一则笑话,说是有个人以小气而扬名,有人慕名来拜师。来者手提一条纸剪的鱼,算是送礼。到家时不巧师傅外出,其子应酬接待。居然指着墙上的椅子请坐,指着画中的茶水请喝,还用手比划出个烧饼请吃。此人未见师傅也眼界大开,满意而归。却说师傅回家,孩子兴冲冲给父亲汇报,想讨得几声夸奖,孰料,未待说完,就挨了一记耳光:"败家子,烧饼不能比小些!"由这个笑话我想到那位主妇,其酸气惯了,出手也就难以大方,校长不应见怪。

应该见怪的则是晋武帝。虽然亡国之君是晋愍帝,但是,晋武帝的奢靡和后来的亡国不无关系。晋武帝时期朝政腐败,挥金如土。斗富成了西晋贵族中的风气。太尉何曾一天三顿饭花1万钱,他儿子一天饭花2万钱,而尚书任恺一顿饭就花1万钱,更有石恺用米浆或者麦糖水刷锅洗碗。倘若这些财粮节省下来,供晋愍帝和他的臣民食用,西晋岂有因无粮而亡的道理?

面汤先生是否明白西晋存亡的史实? 不得而知。但是,他的节俭却是应该称道的。可惜此一时,彼一时,他的节俭却导致了家业的败落。一场朝代的更替中,他的房产田地成为众人手中的财富。面汤先生为此郁闷而死,在土地下去永久怀恋他的家业。

死了,死了! 然而,了却和腐烂的仅仅是体肤,面汤先生的遗风并不容易亡故,仍然倔倔地存留和延续,他的女儿,成为校长眼中的穷酸气,不正是这种延续的生动体现?

勺

吃饭的问题在我面前越来越复杂。小到凡人性命,大到江山社稷;俗到填充饥肠,雅到精神气节,无不和吃饭有着密切关系。越想摆脱这种复杂,复杂的世事就如同云雾一样,越是难以挣脱。我的脑海中又闪现出一件往事。

也就在那个饥饿的年头,我的一位邻居婶子死了男人。男人是当家的。死了当家人,家里顿时乱了套。当下最大的难题是无米下锅。祖母腌的一小瓮酸菜和她家伙着吃了,也维持不了几日。她家和我玩耍的男猴女狗都是菜色面孔。后来,却滋润了。滋润得村里人无不眼热。

眼热渐渐变为闲言碎语,说我那位邻婶交了个跛子。跛子是大队的保管。保管是管库房的,库房里有大队的粮食。粮食虽然不多,却比晋愍帝的太仓还强些,当然还是够滋润一家的。邻婶交了跛子的事,很快被印证了。因为,没过多时,他们就过到了一起,成了一家人。跛子动没动库里的粮食,是后来才印证的。跛子成了四不清干部,被圈到孤庙里交待问题。有一天,大队开会,是斗争跛子,显然跛子已交待了偷粮的事情。日子过了好久,生动的细节我无法记起,只隐约觉得主持会议的那头曾这样数落跛子:

> 推开库房门,
> 里头有个贼。
> 有心拿绳绑,
> 还是个共产党!

众人哄然大笑。那干部却绷着脸收拾,笑什么? 光彩的! 众人慌忙闭了嘴。那干部因为这话受了惩罚,这是后来的事了,说是公开谩骂伟大的党。我却从这话中悟出了库中粮食的去路。

文章前面谈到分粮时有个原则,是先国家,后集体,再个人。集体部分不能算是太小的数,就邻婶那么个窟窿当然装不下这么多,更多的还是吃了大锅饭。大锅饭不是随便啥时都吃,只有农忙会战才让众人吃,可这扰害就大着哩!

夏收秋播往往是龙口夺食的关键季节。这时节人马全出动,紧赶紧也还怕误了光阴。可有些人家无粮下锅,填不饱肚子,没有气力下地。队长在尝到人手不足的滋味后,变得精明了,留下粮在这咬牙关头开大锅饭。大锅

乔忠延客体散文

饭一煮,生产队长口中的哨子凭添了好大的活力,男男女女,老老少少,蚂蚂虫上会似的,全来了!

临时搭锅,家具都是借的,难以做出什么好花样。这正符合村上流行的说法:"猪多没好食,人多没好饭。"为了做饭方便,一般多是炸油卷,煮烩菜。油卷其实就是城里人叫的油饼,现今人们并不喜欢那油腻腻的吃食,而在那客人将死面卷吃出美味的年代,那油卷就具有非凡的诱惑力。不必高谈阔论,务实点说,我们儿时玩耍,少不了吵架打闹。若要一方威胁对方,你敢打我,打破窟窿给我炸油卷!对方会马上手软。试想,这油卷有多大震慑力?因为平常人家是炸不起的。

大锅饭吃油卷,没个限制,管饱。那时,我正当年,可是胃口有限,顶多只能吃3个,而吃得最多的人却可以吃到8个。那油卷不小,三个足有一斤。吃8个该有多大的胃口,难以想象。果然,有人吃饱后弯不下腰了,也直不起腰,老老实实躺在河边的草窝里睡觉。此人是咸盐公公。咸盐是这位老公公的外号,这外号和运动有关。大概就是批斗跛子的那回,此公光着脊梁,大声说,好大的害货(老鼠),害得我一年劳动,连咸盐也吃不上!从此,咸盐成了他的专用名称。

起初,队长见咸盐公公躺倒了,还逗趣,说,有回坐席出来,前面的人帽子被风刮掉了,弯不下腰,没法拾。就叫后面那位帮助,哪知后面那位只摇手不说话,哈哈,原来口里满得咽不下去。众人听了大笑一场。笑毕有人看咸盐公公,却翻了白眼,断了气。往医院送,迟了。咸盐公公就这么死了,好在死也没有当饿死鬼。

很快,咸盐公公吃油卷撑死的事情传遍了远近乡村。

其时,我也很鄙视此公。产生这种心理,主要还是奶奶那"下人争吃"的理论在头脑中作祟。也怪我孤陋寡闻,那时还不知道世上有个晋愍帝,更不知道他是因为没有饭吃投降的。要是知道这位皇帝赤臂投降,还要去席上给仇敌添菜敬酒,我定然会宽宥了咸盐公公。咸盐公公为8个油卷捐躯,固然有损人格,却还没有涉及国格,而晋愍帝却是人格、国格损失殆尽,实在可悲！

无论如何，晋愍帝进入我的脑海后，我的思绪开阔了，时常将现实放到历史中去反思。这颇有些像仰望长空和长空中的一轮红日。我看到日头在天边升起，又在天边落下。升起时天蓝天阔，落下后天暗天黑。没有日头的时候，天地换了一种滋味，清冷而又寡淡。我发愤地读天读日，时常还读出些怪诞的念头。天似乎还是天，蓝色的长天铺展在头顶，而那轮红日却红得像是一个烧饼。

烧饼在我的故乡叫做火烧，算是顶好的吃食。关于火烧，据说有这么段故事，爷爷让孙子擤鼻涕，孙子说不买火烧馍不擤。爷爷说买。孙子出去再回来缠住爷爷买。爷爷说，没钱，我哄你哩，憨娃！孙子大气一出，鼻涕又吊出来了，对爷爷说，我也没擤掉，哄你哩，爷爷！看着天上的烧饼，想想人世的事情，我似乎领悟了什么。转而一想，又觉愚拙了，在我前头，早有人看穿了这天日的诡计。有天子曰：深挖洞，广积粮，缓称霸。积粮实际是积累实力，称霸当然是争夺天下。说是缓称霸，实际是要称霸，要夺天下。

而这争天下，却是以粮食，也就是以吃饭为前提的。

这就把天日扭结得绝难分解。

还有比之更高明的论断，人民领袖风骚独领，改一字而用之：深挖洞，广积粮，不称霸。有人说，这指示化腐朽为神奇了。这指示传得我故乡家喻户晓。咸盐公公曾对前来巡视的领导大谈心得体会：深挖洞么，就是把防空洞挖得深深的。领导都夸说得好。他谈兴大增，又说，广积粮么，你们看，就是不怕出汗，光着脊梁干，说着还故意晃了晃油黑发亮的脊背。领导笑了，笑着去了，后面的词不听了。这似乎是个笑话，其实透露出了咸盐公公必然饿肚子的原因。他一旦不饿肚子了，也就没有了自己。

不论咸盐公公如何曲解最高指示，广积粮以及紧追其后的不称霸，总在明确宣示着自己的意义，显现着人民领袖对世道的精辟把握，启迪我去完整地理解——天日。

——天道日月。

闲情三题

清闲

早早,早早地你就睁开眼,穿上衣,起了床。

你要去上班。几十年了,就这习惯,忙碌的习惯。一早忙忙碌碌赶往办公室,然后应酬忙忙碌碌的政务,先是批分文件,后是起草文件,再是签发文件,还要主事定点。办公室的事拥塞得满满当当的,走进办公室头脑也就闹闹哄哄的。就这么忙碌,仿佛是一晃眼,发白了,顶稀了,人也就不忙了,到了不吃紧的部门。这部门,人说是聋子的耳朵,没有,五官不全;有了,只是摆设。

摆设在这么个地方,当然不用早早就坐办公室了。可惜早惯了,起床了,才想起现在是现在,现在不是先前了。于是,手足悠闲开来,悠闲地穿鞋,悠闲地洗漱,悠闲地拉开窗帘,哟,满眼的好景致。高高低低的楼顶全白了,高高低低的树梢全白了,白得耀眼,白得放光,好大一场雪!

——赏雪去!

出了门,上了街,街上人真多。匆匆的步行者,擦肩而过;匆匆的自行车,闪闪而过。雪踩实了,踩滑了,人走得摇晃,车骑得摇晃,摇晃着惯常的忙碌。汽车也一如往日,忙着,忙得如穿梭。偶尔,刹个车,车轮不转了,车身却船一样向前滑去,看得人险险的。不能迟点走吗?不能不出去吗?不能,都有事,都有担子,无形的担子比有形的担子还催人。老辈人说,担担子的比空走的快得多。

你好轻松,好舒展,你是空走的,肩上没了担子,不必匆匆忙忙,不必擦擦滑滑。悠悠地走,闲闲地走,走到一块空隙地,楼间的一块绿地。绿地不绿了,成了白地,说是铺了银毯素毡都不为过。洁得让人真不好意思站脚。仔细看,不是你先踩了,已有人来过,一双大脚,哦,不,还有一双小脚。是一对恋人?该是。这风景中的恋情圣洁得不能再圣洁了。想自己的青春岁月,没有恋情,也就没有这么迷人的雪。

呼呼——嚓嚓——

一群鸽子飞起了,一群麻雀飞起了。视线追了过去,追上了高天上的勃勃生机。脚步却向里移,移到了紫藤的架下。紫藤不紫,成了银蔓。银蔓下的雪色好多道道划划,像是一地书法。俯身看,看出一个仓颉,一个银须飘洒的仓颉。仓颉也看那道道划划,看在眼里,潜进脑里,划出手里,就有了咱们的象形文字啦!

你停了足,不走啦,看天,天上生机勃勃;看地,地上妙趣盎然。你说,清闲真好!

清贫

你说,日子真好。

从心里说出来的。是的,日子好多了,比过去好多了。过去,住在乡下。那时候吃不饱,往肚子里装什么东西,是一年到头的难题。逢年过节,吃顿白面,包顿饺子,能受活好些天。好些天过去了,还想那受活劲儿。于是,大人小孩都盼过年节,年节能过过瘾,解解馋。

现世的日子,就吃的而论,简直是天天过年了。天天过年,过得连过年吃什么也成了难题。年和平日没有了区别,也就没有了向往。年变得平淡了。年平淡了,不等于日子平淡。日子过得很是自在。有房住,小楼独院;

有衣穿,布衣掩形;有书读,书架满壁。吃饭当然不待言了。吃饱了,穿暖了,坐于窗前,或展卷诵读,游心于古往今来;或伏案走笔,倾诉着苦辣酸甜。自觉日子挺美。

不料,偶过街头,熟人惊诧,你怎么还穿布鞋呢!

因而,抬眼睃视了,却怎么满街都是皮鞋晃动呢? 移目自己的双脚,有了鸡立鹤群的感觉。

隔过数日,又有熟人惊议,换换装吧,买身名牌穿穿! 说着,友人翻翻衣领,让看商标:皮尔·卡丹。

你有些心动,毕竟操守落后也是对时代的辜负。与时俱进,是否也包括与服装俱进呢? 也许是,就问价格,却问得咂嘴吐舌。

又过些时日,家里来客。让进屋里敬烟上茶。客人落座,谈天侃地。谈着侃着,突然冒出一句:"你咋不装潢一下房子?"

答不出来,只好用其他话题扭转败局。

之后,出去作了几回客。作客时留意了人家的居室,才发现都装了,装得富丽堂皇,一看就是富裕型家庭了。

不甘落后,悄悄探问,装潢要花多少钱? 标准不一,价格不等,但是,少也得好多万元。

这么多钱,不是又能买好些书么! 想想还有好些书待买,哪里还有装潢门面的念头呢?

从此,搂定青山,操持自我,不逐潮流。日子久了,落后多了,人谓贫穷。你想,有饭吃,有衣穿,有房住,咋能说贫穷? 何况,还有书可以读呢!不能说贫穷,只能是清贫。

清贫 ,也是一种境界。

清高

门额正中悬着国徽,进了门是长长的甬道,甬道从花木丛中穿过,过了好一阵才到了办公楼。先前来办事,进来顿觉庄严肃穆,浑身就觉得瑟瑟的。没想到隔了数载，你居然坐在办公楼里了。

你很尊重这庄严肃穆，也很珍惜这庄严肃穆。荷着一颗心干工作，惟恐有点差错，辜负了庄严肃穆。有事，办事；没事，看书。有同事叫，杀一盘，是下棋，你不去；有同事喊，快来救救场，三缺一，是打扑克，你也不去。自己觉得工作干了不少，读书学习了不少，过得很是充实。

一日，领导谈话，出语恳切。肯定了你的成绩，指出了你的不足。这不足，让你吃惊，让你反省。说你清高，说你不合群。如此下去会影响晋级提拔。

这一来，你落枕难眠了。清高不就是骄傲吗？骄傲使人落后，不得了！不合群不就是脱离群众吗？群众是真正的英雄，脱离了不得了！难怪领导说影响晋级提拔。思来想去，痛下决心，要来一番脱胎换骨，重新做人。从此，有事办事，无事则在棋里、扑克里逗乐找事。过些日子，领导见时，笑着说，变化大，进步快，有出息。出息跟着来了，先主任，后科长，又局长……不知不觉出息了好些年头，也就出息到头了。

到头了，下来了，回过头，一想，这大辈子干了点什么？雁过留鸣，人过留迹。可是，在世道上很难找到自己的踪迹。于是，打定主意，重操旧业，看书学习，写点东西。哪知，这也不易。

刚在屋里坐定，有人唤，跳舞去。好说歹说，送走客人，闭门进屋，叩门声又起。开了门，有人催，走，走，走，打麻将去！你不去，人家不走，伸手拽住了你衣袖。你还是不去，那人走了，带走了一脸的不乐意。

没隔几日，出门走走。远远听见背后人语——

清高。

你一怔，苦笑了。又想，清高就清高吧，反正没有晋级提拔的挂碍了！

看来清高也不容易。要想清高，先要清心寡欲。

旧物家珍

门匾

早先,我家大门上挂有一匾,匾上的文字是:"德善堂"。

德善堂的匾是清朝光绪年间挂的,县衙挂的。挂匾是个有讲究的事,自己挂也要有个说词,或家严高寿,或金榜题名,或四世同堂。别人挂,要主家人气好,有一帮子哥们兄弟拥戴,还得有个识文断字的人操持。要让官府挂可不容易了,总得乡邻们有点念想,还要念想到官府的算盘珠上。

光绪三年,那是个什么年成呀? 现在听老人们念叨:过去的事情,听得惊怕哩! 那年头,天下大旱,颗粒无收,人们没有吃食填肚子。先捋树叶,再扒树皮,后挖树根。树吃光了,吃干草,吃稀泥。人们说,青泥搅麦秸,吃上活八天。活八天,便宜八天,不吃这,吃甚,总不能吃人吧? 吃人,在那年头也不稀罕了,有民谣言传那一难:

人吃人,犬吃犬,
姥姥家煮得外孙子喊!
喊叫也没用,不煮着吃你,姥姥、舅舅就要饿死!
人,饿怕了,饿疯了。

疯了的人，和走兽没啥两样！

这情形真令人心疼。先心疼的是我家的一位祖爷爷。祖爷爷识字不多，知书达礼；身材不高，能犁善耙；光景不错，节衣缩食。至今，我们族里还传续着他的家训：

> 宁在瓮口省，不在瓮底省。
>
> 三碗面汤，顶一碗拌汤。
>
> 小灯小捻，三年盖座小院。

这祖训适应不适应今日，另当别论，只是那时候我家确实有院，而且，有前院，还有后院。后院是谁也没进过的小院，要进小院，必须进祖爷爷的上房，上房很少人去，小院也就成了没人进去的秘密地方。

知道秘密的只有祖爷爷，祖爷爷用这秘密在河上建桥。河上原有一桥，木头搭的，窄小，只能走人，不能过车。祖爷爷建桥，只请了砖匠，小工都是村里人，还不能天天都干，要每天轮换。干一天，一升麦，现称现过，每天都有彪形大汉押来粮食驮子，日落进村，当下在我家院里分粮。

桥建得很慢，活做得挺细。人瘦，没劲，干着喘气，祖爷爷就喊人歇了。歇了也给工钱，一升麦子不少一颗。

一座桥，从春盖到秋。桥修成了，后小院也空了。那粮食驮子只是个幌子。好在落过几阵暑雨，秋收了，众人有了吃食。祖爷爷用一座桥养活了一村子人。

消息传远了，县官闻知了，传祖爷爷问话，为啥不开仓放粮？

祖爷爷说，众人饿疯了，知道存粮还不去抢，抢了，饱上三天两后响，又饿，还不是死？只有这么细水长流润个地皮湿，都凑合着过活。

据说，县官听了，连说"德哉善哉"，就展纸挥笔下了三个字："德善堂"。日后，在鼓乐声中一块大匾悬在了我家大门额上。

八仙桌

八仙桌是方的,四方四正,四面坐人,每面两位,正好八人。能坐八人,不叫八人桌,而称八仙桌,足见多么抬举客人。宾客临门,别说吃饭,落座就美滋滋的,好像自己真成了仙人。

八仙桌上凝结着礼仪文化。

不解的是,这么好的桌子上却有一个不大不小的洞,刚好透过儿时我那不粗不细的指头。这是个子弹洞,洞中藏着惊怕的往事。

算起来九十余年了,是辛亥革命的时候。那岁月,山雨欲来风满楼,官方也觉得风头不对了,怕聚众起事,腊月里下了告示:年节一律不准闹红火。

过年闹红火,是乡亲们的习俗,不闹腾两天,就觉得饭菜少盐缺醋,一年的日子都寡淡没味。可是,官家有令,小民哪敢违抗?高跷不踩了,竹马不跳了,狮子不跑了,龙灯也不舞了……袖着手在阳窝里晒暖吧!

西面有个村庄,村名贾册。贾册,据说是皇后贾南风的册封地,有过一段风光的历史。过年走弯弯就是那年头遗留下来的习俗。说是走弯弯,其实是时下的转迷宫。不过,贾册那弯弯比迷宫气势大,岔口多,弄不好转晕了头,大半天出不来。越是出不来,人们越觉得有意思,转悠的人也就越多。过大年的时候,人们从东西南北涌过来,钻进去,绕前来,转后去,走得眼花缭乱。弯弯当中间搭着个高阁,高阁上有龙有凤,龙凤旋舞得忽忽悠悠!龙凤阁里风光过贾南风。贾南风望四野子民潮涌,看足下人头攒动,得意扬扬着听曲儿,曲也多了醉音。这古风荡荡漾漾,荡漾到了这个多事的辛亥年头。

有人说,不让闹红火,拉倒,这弯弯该走吧!众人闲得浑身发痒,就附和,该走,弯弯不算红火。

于是,弯弯就热闹起来了。没想到这年,贾册成了四乡八村过节的乐园,吃过饺子的人都聚来走弯弯了。老老少少,男男女女,成群结队,好不热闹。

热闹闹热了老爷爷的心,老爷爷那时还正壮硕,他的老爸却发白齿脱,年迈七旬了。人过古稀,就七十不保年,八十不保月,到了晚景。他想让老爸风光一回弯弯。既是风光,就不能让走,要抬。抬也不能坐轿,轿里暗面,不能赏脸,要明抬。乡村里坐明轿的有的是,多是由儿子、孙儿抬了八仙桌,桌上绑了太师椅,让尊者落坐,亮亮敞敞地观景。

明轿体体面面出了村,过了桥,在曲曲的田间路上颠达着,颠达着千年孝道,一路的人都夸老爷爷好孝顺,都夸太爷爷好福气。孝顺载着福气颠达得风风光光。

正行间,忽然,官道里黄土腾起,像滚滚的烟雾。烟雾下头一队快骑急火火地疯跑。正不知啥事,"呼呼"的枪声响了。闻声,人们炸了伙,四散逃窜,老爷爷他们紧忙落轿,扶下老人,就听耳边子弹飕飕地飞着。众人不管新衣新裤,伏了一地。

乱一阵儿,马队过去了。去了贾册,横冲直撞,把那弯弯阵踩了个稀里哗啦!还不解气,押走挑头的人,进城下了大狱。自此,弯弯再没有人敢绑起。

马队过去。老爷爷他们连忙爬起,只见弯倒的桌子面穿了个洞,子弹打的。谢天谢地,没伤着人,搀搀扶扶地退回了村里。

注斗

注斗,斗的模样,比斗稍大点,没底没盖。

斗是用来装粮食的,注斗也是用来装粮食的。斗装了粮食,或是量称粮食,或是担运粮食。注斗是从当间注入粮食,这才叫做注斗。

注斗是水磨里的用具,水磨是我家乡的风景。我的家乡在龙祠泉水的下游,清清的水流蛇绕而来,在村外转悠了半个圈,南去了,村边就落卧了好几座水磨。

水磨正好盖在河道上。清水奔来，端端地流至水磨，猛然一跌，跌进磨下的木轮，木轮被水猛冲，悠悠地转了。转动的木轮中心支一根木柱，木柱顶端是磨扇。磨扇是两叶，一叶连着木柱，随着木轮转动；一叶悬在房梁上，固定不动。动的和不动的摩擦起来，就把小麦、玉米碾碎了。而这碾碎的细物正是从注斗里流落进上叶的磨眼，再从磨眼涓涓滑进磨缝。

水磨转动着家家户户的生计。

我家的棚上闲弃着一个注斗。我很好奇，家里为啥会有这无用的东西？奶奶说，水磨上有过我家的股子。水磨是个挣钱的地方，我家却挣不了，就退了股，扛回个注斗，留作忆念。

那年头，磨面不交钱，磨完后随手往磨坊里丢点面。丢多少？没有准定的斤两，一要看磨面的大方不大方，二要看磨主顶真不顶真。轮到我家掌股作主，老爷爷操办磨坊。他看见哪位磨面的都可怜，见他们端的籽颗，不是半布袋，就是半笸子，一瞅都是东凑西挪地糊弄肚子哩，怎忍心丢面？抬抬手让人家去了。人家欢欢地走了，自己却蔫蔫地叹气，叹人家日子艰难，叹世道实在无奈。这样，我家掌股的收益，正月是五八，腊月是四十，白忙乎一年不说，还贴了整修拾掇的钱，贴来贴去，贴不起了，只好转了股东。

磨股给了侯家，侯家很快发了家。侯家掌柜的嘴一份，手一份，能说能干，往磨坊一坐，每日都有斗米斗面的进项。有一回，村里的大拐磨面，大拐排行老大，有条腿不得劲，常拄根拐子，就被人叫成大拐。大拐种植庄稼不便，日子过得甚是紧巴，磨面提了个小斗笸。就这，丢面时侯掌柜还是重重铲了一铣。这一铣剜疼了大拐的心肝，他吊着脸说："丢这么多呀？"

侯掌柜牙尖嘴快，顺口回敬："我儿的多！"

这简直是活欺负人，磨主丢的面再多，也多不过磨面的呀！大拐不再吭气，瞪了侯掌柜一眼，提起小斗笸一歪一扭地走了。大拐出了磨坊，听见了侯掌柜哈哈的笑声。

岁月真会开人的玩笑。没几天，闹起土改。打墙的板上下翻，贫的富的颠倒颠。侯掌柜家大财多，是富农，斗争的对象。斗争这日，工作队一声吼，押上去了侯掌柜。侯掌柜还没站稳，就挨了一拐子，是大拐出手的。离了拐子，大拐站不住，慌忙拄好，扇侯掌柜的耳光。扇来扇去，手疼，还不解恨，就揪那撮山羊胡子。一揪一根，不费啥劲。侯掌柜却一揪一颤，流下了泪。大拐来了劲，揪一根，又揪一根，咬着后牙说："我儿的多！我儿的多！"

胡子没拔光，侯掌柜栽了后去。

太师椅

我家的正厅里摆放着一张八仙桌，桌旁贴墙靠着两把椅子。椅子没有上过漆，却油黑发亮，是核桃木的。核桃木家具是好，越擦越亮。高高的靠背雕刻着花卉，坐下的四围镶着花板，精细的工艺好像在炫耀着尊贵的名份——太师椅。

惟一令人惋惜的是，椅子的右扶手断了，外边套着一层皮子，影响了通体的完美。

不过，就是这伤痕，给了椅子少有的荣光。

别看椅子大名太师椅，太师并没有坐过，只是虚名，而真正坐过的是个县官。县官管着方圆百里，千家万户，能坐到谁家的椅子上也不是容易事儿。我家的太师椅有福气让县太爷落坐，是因为那时候老爷爷在村里应事，也就是时下的村官吧！县官到我们村里来，是缘于我们村发了案。

村西头住着章家，章家有个俏媳妇。俏媳妇居然和停活的灰头好上了。停活的是住在主家干活的，也就是书上常写的长工。两人好得明铺夜盖，掰也掰不开。俏媳妇所以和停活的相好，是因为男人在外头和别人相好。男人能说会道，算是村上有能耐的人物。可惜，投靠了小日本。小日本过来后，本分人从城里逃出来，躲了，而俏媳妇的男人却从村里进了城，弯着腰替鬼子跑腿。可能是老弯腰的原故吧，众人背后喊他虾米。虾米名声不好，千人指，万人骂，不过，这只是私下里。官面上，虾米威风着哩，看谁不顺眼，咬他个共匪，不死也得掉张皮。虾米在城里挺阔，能钻的被窝很多。

虾米天天在城里钻热被窝，媳妇夜夜在村里熬冷被窝。熬不住了，就让停活的给暖被窝。没想到,这一暖,暖上了瘾,夜夜想让暖。停活的也乐意暖,暖得日月风流了好多。

村里人常说,没有不透风的墙。灰头给俏媳妇暖被窝的事,先传遍了村里,又飘进了城里,虾米耳朵里也刮进点风声。是夜奔回家里,想问清实情,毙了灰头。可是晚了,一进门,就被人扑倒在地上,用被子捂严了,捂得虾米喘不出气,光蹬脚。俏媳妇也不闲着,一屁股坐到腿上,压了个服帖。一时三刻,虾米就躺展了。

半夜子时,章家泣沥出哭声,俏媳妇哭闹:"男人得猛病去了。"去了,埋了,就完了! 偏偏小日本觉得虾米死得唐突,指派县官下来问案。我家的椅子就是这时候风光的。县官带的人人马马不少,却没有带一把椅子。在村上应事的老爷爷只好把自家的椅子搬到庙院,请老爷坐了审案。坐就坐吧,县官真不多心,就不想想椅子是借的,不是县衙的,竟然嫌俏媳妇不老实交待,一发怒站起来,站得过猛,掀倒了椅子。太师椅跌得可怜,当下折了一边的扶手。俏媳妇哪经过这场面,尿了一裤子不说,把灰头给招出来了。

老爷爷带路,领着衙役去抓灰头。老爷爷走着想着,这灰头杀人是过,可杀的是祸害呀! 要这祸害活着,不知还要有多少遭殃! 猛抬头,没想到正和灰头碰了个照面,这灰头卯里不摸榫里的事,还吊儿郎当呢! 老爷爷高声说:

"灰头在家么? 我们抓他呢!"

灰头一听,知道不妙,忙答:"在哩吧!"

待老爷爷带人马过去,灰头转个弯,撒腿就蹿,没了踪影。

灰头没捉住,只带走了俏媳妇。县官带人走了,我家的椅子红了,人们吵嚷这椅子有福,轮流着坐。大人坐完了,把小孩撂上去,说坐了会有功名。

时光真快,好像只打了个转身。先前轮流坐过太师椅的人都过世了,椅子的荣光没人知道了,只看得到扶手上的伤残。

饰件

饰件消失在大炼钢铁的狂热年代。

后来看书读报,知道了当年的钢铁狂热事关民族气节。那一年,伟大领袖出访苏联,苏联元首赫鲁晓夫同他会谈。伟大领袖告诉苏联元首,明年中国要产多少多少万吨钢。这是个令人兴奋的数字,伟大领袖告诉苏联元首,是自己兴奋,也想让他兴奋。孰料,赫鲁晓夫不识抬举,非但不兴奋,居然还撇了撇嘴,轻蔑地一笑。这表情忽闪即逝,赫鲁晓夫笑过可能早忘了,而伟大领袖却没忘,却要以钢为纲,扬眉吐气。

我家大柜上的饰件就消失在那扬眉吐气的年头。

饰件本是个不起眼的小物,谁会想到能和国际大气候有了关系? 那小物是来装饰大柜上的门关的。安门关是为了上锁,放东西牢靠。可是只装门关有些秃,就在下面垫了一张铜片,还剪裁成圆的、方的,或方圆搭配的,这就是饰件,装饰物件。我家的饰件是长圆形的,外围圆得如同西瓜,铜面黄亮,亮堂在漆黑的大柜上。那一年,铁队长在山上倒了炉,回村搜铁,饰件也就被顺手撬走充数了。

平日有饰件,大柜不见得多么好看,而没有了饰件却好不难看。那个大柜已有好些年岁了,没卸饰件尚觉漆面挺黑,去了饰件,那尚黑的漆面只能说是灰暗了。因没了饰物而露出底面的那黑圆,我怎么看也像是个包公脸。那安过门关的窟窿活像两个眼睛,只是两个眼珠都被挖去了,似是骷髅。夜里躺在炕上睡觉,我不由得要瞅那被剜去眼珠的包公。瞅着瞅着,就进了包公戏。那是铡美案,结局是包公铡那昧了良心的陈世美。而我的眼前滚得却是包公的头,我一惊,哭醒了,手指着大柜喊:"包公死了!"

妈妈不知我说啥意思,抱紧我,哄着睡。一会儿,我睡着了,却又看见了铡刀边的包公头,一惊,又哭醒了,又喊:包公死了!

如此闹腾了几夜,左邻右舍都说,屋里有鬼。连忙攘鬼,绑一个火把,照亮旮里旮旯。拿一面大锣,吭当吭当敲打,哄闹好一阵,估摸鬼吓跑了,才停手。我瞅着大柜睡了,一会儿,一惊,又醒了,又喊:包公死了!

后来,不知大人怎么明白了是大柜作祟,抬走了。眼不见为净,没了大柜上那个包公脸,我不做恶梦了,睡实稳了。妈妈说:谢天谢地!

多少年后,我看到一篇游记。作者游到了赫鲁晓夫墓地,看到了一块很特别的墓碑,无字,是块黑白分明的大理石。我忽然想起了往事,想起了被撬掉的饰件和梦中那滚落在铡刀边的包公头,便想写篇文章:前苏联元首和中国少儿的梦。

谢土

　　说明土地对人类的重要，其实无需任何语言，只要打开我家乡的一种民俗就可以读得清楚明白。这民俗是：

　　——谢土。

　　谢土？对，感谢土地！

　　感谢土地，不是一句空话。逢年过节乡亲们都要祭祀，都要摆上自己舍不得吃的好食物，先敬献土地爷。土地爷，是乡亲们眼里最受尊敬的神仙。从前，村村都有土地庙。不，这说少了，村下面是社，社社都有土地庙。不，还说少了，应该说凡是像样的门户，只要自己有房屋，就会有土地庙。当然，院里的庙没有社里、村里的庙那么阔绰气派，可是，正房的当间墙上必有一个小巧精致的神龛，那里供奉的就是土地神。村里人不说土地神，都说土地爷。爷，是尊称，在村里只有辈分大的和威望高的，才配享受这爷的称呼。足见土地有多么高的地位！

　　土地爷的地位为什么高？看看神龛两边的对联就明晓了：

　　　　土能生万物

　　　　地可发千祥

　　一副通俗的对联，说透了万代相传的世理。《易经》说："坤厚载物"。乾，为天;坤,为地。土能生万物,不就是坤厚载物? 万物由土地中获得生命,互为依凭,和谐生存,岂不是"发千祥"?"生万物"、"发千祥",还不是最大的功德? 因而又说:"厚德载物"。像土地那样滋生万物,养育万物,才是这世上头等大的功德啊! 所以,土地就是村里人的爷爷、老爷爷,非祭祀不可的老爷爷!

乡亲们对于土地的尊崇和敬畏自然不是这么理性的,而是感性的,是从生存的愿望出发的。在他们眼里,土地是活着所必需的,没有土地,就会断了吃食。没有吃食,怎么还能活得下去? 所以,农人和土地的关系,是不能用人和物来看待的,那是人和他命根子的关系。我出生在农村,见过乡亲们的劳作。那种虔诚的态度,使我觉得说他们劳作实在是对土地的亵渎。我记得大伙儿最喜欢用的词是——伺候,农人一年到头就是伺候庄稼。伺候庄稼是现象,伺候土地才是真实的。土地是神,是爷,你不把神爷爷伺候到家,神爷爷怎么会给你长五谷? 长吃食?

秋天收过玉米,大田坦荡开去,一览无余。你看吧,男女老少都在精心地伺候土地。土地犁开不行,只虚不绵,还要耙过;耙过不行,只绵不绒,还要耱过。耱一遍,再耱一遍,耱得土细如面,又绵又绒,撒一把种子进去,舒适得就像在冬阳暖照的炕头上睡大觉。把土地伺候到这种份上,虽然人累得骨头都能散了架,可这会儿才是顶享受的。享受的农人不会把笑颜挂在脸上,只是干完了还不离开,坐在田头,拨弄起自家的烟袋。点燃一锅旱烟,一缕乳白的烟雾就载起内心的愉快缭绕在布满皱纹的脸前。那才是少见的、顶尖的享受啊!

一代一代的农人,就这么将青春、壮实、晚年全都伺候了土地,直到耗干最后一滴心血无奈地倒下,被别人种进土地。这就是叶落归根,入土为安。土地供养人活着,还供养人死去。说土地是人的命根子一点也不过分。

既然土地是人的命根子,那要是有人夺他土地,他非拼命不可。我的老爷爷就因为五亩好地被别人打倒了,打倒他的人不是伺候土地的人,却是为了将别人的土地据为己有。那一年,村里闹红火发生械斗,打死了人,与此事毫不相干的老爷爷却被关进了监牢。顿时,家里人慌乱异常,听别人说打点能出来,就赶紧打点。打点出了车马不顶事,打点完了镇上的一个店铺也不行,后来把那五亩地打点给人家才把老爷爷挖出监牢。老爷爷回到家里痴呆的脸像是霜打过的一片枯黄的树叶。听说卖了车马,他枯黄着脸;听说卖了店铺,他枯黄着脸;听说卖了那五亩地,他大叫一声,倒栽后去,躺在炕上再也不睁眼睛。看病的大夫来来去去,没有一个人能治了他的病。后来,老爷爷起来了,起来却还是因为那五亩好地。是老爷爷那哥救了他,眼看着弟弟就要咽气了,他又气又急,站在炕边发了火:"你死得下去?那五亩地是你家的命,你不把它再弄回来家人非饿死不可!"这么一喊闹,竟把老爷爷喊醒了,他坐了起来,活了过来。后来,费尽周折还真把地弄了回来。虽然不是那五亩地,却是比那地还好的地。

我没有见过老爷爷因为土地死去活来的情形,却见过奶奶因为土地发怒的样子。那一天,奶奶一改以往温柔的样子,突然变成一匹张狂的野马,三脚两步就蹦到了对手的脸前,夺下了那汉子正在搂田垄的耙子。我这么说明奶奶的样子,是我当时的感觉,要是用后来学到的词语表达,该说奶奶像一头发怒的雄狮。那高大的汉子被矮小的奶奶吓懵了,应该说是被奶奶的狂怒吓懵了,一时不知所措。待明白奶奶说他多占了一缕土地,要辩解,还没张开嘴,奶奶已刨开她悄悄埋下的界石。他自知理屈,只能服弱,将田垄搂回自家的界内。事后我不止一次回想,奶奶一个柔弱女人,为什么会爆发那么大力量?

不用我思索,在另一件事上奶奶给了我答案。我住过的东厦高大而窄小,炕下只能站立一个人,若是两个人进屋,都需侧着身子。我曾经问为啥不建宽阔些?奶奶说,寸土寸金,买不起啊!寸土寸金,这就是土地在农人心里的价值。奶奶还给我讲了重耳逃国的故事,这故事后来我在史书上也读到了。那是重耳被追杀他的人赶出翟国,一行人饥饿难忍,无法再走,看见路边锄田的农夫吃饭就上前讨要。岂料,农夫非但不给,还扔来土块戏弄他们。顿时,重耳大怒,挺身就要和农夫打斗。随行的狐偃慌忙拦住劝道:

乔忠延客体散文

"得饭易，得土难，土是江山社稷啊！"一席话说得重耳转怒为喜，以为这是将要得到天下的吉兆。土地是何等重要？是拥有天下的象征啊！这不夸张，民以食为天，没有吃的就会揭竿造反，就会掀翻龙庭，中国历史上哪一次农民起义和吃饭没有关系？

由此回望，我对那首《游击队之歌》更是情有独钟。独钟爱那句："我们生长在这里，每一寸土地都是我们自己的。无论谁要抢占去，我们就和他拼到底！"每一寸土地都是我们自己的，是我们的命根子，是我们心灵的呐喊，是一呼百应，千应，万应，应者如云的呐喊啊！这歌声激荡着风起云涌的抗战，激荡着前赴后继的抗战！我在暗暗思忖，为何这首歌曲不诞生在外地，要诞生在我的家乡？稍一沉思，忽然就明白了。我家乡诞生过最早的诗歌《击壤歌》，先祖唱道：日出而作，日入而息，耕田而食，凿井而饮……耕田与凿井，出作与入息，都要在土地上进行，土地与人们息息相关的命运早在四五千年的歌谣里就唱了出来。这样生生不息，代代相传，早已潜伏在每个人的血脉里。所以，当倭寇入侵、民族惨遭厄运之际，无数人的呐喊才会大化在一个人的笔端，再由无数歌喉唱响中华：每一寸土地都是我们在自己的，捍卫土地，就是保家卫国！

何止是保家卫国，其实在更早的时候，土地与人就凝结在一起了。不是有神话女娲造人吗？女娲怎么造人？抟土造人啊！抟土真能造人？我不相信。但是我相信，没有土地就没有生命，当然也就不会有人。从这个缝隙窥视，土地就是人的生命，这一点疑问也没有。

别看土地和人的关系并不复杂，却有着无法征服的力量，这力量足以抵御任何狂轰滥炸的信仰推广。最能印证这神灵的就是至今还颇为流行的村俗：谢土。无论谁家盖了新房，都会毕恭毕敬地摆上祭品，虔诚地跪在地上，焚香叩首，恳求土地爷宽谅恕罪，恳请土地爷保佑平安。即使当初那些砸像毁庙最狂荡的逆子，也会双膝跪地，磕头如捣蒜。

对土地的诚敬，不仅仅是谢土，是从早于谢土的破土就体现出来的。一块土地，或是盖房子，或是修道路，哪怕是在上头盘个做饭的炉子，只要是不

谢土

179

让它再长花草五谷,那就是对土地的破坏。这破坏就被人们视为破土。破土无疑就是罪过,破土的人无疑就是罪人。因而,动工前非举行个破土仪式不可。仪式的规模视动土的大小而定,若是盘个炉子、垒个猪圈,在地上撒些生米生面,倒些酒水就可以了。若要是盖房子,那就是大兴土木,必须杀只鸡,将鲜红的血液洒在就要开挖的土地上。更大规模的动土,建新村、筑新城那杀鸡肯定不行了,杀马祭祀也是常见的。临汾城有白马城的叫法,就是因为开工奠基时"刑白马而筑城",将白马的血液洒进就要挖开的黄土。白马是当时最为珍贵的马匹,据说唇亡齿寒里晋献公送给虞国君主借路的那马就是这种稀有的白马。试想,刨开金黄的厚土,牵来雪亮的白马,一刀下去,见血飞红,再将红得耀眼的鲜血洒进金黄的土地,那是多么壮观,又是多么惨烈?

先前我不理解,为什么要用鸡血、马血破土奠基,制造惨烈?何必弄得这么血色恐怖?后来领悟了,这惨烈的场景,其实是代替无言的土地设置了一道无形的护栏。供给人们衣食的土地难道是随便可以毁坏的?不是!土地就是长百草、长五谷的,盖房、修路等等,都是对土地意志的违拗,强暴!是比流血还要可怕的残害,那血淋淋被宰的何止是鸡?何止是马?是土地,是土地在迸溅鲜血!宰杀土地,无异于宰杀人们赖以生存的命根子。割断了生存的命根子,那倒下的就不是土地,就不是鸡和马,而是人类自己。

谢土,在我看,是人们对自己最严厉的警示!

打春

打春,就是立春。

立春,是春回大地的节气,是温暖将临的标识。立春以后,风就柔了,柔得像婴儿软绵绵的手,拍打到哪儿,哪儿都会有甜甜的声音;雨就酥了,酥得像是蓄满了养分的香油,降落到哪儿,哪儿的禾苗就"味味"地生长;天就暖了,暖得像是农家烧热的大屋子,在那大炕上,娃儿们吆三喝四地翻跟斗,蹦高高。不过,春天的暖屋要大得多,宽得多,阔得多,不光娃儿们能在哪儿乐,树儿们乐得发了芽,草儿们乐得开了花,燕儿们乐得跳起了舞,引撩得青蛙们呱呱地唱起了歌……

春天真好!

美好的春天,是从立春开的头,迈的步,可为啥老百姓要把立春喊成打春?就这么个打字,闹得人心里怪别扭的。打闹,打架,打战……为啥要把一个慈眉善眼的春天,和这么个骚动不安的打字撮合在一块,这不是乔太守乱点鸳鸯谱了吗?

其实,仔细一想,满不是这么回事,这打春比那立春要形象得多,要生动得多,要神灵活现得多!

和打字结伴的还有很多很多的词,多得辞典上密密麻麻弄出了几页。别个的咱不多说了,捡出几个熟悉的品品味道吧!

先想起一个打草稿。草稿不是正式稿子,可是没有草稿,也就没有定论的稿件。草稿所以草，是那繁杂的思绪就像春风抚过、春雨润过的土地，刚刚还是"草色遥看近却无"，转眼间就"万紫千红春满园"了。而这"草色遥看近却无"，到"万紫千红春满园"的过程，就是一个打字，实际也就是一个写字。打好草稿，定稿也就容易多了，不过强化一个侧面，来它个"一枝红杏出墙来"；不过删繁就简，来它个万绿丛中红一点。后来这定稿是要好得好，美得美，是有了点儿艺术感染的味道。可要是没有那起先的草稿，哪能有后来这定稿？看来这打草稿就是谋划，就是构思，就是孕育，如此理解，那么打春不就是谋划春天，构思春天，孕育春天了？在这么好的时令到来的时候，多思思，多想想，想想"春种一粒粟，秋收万担籽"，"惊蛰不耕田，不过三五天"，"清明前后，种瓜点豆"，不是一年之计在于春吗？把握了春天，就把握了一年的好收成，好日子，这春打得应该！

　　又想起个打鼓。想起打鼓，就想起家乡的威风锣鼓，那锣鼓要是响起来呀，听得人血液在脉道里使劲地奔跑，灵魂在思想里高兴地舞蹈。那个声响，像是天崩，像是地裂，像是排山，像是倒海，像是……不说了，你就是把世上最有声威、最有气魄的词语用完，也无法描摹威风锣鼓的神韵。这人间的鼓打到这个份上，真把人从小虫虫、猿猴猴到现在这个样子，整个主宰天下的胆识气魄都活画出来了。这鼓打得好！打得好的鼓不是天天打，时时打，是有了节日，有了喜事，值得美美庆贺一回了，才痛痛快快打一场鼓，打一场惊天动地的鼓。如果把打鼓换上一个字，鼓字换成春字，那不就是打春了吗？没想到这打春里有这么激动人心的意思。打春是要闹春，闹腾个威威风风的春天，闹腾个红红火火的春天，闹腾个天遂人愿的春天。看来这春还是打着好！

　　还有个打场。那可是真打，使劲地打，拼上命地打。五黄六月，龙口夺食，从田地把长成的麦子割倒运回场里是龙口夺食，在场里把摊好的麦子脱粒打净是龙口夺食。六月天气，猴子的脸，说变就变，草帽大的一团云，也可能淋得场里水滴滴湿。因而，打场就不是一般地打，要狠着劲地打，要打得人上气不接下气，只要爬不下就打；爬下了，擦把汗，挣扎起来又打。这么

乔忠延客体散文

打,着实累,累得人脱了皮掉了肉,可是心里是甜的呀!谁不希望把汗水泡出的籽实全收揽到家里?这打场,是实打实地打,又是喜上喜地打。打春,莫不是又借了打场的美意?把那打场的劲头,把那打场的精神,把那打场的心情都用在春天上,提前就流着汗务植春天,还怕场上没有好收成?打春,打得早,打得妙,打出了人勤春早,打出了场上高高的庄稼垛,打出了屋舍里冒尖的粮食箔。

打春,就是比立春好!

老辈子人说打春,咱这辈子也说打春,下一辈子,下下辈子千万千万也别忘了打春!

春潮

在汉语的天地里,描写春天的词语就像春天的花朵一般,繁盛得能迷乱人的眼睛。但要活画春天的气势,我只能找到一个词语,这就是:春潮。

春潮,积蕴的气势全在那个潮字。我不清楚潮水和春天有什么关系,只清楚秋天和潮水有着解不开的缘情。秋与潮不合作还罢,一合作就铺天盖地,就惊天动地。最典型的作品便是钱塘江的潮水,恣肆汪洋,狂飙飞旋,滔天浊浪排空来,翻江倒海山为摧。一汪温柔的江水居然能惊涛拍岸,居然能雷霆万钧,居然能卷起千堆雪,真是世间奇景。不是我啧啧称奇,即使比我见到的世面要多得多的刘禹锡也惊奇地感叹:"八月涛声吼地来,头高数丈触山回。"钱塘江的潮水像是一位艺术大师,形象地演绎着温柔至极的物体也有着刚烈的无坚不摧的气势。正是缘于这种感悟,我才以为将春天和潮水牵连在一起的春潮,最能生动地描画春天来到的声威。

在世人的眼里,春天千娇百媚,楚楚动人。朱自清甚而怜爱地将之喻为一个花枝招展的小姑娘。这个娇羞可爱的小姑娘一来,顿时无边光景一时新,顿时"春色满园关不住",顿时"一枝红杏出墙来"。这是何等迷人的风采!可是,谁都知道春姑娘登场的时候,面对的是冬天,是严寒的季节。人们也曾将这个季节拟人化了,于是,在古典书卷里我们时常遭遇一个脾气严苛的老人。在这个老人的辖制下,山寒水瘦,满目荒凉。一个花枝招展的小姑娘,要收拾这凄凉寥落的乱摊子,还要收拾得万紫千红谈何容易?这中间

乔忠延客体散文一

有多少坎坷,有多少曲折,有多少摔跌,又有多少次摔跌后无声无息地站起,无人知晓。春姑娘也无需人们知晓,人们赞扬,站起来无怨无悔,再接再厉,继续着先前的努力,宁可粉身碎骨,也要挽回一个温馨芬芳的岁月。这其中有多少难度?我不止一次地揣度也难知一二。直到目光锁定在"春潮"一词,才明白这尘世还真有人理解春天,还真有人走进了春天的内心世界。春天如同潮水那样,用温文尔雅的柔情创造了轰轰烈烈的阳刚。于是,严酷的冬季败倒在温文尔雅的柔情脚下,千里莺啼绿映红的画卷铺展开来。

因而,我很为春潮感动,无数次想活画春潮,为之留下光彩照人的形象。然而,一次次的冲动都化为泡影,怨叹大千世界,物体林林总总,咋就没有一个可心的物什供我拿来象征春潮?希望就要变为失望了,可就在此时,壶口瀑布融冰的场景呈现在我的眼前。

最先进入我眼帘的是冰封壶口的画卷。一块块叠压的冰凌凝固在一体,封锁了河道,将一条奔腾的巨龙覆盖在身躯下面。夏日,疯狂的蹦跃看不见了,拼命地咆哮听不见了。冬天用严寒缔造了冰凌,冰凌用无畏的身躯掩藏了激流。壶口改变了面貌,成为一座冰山,踏着冰凌堆砌的山峰小心攀爬,就能从此岸抵达彼岸。谁会想到,天堑竟会变成自由往来的通途?

冰凌最坚固的时候,冰山最高巍的时候,也就是春天来临的日子。这时候站在高巍的冰山脚下,真替春天为难,不知她如何用柔弱的肢体去清理这比铁还硬、比钢还强的冰山?只见,春天没有急于求成的意思,没有震耳发聩的宣誓,没有剑拔弩张的攻势,有的仅是世人罕见的耐心。她不吭不哈,不急不躁,却也不卑不亢,不弃不离,用微弱的体温去感化坚固得不能再坚固的冬季。

终有一天,冰山竭尽全力也无法坚守自我的坚固,打一个颤,又打一个颤。颤抖过后本想努力站稳脚跟,却蓦然发现支撑肌体的脚跟已被春天感化、招安,竟然也成为一团柔情。无法阻挡的垮塌来临了!一块冰石跌进河水,溅起的浪花直击冰峰。冰峰摇晃着倒栽下去,河水发出震耳的轰鸣。轰鸣接着轰鸣,垮塌连着垮塌,坚固的冰山在那一个正午用自己的行为诠释丰满着以往干瘦无肉的词汇。此时,站在黄河岸边的每一个人都可以看到,排山倒海、天崩地裂、惊涛拍岸、雷霆万钧……这些词语一个个都变成花果山砰然出世的石猴,腾跃而起,赤膊上阵,在壶口演出着一场触目惊心的活剧!

——冬天彻底崩溃了!

一个满眼鲜嫩的春天在春潮的推涌下来到了!

这就是春潮,这就是春潮的形象写真。看过壶口瀑布浓缩的春潮,走上岸边的人祖山瞭望,就会惊喜地发现,春潮的浪花早已波及北国原野各个角落。桃花满坡满沟地燃烧,油菜花遍山遍野地铺展,柳树梢飘拂着暖风裁剪出的细叶,细叶间翻飞的燕子,跳动着机敏的春舞,还吟唱着甜美的春歌!

春潮洋溢了整个世界,我看到了她五彩缤纷的颜色,听到了她清脆婉转的歌声!

月满大中楼

　　大中楼肯定好奇,这熟识的面孔今日为啥这么欣喜?是的,我登楼多次了,从来没有过这么兴奋。这不仅因为,此时同我并肩登楼的是来自海峡那面的著名诗人痖弦先生,还因为今天是中华民族的传统节日中秋节。中秋节是团圆节,团圆节和台湾诗人团聚一起,共叙情谊,岂不是天之撮合?更何况,我们又是在这高巍的大中楼上赏明月,诉衷肠!

　　移近楼阁,痖弦先生即说,大中楼,好名字!

　　的确,这名字不凡。若是凡称,该是鼓楼。我国多鼓楼,鼓楼多建在北魏的时候。那年头,干戈屡争,匪盗四起。兖州刺史李崇上书皇帝,村置一楼,楼悬一鼓,盗贼始发,击鼓为号,四处乡民蜂拥缉拿。鼓楼,就这么应运而生了。只是临汾这楼不称鼓楼,被唤作大中楼。那是因为鼓楼建造在揖让台旧址。而这揖让台又不是平常的旧址,据说是帝尧禅位于虞舜的地方。那是很早很早的先前,帝尧建都的平阳,喷射着文明的光芒,农历从这里初始,井水从这里涌流,诽谤木从这里高耸,谏鼓在这里奏响,四方部落如花朵锦簇于这中央之国。于是,林立的万国之主,纷纷来平阳朝贺;于是这黄河岸边的土地成了古中国的摇篮。因而,这崛起在中国摇篮里的鼓楼才称为大中楼。

　　大中楼不低,是全国鼓楼中最高的。可是,只轻轻地抬脚举步,我们便登了上去。哪知,这轻轻的步履也溅起了游子心中的涟漪。痖弦先生说:真是不易！

　　真是不易，我仿佛听到了痖弦先生的生命之叹，沧桑之感。十几岁的时候，风浪便波及到了他南阳故里，求知的学子旋卷进了历史的河流。流水初定，学子变成了游子，浪迹到了海峡彼岸的台湾。从此，一湾浅浅的海水盛满了年年岁岁的乡愁。吃也乡愁，行也乡愁，睡也乡愁，提笔倾诉更是滔滔不绝的乡愁。农家屋檐下的红玉米和秋后的艳阳闪烁进游子的目光，点燃了火辣辣的乡情。痖弦夜难成眠，放声吟诵：

　　　　宣统那年的风吹着／吹着那串红玉米／它就在屋檐下／挂着／好像整个北方／整个北方的忧郁／都挂在那儿。

　　如果说红玉米点燃的乡情还只是忧郁的乡愁，那么，远离祖国，寄居希腊，冷清成的乡情不只是忧郁的乡愁，而是呐喊的乡愁了。痖弦在呐喊：

　　　　我的灵魂必须归家／啊啊，君不见秋天的树叶纷纷落下／我听见我的民族／我的辉煌的民族在远远地喊我哟／黑龙江的浪花在喊我／珠江的藻草在喊我／黄山的古钟在喊我／西蜀栈道上的小毛驴在喊我哟……

　　一阵阵的喊声从诗人的心魂深处发出，却同历史深处的黄钟大吕浑然成韵。少小离家的游子，如今，顶着满头霜雪，用古稀的冠带来朝拜心仪的楼宇，能是容易的吗？真是不易！

　　惟其不易，才值得倍加珍惜。好吧，今宵我们就在大中楼远眺，远眺黄河，远眺长江，也远眺黑龙江和珠江，还有那黄山的古钟，西蜀的栈道。当然，也要看看栈道上那颠颠达达的小毛驴，她那放开喉咙的一声喝喊，连同黑龙江、珠江以及古钟的音韵一起激扬着耳鼓。好吧，今宵就让我们在大中楼鸟瞰，鸟瞰脸前仓颉造字的古碑，鸟瞰击壤歌舞的遗迹，也鸟瞰比甲骨文要早得多的陶寺墓址，还有那庄子驰笔写下的姑射山、神居洞。当然，也要看看那元代戏台的形姿，台上的一曲高歌已唱出历史的生末净旦丑，以及他们演绎的风尘云烟。好吧，今宵我们就在大中楼坐定，不妨再邀来些墨客文友，李白是非请不可的，少了他就少了"举头望明月，低头思故乡"；贺知章也要请，少了他就少了"乡音无改鬓毛衰"，"笑问客从何处来"；杜甫也要请，少了他就少了"露从今夜白，月是故乡明"。当然，游子自有游子的钟爱，不妨把你诗作中的伯牙请来，听他一曲高山流水；不妨把屈原、陈子昂请来，请来，不要再让他沉迷于汨罗江了，不要再让他"独怆然而涕下"了。今夜月色独好，我们满斟美酒，开怀畅饮，也免得"花间一壶酒，对影成三人"！

不知不觉东天的圆月移上头顶，高高的大中楼将我们托举到了圆月的近旁。好晴的天色，好亮的月光，我们斟满了老白汾，斟满了浓烈的乡情。月在头上，月在杯中，我们举杯，举起了一轮明月，也举起了千古诗文。良辰美景，举杯畅饮，总该说点什么祝词吧！可是，在这文字的故乡，诗歌的老宅，说什么也难尽人意！那就唱一曲吧，可是，在这音韵的祖居，戏剧的故园，唱什么也难以尽兴！惟有头上的明月，那一轮由缺到圆的明月，才能把我们的心思表达得尽意尽兴。那就举杯吧，干了这杯，让天上月，杯中月，心中月融为一体！

杯酒下肚，我说，我要写这个中秋，写这难得的中秋。痖弦先生说，就写月满大中楼。

黄河万岁

千军万马厮杀着来了,狂风暴雨呼啸着来了,雷霆霹雳轰鸣着来了,火山岩浆喷吐着来了,来了,来了,凝聚着这人间,这环球,这宇宙最剧烈的力量,最震慑的声响来了! 于是,如石破天惊,如山崩地裂,如倒海翻江,如日月逆转,轰轰然,隆隆然,滚滚然,烈烈然……

——这就是壶口。这就是黄河壶口瀑布那惊心动魄的雄姿! 那撕裂肝胆的写照!"黄河在怒吼,黄河在咆哮",的确,滔滔黄河没有愧对这悲壮高昂的旋律。黄河像一群疯狂万般的恐龙,像一伙凶猛异常的雄狮,在壶口这灾难深重的关头,扭结为一体,又碎裂成万段;碎裂成万段,又扭结为一体。粉身碎骨的剧痛,粉身碎骨的磨难,一起化作了惊天地、泣鬼神的咆哮、怒吼。在黄河的嘶喊声中,当顶的长空云散日坠,两岸的山峰缩身矮卧,山间的林木瑟瑟发抖,更别说那微渺的小草了,早就枯黄了枝叶,飘零于四野。

啊,黄河! 难怪李白对面你诗兴豪发:"黄河万里触山动,盘涡毂转秦地雷。"难怪刘禹锡为你豪情喷涌:"九曲黄河万里沙,浪淘风簸自天涯。"连一向以沉稳素称的陆放翁在你身边也不禁豪爽起来,向天高歌:"三万里河东入海,五千仞岳上摩天。"黄河,豪壮的河,引无数骚人抒怀落墨。

古往今来,多少文人雅士为黄河走笔放歌? 而今昔人不知何处去,惟留黄河天地间。黄河,永恒的脉流,永生的水魂。

大千世界,芸芸众生,也不乏挑剔之辈。有人对着黄河品评,指指划划,既为河，何要黄？汝不观普天之下，多少江河湖泊，多少溪流渠汊，哪条不是清清亮亮，哪汪不是明明净净？好个黄河！惟汝却硬要倒行逆施，硬要浑浑噩噩，污污浊浊，难怪世人把冤屈和你捆绑在一起："跳进黄河洗不清。"多么可悲的怨叹，多么可怕的咒语！好个黄河！你却依旧如故，不改初衷。黄河自有黄河的性格。既有当初，便有现在，更有始终如一的将来。有谁知晓黄河生于何年，为何要黄颜涂面，自找几分不光彩！翻阅志书，遍查史册，终难找出答案。忽闻《山海经》载："炎帝之少女名曰女娃。女娃游于东海，溺而未返，灵魂化为精卫，常衔西山之木石以填东海。"曾有人赞，精卫填海，矢志不渝。而今，沧海依旧，哪里去寻觅精卫的踪影！只有黄河一黄如故，日日驮泥，天天载沙，向前，向前，向前，不填东海誓不罢休！莫非黄河之所以要黄，就为取西山之木石，塞东海之虚谷？莫非削尘世之高垒，填地表之沟壑，求天下之大同就是黄河之志向？黄河，黄河为此而滚滚滔滔，曲曲折折，生生死死，悲悲壮壮！

想当初，黄河一拔步起程，就遇到上苍的万般阻拦。高山要塞死它，深渊要跌死它。志向既定，勇往直前，黄河冲破层层阻碍，一路荡激而进，遇塞蛇行，不平则鸣。小小壶口，又是上苍的一计。企图将黄河收入壶底，煮沸炸干。黄河愤怒了，咆哮着，呐喊着，迎头进击，前赴后继，对着悬崖舍身跳下去。黄河冲破上苍的壶底，奔跳不息，跳过白昼，跳过暗夜，跳过春夏，又跳过秋冬；跳过炎黄，跳过尧舜，跳过夏商，又跳过列国；跳过秦汉，跳过三国；跳过唐宋，又跳过明清，直跳进天地一新的共和国……回眸一看，天地间瞬息万变。多少风流人物，多少英雄豪杰，曾在黄河岸上叱咤风云，曾在中原大地指点江山。秦王来了，群臣叩拜，吾王万岁，万万岁！汉武帝来了，万民叩首，吾皇万岁，万万岁！唐太宗来了，举国高呼，万岁，万万岁！宋高祖来了，华夏山呼，万岁，万万岁！成吉思汗，逐鹿中原，征服天下，万民伏地，万岁！万万岁！太平军始定南京，洪秀全便登上龙庭，也万岁，万岁，万万岁了！……史至今日，神州大地万岁至今日。万岁之音时时鼓噪，不绝于耳。万岁之史，代代书写不绝于篇。试看今日天地，哪家万岁安在？更别说哪家万万岁了！俱往矣，万岁，万万岁！天地间久远存在的惟有黄河，惟有我那一往无前的黄河，惟有我那咆哮、呐喊的黄河！

遗憾的是，这万岁不息的脉流，这亘古常存的魂魄，却没有得到世人的承认。这千真万确的万岁，这万确千真的万岁，尘世间却没有人称之为万岁！

而今，我谓黄河——

黄河万岁！万万岁！

轰轰然，隆隆然，滚滚然，烈烈然，黄河雄浑的呐喊淹没了我弱小的声音，君不见，黄河之水天上来，奔流到海不复回！

天成风流漓江水

　　船行漓江,向前看去,水往山中流,让人忧虑水到山前疑无路,该往哪里去呢? 然而,游船缓缓行进,没等逼近那山,却见水在岭中,在峰间,悄没声息地调了个头,扭了个弯,轻手轻脚地去了。不见这江水对那山的恼怒、怨恨,也没见这江水对那山的拍打、攻击。漓江以自身的宽怀,将碧水结构成一种山间灵秀的自然。宽怀的结果,漓江曲径通幽,更具有山重水复的美韵,也使这江,这水,少了急湍,少了波浪,少了断崖绝壁,少了礁石险滩。

　　回头往后看去,身后的来路,近处可见水流、水迹,远处已是粼粼一片了,再远处又是山了。是那颇显奇崛的山,是那露尽峥嵘的山,那山摩肩接踵已经紧紧连为一体,锁合了所有的空隙,似乎在那里水并不存在,并没有那么条清静柔和的江流。可是,漓江恰恰是从那儿来的,而且,我可以见证,刚刚乘船从那严实的山中漂流过来。是的,只一会儿漓江即消隐了身后的踪迹,不像世间那些浅显的徒儿,硬要把过去的琐屑显摆成人为的辉煌。

　　漓江默默负载着船只前行,也负载着我和游人前行。游人和我无疑是在漂游漓江,可是,更多的目光,或说那目光用于的时间,更多的是观赏两岸的山势。最为明显的写照是,相机的镜头总是指向那崛起的峰峦。每见一种突兀的山岭,游人就慌忙举起手来,将相机对准突兀,似乎拍不下山的倩影就抱憾终生。

　　可是,有几人曾经想过,正是得益于水,得益于舟下汩汩流淌的漓江,才能这么舒缓地行进,才能极目两岸那别开生面的林林总总的峰峦和山岭。也许这是无意地忽略。可无论有意还是无意,只要是忽略,都是对漓江的辜负。然而,漓江平静如常,不怨,不怒,表现出的似乎是一种麻木,是一种迟钝,是一种愚鲁。不过,若是用不惑的岁月去度量这麻木、迟钝和愚鲁,就会发现那才是人生修炼到最高境界的返璞归真,才是生命大彻大悟后的宽怀和容忍。不是说,人类一思考,上帝就要发笑么?而漓江却不,对那些追寻和思考的人们,漓江没有动容,依旧平静如初。发笑的年岁早已过去了,过去了的青春虽不再来,可青春留下的经历已炼制成漓江最宝贵的财富。比之上帝,漓江似乎更老练些。

我曾经读到并且记得一位作家对桂林的评价:画山绣水。山是画的吗?不似,即是画山,那也需要吴道子这样的大手笔。画与不画,这里我姑且不论,至于说水是绣的,我则以为那就大错特错了,至少说,这种说法还缺乏对于漓江的应有理解。在我的视际中,画也好,绣也好,皆脱不开一个制字,或者制作,或者制造,或者把层次搞新鲜点,换个新名词:研制,只是制作方式的不同。既是制,必然有个过程,不会一蹴而就,不会浑然天成。而今天,我站在这游轮之上,前后眺望,仔细品吟,怎么也看不出这江水与山峦、与平畴的焊接痕迹,不见天工,不见斧匠,一切都是那般天衣无缝,风流自然。

这漓江水,随兴到极致了。想直就直走,想弯就绕弯,想快就快行,想慢就慢爬。到了高兴的时候,便清清脆脆亮出几嗓子,不管你听得是否过瘾,她唱够了,立时就沉寂不语了。偶尔高歌,也不是怒吼,不是咆哮,声响中没有威严,没有厉势,看似平平淡淡,可哪一声也是纯正的心律。尽管那音响的外形远远不如溪流和山涧甜脆,可是,也极像原始森林的地表上刚刚脱颖而出的嫩芽,透过千百种掩映更见其生命的勃发之力。

至于漓江那直,更具有直的技艺,不是毫不节制的耿直,也不是蛮横无理的直撞,而是随和的直,当直则直,直而有度,哪怕只直了一分一寸,在这里,在这时也是恰如其分的,也是难能可贵的。若是品赏漓江的弯,那更有味了!弯,是人生习惯评价为不幸的东西,似乎谁和弯搭了界,谁就有扭曲之嫌,这扭曲便是道德、情操乃至人格的堕落,好玄好玄!于是乎,随俗的大流就不断显摆自我的正直,即使根本没有直路可走,也硬要往悬崖峭壁上冲击。结果非但没有撞开生路,还活活折杀多少无辜的生灵。相形之下,漓江的弯多,倒是有了个性。漓江不怕人指指点点,说三道四,没有羞羞答答,遮遮掩掩,而是大大方方地拐弯,拐得自如,拐得随和,拐得圆润。江流一个弯连着一个弯,真真弯出了世间少有的胆量和风度。这种直和弯的气节,岂是人间工匠绣得出的吗?不知他人如何看待,我是大有疑惑的。

在漓江漂游,最忙碌的是导游。导游的嘴一刻也不停歇,对着手中的话筒连连呼喊,一会儿指点九马画山,一会儿指点净瓶卧江。不时讲一个传说故事,那故事不是男欢女爱,就是仙女下凡,总给人一种似曾相识的感觉。

这时候再看漓江,漓江仍是沉静的,寂然不语,丝毫也没有把自己装扮成一位智者,一位颇有见地的先贤。只是履行着一位驮夫的角色,默默无闻地将你将他将我驮来,驮到这林立的山峰之间,让你观看,让你发现,让你消受。漓江绝不把自己的一孔之见当作千秋辉煌而光焰万丈地照耀你。可悲的则成了导游,你再看那举止,听那言辞,忽然想到特定历史条件下报刊上出现的小评论,或者想到时下某些专栏作家的普遍造诣,明明是些陈词滥调,是些千人一面的货色,惟恐世人说咱江郎才尽,硬要滔滔不绝地倾诉出来。这作派违拗了漓江的一片好意,影响了漓江素有的娴淑风韵。可漓江却不吭不哈,默认了。

偏偏有那么些人,不知哪家的票子鼓圆了自己的腰包,花钱的胆子出奇的大,桌上摆满了菜,上好了酒,还不过瘾,还要大呼小叫地猜几拳,争个高下。顿时,噪声飞起,滋扰了漓江千秋的静谧,万代的柔情。有人好奇地围了过去,对之的兴趣似乎比对漓江山水还要浓烈,有人则扭转脸去不屑一顾。漓江对此作何反映?我看漓江,漓江依旧如故,我行我素,没有丝毫的怨怪。可是,细心的人则会发现,在素常的平静中,漓江很快收拾了这鹊起的喧闹,动作之麻利、之迅捷,让人想到在餐桌边彩蝶般轻盈来去的服务小姐。不过漓江在完成这一切时,没有留下让人注意的身姿,却将那鼓噪的声音打扫了个干干净净,无踪无影。好个高明的收拾!

在漓江泛舟,不能不观赏水中的倒影。岸边所有的景物,都可以在水中找到自己的姿容。看山,是山,高低错落的山,与岸上的形态似乎别无二致;看树,是树,摇摇摆摆的树,与水边的绿荫几乎一模一样。甚而,一处屋舍,一头水牛,以及刚刚在江中拎起一桶水回眸朝游人发笑的姑娘,都是漓江美妙的风景。仔细品赏,这水中的风景与岸上的物什又有些不同,不同点恰恰应合了艺术的某种规律:在似与不似之间。所谓似是外形的相像,水中的形象是岸边姿容的真实写照,自然也就不乏逼真了。所谓不似,则是指神采。岸上那山,是别具一格的山,是超群拔俗的山,是孤傲卓然的山,绝然没有混同他处山势的奢求。那山有着自己的个性,任你凭借自我的阅历和心性,把他联想成大象饮水也好,骆驼苦旅也好,他都没有什么怨言。山就是山,既然有横亘的,有连绵的,为何不能有如此简炼而又突兀的?因而,桂林的山也就突兀了。尽管这突兀中没有那纵横连绵的突兀险峻,可是这罕见的奇崛也足令世人刮目相看了。当然,这奇崛的突兀是稳定的,是凝固的。这稳定和凝固给了山一种恒久的耐力,却也使之少了几分生动。这是事实,无法改变的事实。这事实似乎在强调一切事物都难以完美的道理,总是有着或多或少的缺陷,或多或少的遗憾。这事实似乎又是一段有意的留白,让江水的精灵来弥补群山的缺憾,在赋予灵性的同时,展示了映衬的不凡效应。

于是我看到的漓江水是平的,是缓的,平缓中的水没有浪,只有波。波也不大,粼粼涌动的碧波不急,不闹,准确地说,只是一圈一圈、一环一环的涟漪。随着那涟漪的泛动,映在水中的山也蠕动了,并且动而不乱,动而有律,绝似轻音乐导引下的舞蹈。舞蹈着的人,翩翩翔飞,飘然若仙;舞蹈着的山呢?此时此刻,那水中的山,绝不是岸上板着面孔站定的山,绝不是一味要用凝固来标榜自我稳定的山,而是水中艺术化了的山,起码也是注入了漓江血脉的山,这山也就有了少见的生趣和灵性。

漓江用自己的情愫和灵性,映现和再造了两岸的山。山水一体,浑然天成,方有了这景物的风流,或许,这也是桂林山水甲天下的因由吧!

翻阅骊山

辑录感言

在读者眼里,我恐怕是一位埋头耕种自家那一亩三分地的典型农民。下笔就是山西的山呀、水呀、土呀、庙呀、村呀,把这些写过了又写什么话呀,就是乡村老百姓嘴里的那些粗糙的能掉出渣的土话。这一回众生可能奇怪,你不在黄河那边的山西扑腾,到陕西这头乱点哪门子鸳鸯谱?

老实说,乱点鸳鸯的太守虽然也姓乔,可是经考证,与鄙人没有什么血缘关系。这回我所以扑腾过黄河,扑腾弄到骊山,不是我有人家乔太守的能耐,而是去年以来看书一次又一次读到骊山。读到骊山就有一种翻江倒海的感觉,禁不住就写了下来。日子长了,将这种感觉一归拢,一翻阅,突然又有了新的感觉。

这新的感觉是,骊山让历史改道,又改道。

这么说,不免有些突兀。说细点吧,自从人直立行走后,就在脚下踩出了路。自从地上有了路后,山就成了碍眼的东西。让人攀高爬低汗流浃背地喘息。人和山便有了矛盾。矛盾到后来人愤怒了,就要挖山填海。于是典籍《列子·汤问》中有了文章《愚公移山》。愚公家门前有太行、王屋两座大山,全家出来进去极不方便,因而,他就率领家人一起挖山。挖来挖去,感动了神仙,把两座大山背走了。这真是个动人的故事,可惜的是我带着感动走进愚公故乡时,如同大白天碰上了鬼,太行、王屋二山明明白白还在,还稳稳实实地耸立着。看来山能让人改道,而人要请山让道不是梦想,就是人有病了!

所以,我们看见的道路总是围着山绕,即使从山里穿过去,顶大也是钻个很小的洞洞,动摇不了山的根底。

这山的威力够大了吧,令人一次又一次改道。但是,这山与骊山相比就差得多了!骊山不是让人改道,而是悄无声息地就让中国历史转了弯。

其实,骊山算不上什么大山,也算不上什么名山。说到大,陕西省的大山是秦岭,骊山只是秦岭的一个指甲尖;说有名,陕西有名望的是华山,骊山只是华山脚边的一个小石块。那么,骊山到底有什么法术让历史走样呢?

我辑录几段笔记,请大家来解这谜吧!

笔记一:西周灭亡

童年就学过"烽火戏诸侯"的故事,却忘了这一把烽火狼烟焚毁了西周王朝。近日,给江苏少儿出版社撰写《中国神话》,翻开古籍回望,一眼盯住了燃烧在迷幻世界的火光。借着火光,我从《史记·周本记》中咀嚼着那亡国的世事。

世事的开端与骊山无关。骊山的西绣岭上安然落卧着一座座烽火台,烽火台是那年代的报警设施,块块砖石堆起高高的城堡。城堡里堆满了柴草和狼粪。若是有了敌情就在城堡上点火,夜晚点柴草,烽火映天,能够照射很远;要是白天就点狼粪,狼粪烟旺,同样能够传导很远。远近的诸侯看见了,就会领兵奔来援救国都。国家无战事,烽火台闲逸着,骊山也就静悄悄的。

骊山绝不会想到有人会惊扰了自己的静谧,惊扰它的人不是凡人,布衣草民不会有那么大的威势。他是国王,是周天子,史称幽王。周幽王是周宣王的儿子,即位后就声色犬马,疏理朝政。宫中美女玩厌了,便广招天下佳丽。这时,岐山地震,山崩地裂,泾河、渭河、洛河尽被壅塞,洪水肆虐,百姓流离失所。幽王不顾不睬，依然寻欢作乐。大臣褒向忧心如焚，进宫劝谏：请幽王远离女色，拯救万民。幽王不听也罢，不该勃然大怒将褒向押入大狱。

转眼过了三年时光，周幽王日日贪欢，褒向却在狱中天天煎熬。褒向的儿子洪德一心要营救父亲，却苦于没有办法。思来想去，还是以投其所好为上策，幽王不是喜欢美色吗？干脆就给他进献个漂亮的女子，洪德选中的女子是褒姒，后来她不仅走进了历史，而且走进了神话。褒姒确实太漂亮了，古人说她，柳眉如弯月，杏眼闪秋波，面色似桃花，齿白如珠玉。其实，用任何词汇表达美貌的女子都难以写出她的神韵，我们只要看看周幽王那骨软魂醉的小样就可以明白褒姒美到了何种程度。不然，他怎么会从此朝政不理，群臣不见，却与美人形影不离，如胶似漆。到咋个地步？有书记载：游则携肘，立则相偎，饮则交杯，食则同器，坐则叠股。这情状简直比得过当今西方涌来的摩登时尚。

褒姒虽美却从未启齿一笑。这是令周幽王的遗憾的事，也是他追求的目标。他做梦都在想，要是爱妃一笑那可能更醉人呀！周幽王决计要在美人的笑脸上醉一把了。

乐工击鼓鸣钟，美人不笑。

歌女展喉唱曲，美人不笑。

舞伎舞动腰肢，美人不笑。

周幽王急了，问爱妃喜欢什么？褒姒说，很小很小的时候，有一次挂扯了衣服，那声音很好听。

周幽王笑了，这有何难？国库里有的是丝绸，搬来撕扯。丝绸很快搬来了，宫女们不停手地撕扯，撕完了一匹，又扯完了一卷，搬来的一大摞都扯完了，美人竟然还是不笑。

美人越是不笑，周幽王越是想要她笑，美人的笑，在周幽王心目中比江山社稷都重要了。他公然颁旨，谁能让爱妃一笑，赏赐千金，加官晋爵。

这一道圣旨，将宫廷贪欢和骊山牵扯在了一起，也就要搅碎骊山的千年沉寂了。

牵扯到骊山的鬼点子出自虢石父。他要周幽王登上骊山,点燃柴草,戏弄诸侯一把,在烽火狼烟里欣赏美人的笑颜。好!只要美人能笑,能过一把瘾,有什么豁不出去的!美人尚未笑,周幽王早高兴得捧腹大笑了!

这鬼点子还真灵验。

周幽王拥着爱妃登上了烽火台,一声令下,烽火四起,烈焰腾空,顿时号炮冲天,鼓声如雷。各方诸侯带领将士匆匆赶来,跑得气喘吁吁,热汗流淌,却怎么骊山下风平浪静,不见侵敌?正纳闷,只听周幽王说,没有战事,只图爱妃一笑。一时间,诸侯将士怨声载道,偃旗息鼓,踏着黄尘疲惫地归去。褒妃看得惊奇异常,禁不住笑出声来。美人一笑,周幽王也乐得欣喜若狂。这把火没有白点,总算如愿以偿了!

不说周幽王奖励虢石父千金,只说不久骊山真的燃起了烟火。那是犬戎国的将士杀进了镐京,周幽王慌忙命令点火求救。可惜,火光熊熊没将来,狼烟冲天没兵到,各路诸侯以为又是周幽王和爱妃闹着玩呢!前回的怨忿还未消,谁也不是傻帽再去上当。就这么西戎兵马闯入城中,杀死了周幽王,抢走了褒姒,放火烧了宫殿,在冲天的火光中西周化为了灰烬。周幽王的行为应了句现代话:过把瘾就死!

骊山阻止了西周的运行,让历史的车轮转了个大弯,东周开始了。

笔记二:晋国变乱

没有想到已经淡忘的骊山突然又横卧在我的眼前。不,应该说是梗阻在晋国的历史车轮前面,稍不经意,就要人仰马翻了。

按说,晋国与骊山还有不近的距离,骊山即使再有威力,要干预晋国也鞭长莫及。偏偏有人头脑膨胀,率领大军征战到了骊山脚下。这个人是晋献公。在晋国的兴衰史上,他还算是一位有点作为的君主。他安定了国内就向外扩张,一下消灭了霍、虞、耿、魏、虢、郇等16国,疆土面积扩大了好多倍,完全有力量称霸诸侯了。这时胜利的凯歌不断奏响,响亮的凯歌令人冲动。晋献公一冲动,率领兵士杀过渭水,践踏了骊戎国,当然也就与骊山碰了个照面。不用说,那杀人放火的场景骊山看了个一清二楚。骊山无言,晋献公就退兵了,而且是喜滋滋退兵的。他从骊戎国君那里讨得了人家两位如花似玉的女儿,带回来和自己同床共枕,共享鱼水欢乐。这件事史书有载,《左传·庄公二十八年》写得明明白白。

原先晋献公就有5个夫人,这一来成了7个夫人。从骊山新来的两位夫人各生了1个儿子,加上原有的3个就5个儿子了。5个儿子在君主里头不能算多,关键是由谁继位成了麻烦。如果车轮按照晋国先前的道路运行自然不会麻烦,可是,一趟骊山之行使本来不麻烦的事情成了麻烦。骊戎国君的大女儿是骊姬,生的儿子叫奚齐。这骊姬虽然没有褒姒那么娇美,也让晋献公神魂颠倒了。晋献公神魂一颠倒,晋国本来的秩序也就颠倒了。颠倒的起因是骊姬要自己的儿子奚齐继位,可是,晋献公早就立申生为世子,确立了自己的接班人。无疑,骊姬要达到自己的目的,必须搬掉申生这块绊脚石。骊姬略皱眉头就有了妙计,她要借刀杀人了。她借的刀是入侵晋国的北狄骑兵。她在晋献公耳边吹了一阵风,就把申生吹到敌阵前去了。申生一走,骊姬就竖着耳朵听他兵败被杀的消息,听来听去,却听到了人家报捷的鼓乐声。这小子命大,命大也逃不出骊姬的圈套。

待申生归来,骊姬就给他接风洗尘。申生当然高兴,哪里知道当夜骊姬就在晋献公的怀抱里哭泣着捅了他一刀,说申生调戏她!她怕晋献公不信,还要他亲自观看。

第二天,骊姬约申生到花园赏花。一进园就见蜜蜂、蝴蝶往骊姬头上乱扑,骊姬手忙脚乱驱赶不散。骊姬虽然年少,也是母辈,申生不敢妄为去赶。骊姬喊他,他不能袖手旁观了,连忙为她赶蜂驱蝶。这时,躲在远处的晋献公见儿子在骊姬头上乱摸,蹦跳出来,大骂孽子,就要杀他。骊姬却劝住了。

这骊姬可真是聪明到极点了。她可能知道晋献公不是周幽王,不那么好糊弄。若是如此杀了申生,有一天他醒过理来定会怪罪于她。那她还有好果子吃吗？骊姬杀申生不是目的,杀他只是要搬开拦路的石头,要让自己的儿子当君主,娘儿俩都过出人头地的好日子。她一忍,劝晋献公说,这事传出去名声不好,就饶了他吧！晋献公一听好感动,骊姬真是个明白人,不仅放了申生,而且对骊姬宠爱有加。

骊姬在晋献公的怀抱里寻找新的机遇。机遇很快来临了,申生回都祭祀母亲,按惯例要把祭品送给父母享用。晋献公打猎回来要吃那肉,喝那酒,却被骊姬拦住了。扔一块肉给狗吃,狗吃了,却死了;端一杯酒给宫女喝,宫女喝了,也死了！晋献公哪里知道,这是他钟爱的骊姬作了手脚,当即大怒,下令捉拿申生。申生明白大祸难逃,自杀了。

申生死了,世子的位置腾开了。但是,论资排位还轮不到她的儿子奚齐,还有重耳和夷吾。世子的大山都搬了,还有骊山姑娘办不到的事吗？她略施小计,说二位是申生的同党,晋献公就派人去捕杀。重耳和夷吾见势不妙,匆忙逃到国外去了。就这么,骊姬的儿子奚齐当上了世子,晋国的车轮改道了。

如此安然下去也算,哪里知道这还潜藏着变乱,骊山非要遭扰骊戎的晋国也承受遭扰。晋献公死了,奚齐继位。大夫里克杀了奚齐,大臣荀息又立少姬的儿子继位,里克把她母子俩杀了。骊姬见势不妙,跳进宫中的湖里自杀,没被淹死却被揪上岸来活活拖死,晋国大乱了。这一乱丧失了称霸天下的机遇,唾手可得的霸主地位,只因晋献公冒犯骊山而失去了。

笔记三：盛唐不再

立秋没有几天,我站在了华清池畔,也就面对着骊山。我似乎不是站在当代,而是跨进了唐朝的大门,感受着那由盛到衰、高空坠石般的落差。此时,密布阴云的骊山忽然露出了一缕亮光,仿佛是历史的一丝窃笑。

我在西安已待过数次。哪一回也没有像这次深入了解长安古都。就说盛唐吧,盛到何种程度？翻阅史书才知道,那时的都城由宫城、皇城和外郭城组成。皇城位于长安城的最北部,地势最高,是皇帝居住和处理朝政的场所。内中以太极宫为主体，坐落着16座大殿。皇城位于宫殿的南边，又叫子城，是中央机构所在地。隔过一条横街就是外郭城，而这条横街竟然宽达440米。不知道世界上古往今来还有没有比横街宽阔的街道？外郭城是官吏和居民的住宅区，也是商业区。它以皇城为中心，向东西南三面延展，挺出东西南北各14条街道，裁划出108坊。古城规整得如同一个棋盘，大诗人白居易登上观音台向城中一看，禁不住胸中的波澜起伏，激动地写下：

> 百千家似围棋局，
> 十二街如种菜畦。

　　这唐朝的长安城真是气象不凡。据记载，那时的都城周长36.7公里，面积达83.1平方公里，是汉代长安城的2.4倍，明清时北京城的1.4倍。别的不说，清代皇帝喜欢以大清王朝相称，大了数百年还是大不过唐朝去。这样的古都放到世界上比较也是首屈一指的，比公元446年修建的东罗马首都拜占庭大7倍，比公元800年所建的阿拉伯首都巴格达大6.4倍。盛唐之盛仅从宏大阔绰的都城也可以窥视一斑。

　　盛唐之盛，盛大得长安城也装不下了，也就盛大到骊山泉上来了。唐玄宗李隆基来到骊山一看，真是个好地方，不光山青水秀，而且泉水温煦，既能冲浪，又能洗桑拿，美得不能再美了。很快，环山筑宫，沿宫建城，名为华清宫，也有称华清池的。那宫城是个什么样子的，杜牧那年从山边走过，留下了诗句：

> 长安回望绣成堆，
> 山顶千门次第开。

　　宫殿之多，门扇之众，真可以和长安的宫城媲美了。只是外观的豪奢填塞不满李隆基感情的空落。于是，便有了杜牧接下去的诗句：

一骑红尘妃子笑，

　　无人知是荔枝来。

　　笑颜销魂的妃子是杨贵妃。杨贵妃吃着千里奔波送来的新鲜荔枝，露出了让李隆基神醉的笑容。李隆基的感情世界此时不再空落，而且盈溢的浪花四处喷溅，溅到了骊山下的"莲花汤"，也溅到了贵妃沐浴的"海棠汤"。可是，这位让他情感四溅的贵妃原来是他的儿媳妇呀！要让躺在儿子怀抱中的女人躺进自己的怀抱，这中间有着伦理道德的阻塞呀！李隆基愣下决心，一咬牙绕着弯跨过了这难以跨越的阻塞，当然，他不会想到，这时候历史的车轮也紧跟着他走了弯道。盛唐就要衰落了，他却全然没有一丝一毫的感觉。他只知道，儿媳妇变成了道士杨太真。出入宫廷的杨太真已经任由自己恣肆了。可是，他还嫌这种恣肆不够名正言顺，接下来，他便将已经不是儿媳的杨太真册封为贵妃了。事情至此，李隆基还有什么顾忌呢？没有了，华清池成了他和杨贵妃歌舞饮宴的极乐世界。

　　公道说，这位被后人谥为唐玄宗的李隆基和那位被骊姬乱了心神的晋献公一样，在即位之初还是不乏作为的。可是，一旦深陷美人的怀抱，情感的风暴让他们晕头转向。李隆基当然意识不到这些，何况杨贵妃能歌善舞，将天子喜欢的杰作《霓裳羽衣曲》跳出了万千风情，成就了世代流传的《霓裳羽衣舞》。这就"回眸一笑百媚生，六宫粉黛无颜色"；这就"春寒赐浴华清池，温泉水滑洗凝脂"；这就"后宫佳丽三千人，三千宠爱在一身"；这就"春宵苦短日高起，从此君王不早朝"。

　　陶醉在温柔乡中的李隆基并不知道这样放荡神魂将会导致流血漂杵、万户萧疏的惨况。突然间，安史之乱发生了，"惊破霓裳羽衣曲"不说，而且"宛转蛾眉马前死"，而且"天旋地转回龙驭"。杨贵妃死了，死得"君王掩面救不得"。最可怕的是，唐朝兴盛的景象从此像滚滚长江东逝水，一去不复返了！

这可能就是骊山的杰作，也是骊山最成功的作品。它不仅改写了大唐的历史，而且，还成就了千古不朽的华章——《长恨歌》。白居易当年站在唐朝的峰巅纵观了不凡盛景，后来又在满目疮痍里看到了国运的衰败，于是用《长恨歌》倾诉自己，也倾诉了骊山的万千感叹。

辑录补言

我将三则与骊山有关的笔记连缀在一起了。连缀完我读了一次，我不知道该说什么，似乎说什么也难以说明白。骊山的能量不是我这一介草民可以估量的，它不动声色就可以扭转乾坤，就可以变幻鱼龙。的确这一切不是人可以度量的，所以，我只能辑录些世事供你思考。

写到这里，还有两件没有走进我笔记的事需要提及。这或许会进一步触动你的思绪。

第一件事是说秦始皇。他就躺在骊山的脚下。《中国历代史话》载：他（秦始皇）即位之初，开始预建陵墓，即骊山墓。陵墓高50余丈，周围5里多，墓内修筑宫观殿宇，陈设各种奇器珍宝。在陵东侧发掘出的3个兵马俑陪葬坑，总面积为2万多平方米，出土陶俑及陶马约6000件，形状与真人真马相仿。兵马俑坑的布置，是按军阵场面排列的，体现了当年煊赫的军威。秦始皇为了修建阿房宫和骊山墓，征用刑徒70余万……由此可知，吞并六国的强秦的确强大。国强、军强，连帝王陵寝的陪葬品也强大得成为世界第八大奇迹。

导游说，秦陵风水最好。头枕骊山，脚蹬渭水，中间安卧的就是龙体。可是，如果秦始皇九泉下有灵，怎么也不会酣睡了。他一心要万代相传的家国天下，却怎么刚闭眼就土崩瓦解了？这是什么原因？或许骊山会一清二楚。

"前事不忘，后事之师。"骊山下的千秋变乱早该引起后人的警觉了吧？没有，这就有了我要说的第二件事。看，骊山下又来了一个人，谁？蒋介石。蒋介石来了却没有睡稳，五间厅的枪声惊吓了他，他仓皇逃了出去。许

久后回忆那天的情景,他写下:

> 经飞虹桥至东侧后门,门扃,仓促不得钥,乃越墙而出。此墙离地仅丈许,不难跨越。但墙外下临深沟,昏暗中不觉失足,着地后疼痛不能行。不数十步至一小庙,有卫兵守候,扶掖登此山东隅……约半小时,将达山巅,择稍平坦处席地小憩,命卫兵向前巅侦察。少顷,四周枪声大作,枪弹飞掠余周身而过,卫兵皆中弹死。……乃只身疾行下山,乃至山腰,失足陷入一岩穴中,荆棘丛生,才可容身。

蒋介石被从那个岩穴中掏出来,活捉了。我去过那地方,盖了个亭子,叫做兵谏亭。这就是近代史上有名的西安事变。

说来真像是凑趣,一切的变乱都往这骊山下堆砌,堆砌得让人难以辨识骊山了!骊山这貌美无比的肢体和容颜里,为什么会潜藏着改朝换代的无穷动力?我悟不透。登骊山之巅,坐看行云,俯瞰尘寰,想到的是老子的名言:人法地,地法天,天法道,道法自然。忽然觉得,高巍的骊山与天耳鬓厮磨,早已将天道脉律,将自然法则融会贯通,烂熟于心,因而便充当了天道自然的显形角色。我不敢再轻视自然,更不敢轻视像骊山一样的山川。

翻阅骊山,让我对骊山充满了敬畏,似乎那就是上苍高悬的一把正义审判之剑。

东临碣石观沧桑

秋风萧瑟，百草丰茂。魏武帝曹操北征乌桓回来了，车辚辚，马萧萧，胜利的旌旗漫天飞扬。抵临碣石，眼前蓦然开阔，大海浩瀚，洪波翻涌，他勒缰远眺，禁不住以歌咏志：

> 东临碣石，以观沧海。

时在建安十二年，也就是公元207年。

1800年后，我循着曹操的马蹄东临碣石，来到了秦皇岛，来到了北戴河。我看到了大海的明洁，也看到了大海的混沌。我享受了"水何澹澹，山岛竦峙"的明洁，也感受到了清浊交织、迷茫混沌的世态。这无垠的海水，用明镜般的屏面摄照了曹操，也摄照了秦始皇、隋炀帝、唐太宗以及许许多多的前尘旧事。尘色的弥漫使那海水咸腥了好多，深沉了好多，好多好多的世理浓烈得难以化开。我站在碣石旁边，久久地领悟着，领悟着，突然心胸豁亮，原来东临碣石，不仅可以观览大海，而且可以观览沧桑。

事后三思，我实在有些唐突，有些冒昧，魏武帝曹操是何等人士！虽然戏剧舞台上总将他涂成个阴险狡诈的白脸，可是稍微懂点历史的人都知道，他驰骋疆场，统一北方，不愧为一代枭雄呀！我乃一介匹夫，草木凡胎，怎么敢妄自篡改他那令世人称颂的名句呢？请你谅解，我决没有贬损这位枭雄的意思，只是觉得他匆匆太匆匆，也许是南国战事催征人，未及落地他便策马离去，当然就难以读懂大海了。

倘若那日曹操在海滨驻足，最好把他的帅帐驻扎在拍岸的波浪旁边，那么，晨昏的迷蒙，夜阑的涛语，都会启悟他，警策他，改变他，说不定会由于他的改变而改变了历史的运行足迹。那时候，大海的收藏还不像刻下这么繁丰，但是已装下了叱咤风云的嬴政。嬴政来时何等荣耀，何等威风！六国毕，四海一，一个秦字大旗遮掩了神州大地！嬴政得意："嘻嘻三皇，咦咦五帝，哪一个能和我比肩而立！"因而，他玩了一把新鲜的，不再称王，也不称皇，更不名帝，而是既要当皇又要当帝，从此，中国历史上显赫出第一位皇帝。秦始皇，多么光彩，多么荣显！他要这光彩，这荣显，万岁万岁，永远永远。北面高筑长城，莫让外夷侵扰；域内焚书坑儒，莫让刁民叛乱。这还有什么心头之患？没了！好吧，那就派人乘船出海，去烟波蜃楼间求取仙丹。哈哈！吞服了仙丹咱就返老还童，永享天下了。顿时，碣石陡然变矮，浩渺的大海看见了拔地而起的行宫，和在宫楼上痴痴观望的秦始皇……

仿佛是海水打了个转，翻了个滚，一眨眼工夫，魏武帝到来时秦始皇却早没了踪影。不光秦始皇不见了，他痴望大海时依凭的宫楼也不见了。如果真要找点和堂堂皇帝有关的景物也不难，眼前就有残破的长城和一座时新的庙宇。庙里供奉的竟然是哭塌长城的那个孟姜女。孟姜女？正是。这不是明目张胆往秦始皇脸上泼污水吗？是，又能怎么样？你能吞并六国，你能焚书坑儒，你却无法叫神仙免你一死！死了，死了，你能把这身后的事怎么得了！碣石畔布陈着多么醒人的世理啊，可惜匆匆赶路的曹操与之擦肩而过，懵懵懂懂奔向前方，奔向沙场，奔到南国赤壁，让周郎一把大火烧着营帐，烧着衣袍，连眉毛胡子也烧焦了。

我真替曹操惋惜，假如他东临碣石，不仅观沧海，而且观沧桑，那该多好呀！可惜世事不会重来，乾坤难能旋转，他错过也就错过吧，后人总不该一错再错吧！瞧，这海滨又来了一位皇帝，谁？隋炀帝。隋炀帝是个落下千秋骂声的皇帝，古往今来，男女老少，没有一个不骂他的。骂归骂，一边骂人家，一边在人家开挖的大运河里行船，运粮，运草，运一切自家需要的东西。

公道说,这皇帝还有那么点真本事,他东临碣石或许就是上苍让他清醒头脑洗涮骂名的最好机遇。遗憾的是,他喜形于色,忘情于水,吟过"断涛还共合,连浪或时分";又吟"方知小姑射,谁复语临汾",重又坠入秦始皇的仙幻神境了!

也许,这句"方知小姑射,谁复语临汾"对他人有些费解,而对于我这位土生土长的临汾人来说,这俨然是一把打开隋炀帝心灵的钥匙。早先,我的家乡名为平阳,从帝尧立国建都的时候就是这样的名字。哪料到他们杨家抢了外孙的天下,又怕别人从自己手中抢去,听到"平阳"就神经过敏,这不是要平掉我杨家的江山社稷吗?不好,慌忙下令改名,平阳改成了临汾。临汾西面有座山,山不算高,却有仙则名,名气大得很,远远近近的人都知道,连历史深处的庄子也向往这仙山琼阁,大笔一挥,《逍遥游》此地:"藐姑射之山,有神人居焉。肌肤若冰雪,绰约若处子……"这么惹人心乱神醉的体态姿色,隋炀帝肯定为之倾倒过不止一次!然而,到了碣石,见了大海,一眼瞅着海市蜃楼,马上迷醉于这"小姑射"了,谁还敢在他耳边说起临汾神女?迷醉吧迷醉,尽管临汾还叫临汾,隋炀帝却在迷醉中丢掉了杨家的天下。

碣石和大海再见到皇帝已是唐朝了。其时,唐朝放射着这个星球上最夺目的光芒!那日,大海新亮出前所未见的姿容,"拂潮云布色,穿浪日舒光",来迎接创造大唐盛世的天子。李世民"披襟眺沧海,凭轼玩春芳",目之所及,"积流横地纪,疏派引天潢";思之所至,"仙气凝三岭,和风扇八荒"。我真怕那能够"凝三岭"的仙气也惑乱了他的神魂,暗暗为他捏了一把汗。好在他身边有个魏徵,魏徵抬手击了他一掌。李世民抬头看到了魏徵紧绷的冷脸,惊出了一身虚汗,猛一挣,挣出了神虚幻境,他谦笑着吟道:"霓裳非本意,端拱且图王。"听了此话,魏徵紧绷的脸才松开来,有了点温色。

日脚好快,悄悄一动,这细节早过去了。再一动,唐朝过去了,宋朝过去了,元朝也过去了。即使用佛家禅杖打出天下的和尚皇帝朱元璋和他的子孙也成了明日黄花,萎败得不可收拾。这时候有一个老头来了,他却要竭力收拾明朝的残局。他胯下毛驴的蹄音惊动了碣石和大海,碣石和大海为他发出了一声叹息。他连忙下驴叩拜，将这声叹息收进了自己的诗囊，于是后人读到了这样的名句："国是只凭三寸舌"、"日断天涯路转迷"。多么精辟，多么犀利，一语道破了万古天机！是的，如果"国是只凭三寸舌"，那么，"日断天涯路转迷"，甚而国破人亡也是无法逃脱的必然了。我们本该为大唐盛世喝声彩、鼓个掌，可是，手刚抬起，口未张开，魏徵故去了，李世民故去了，没人再能匡正三寸舌上的国是，也就只能日断天涯，乾坤昏醉，历史迷乱在坑洼的磨道里。

我认识这个骑驴的老头，他是顾炎武。我案几上的书卷里曾有他奔波的身姿。他的毛驴驮着他跋山涉水，从遥远的江南水乡来到北国的黄土地上。一路风尘，一路呼吁，要反清，要复明，唇焦口燥，声嘶力竭，却只讨得路人的嘲笑。这真让人愤愤不平。昔时，这黄土地上曾走出来一个老头，他也骑着驴，而且倒骑着驴，他一路颠去，不染尘色，不问世事，却风光成了众生仰慕的神仙。他是张果老。张果老远去了，顾炎武走来了。他肩扛乾坤，背负社稷，一路走得辛劳，一路呼得苦焦，凭什么只能赚得两声嘲弄的贱笑？

我真想为之拍案而起，拔剑相向，向尘世讨个公道！

不用了，恰在此时，顾炎武唱响了惊诧人寰的黄钟大吕："天下兴亡，匹夫有责！"这一声唱响换得了比张果老还要令人仰慕的声誉。我只知道，他在众生的嘲笑中步入尧都腹地，阅史读经，日知而录，终于用生命的绝唱改变了自己的形象，却不知道他东临碣石，用大海的叹息启悟过自己的心智。毋庸置疑，那"天下兴亡，匹夫有责"的绝唱，就是对"国是只凭三寸舌"的抨击和粉碎！这抨击和粉碎让顾炎武在垂暮之年获得了新生！

乙酉年初冬，我在陋室回味着大海收藏的往事，时而欣喜，时而忧虑，时而清晰，时而困惑，屡屡折磨我的是匹夫之责常常误入三寸之舌的轮回轨迹。为粉碎三寸舌上的国是，无数志士浴血捐躯，到头来指点江山的仍然是脱下皇帝装的天子！三寸之舌的新旧交替无数次滑稽了匹夫之责的庄严！夜阑天寒，我苦涩的心禁不住一阵阵痛楚。此时此刻，我更为怀恋大海，向往大海，恨不能马上启程，再临碣石，重观沧桑，将那大海中深藏的世理一次看个够，看个透！

记忆李自成

　　说来奇怪,近来时不时就会忆起李自成。倒不是我对他情有独钟,也不是想让他成为我达到某种企图的道具,而是有些旧物、旧事收存着有关他的信息。无意间撞到那些物事,不经意间李自成便闪现了出来。

一

　　临汾城郊有个东羊村,村中有座元代戏台。元代戏台是个稀罕物,泱泱大中华存留至今的仅仅剩下几座了。我是冲着这个稀罕物去的,想看看那时的戏台是个什么样的脸面,孰料却发现了比这个稀罕物还稀罕的宝物。

　　那是一块碑石。碑石,在我们这古老的国度里实在算不上稀罕东西。只要是个古旧的庙祠,那里面准有此物。更何况时下还有些想不朽的人仍在不断用新的刻石为自己树碑立传。这块我视为稀罕物的碑石,粗略一看也没啥新奇的,不过就是重修这座东岳庙的功德碑,无非是谁谁谁捐白银拾两,某某某助铜钱几文。这种碑石凡庙可见,见多了,见烦了,也就提不起我的精神。但就在我即将离去的时候,一瞥落款,哈呀,竟然看到了"大顺国元年"的字样,这便让我双目圆睁,伫步难移了。

　　这大顺国不就是李自成创建的国号吗?是的,这个昙花一现的国号早就随着那朝露般的时代远逝了,远逝得难见踪影。不信请翻阅中国历史的

乔忠延客体散文一

年表,任谁也难以抖搂出大顺朝、大顺国的字眼。只有在历史教科书上,在明清两朝的夹缝中才会隐隐约约看到那一闪而过的背影。

历史都可以忽略的世事,却在一块碑石上留下了行迹,这岂不是个比金子还珍贵的宝物吗?

二

我最早知道那一闪而过的历史是在奶奶讲的故事里。

那是童年,是物质极为匮乏的年代。缘于生活的贫困,过年是我和伙伴们最高的向往和奢侈。每逢年节,即使再贫穷也要扫净瓮底的白面包一顿饺子。惟其如此,这一顿饺子总能在我的脑子里留下很难抹去的记忆。新年一过,再好的日子也成了往事,但饺子的美味好久好久仍在嘴里留着余香。那余香让我无法不怀恋新年,甚而巴望天天都能过年。也就在我贪恋奢华的危急时刻,奶奶郑重地告诫我要甘于清贫,不可奢华。不过奶奶的告诫不像政治高调那样枯燥无味,而是讲了一个至今我还记忆犹新的故事。奶奶说,古代有个闯王,带着穷弟兄打出了天下,当了皇帝。他坐到龙庭上问大家:什么日子最好? 穷弟兄都说过年最好,他便下令让大伙儿一月过一次年。穷弟兄可高兴啦,月月吃好的,穿好的,日子过得美滋滋的。本来,上天让他当十八年皇帝,可他月月过年,18年的时间,18个月就过完了。我问,后来呢? 奶奶叹口气说,享完福只有吃苦啦! 闯王被打出京城,垮啦!

现在回想,这个故事属于主题先行,奶奶无非是借助李自成的事教导我不要贪图享受。奶奶的教导不是本文的话题,和本文有关的是,奶奶的故事也是对李自成的一种记忆。一个不读书、不看报的乡村小脚农妇,能记得李自成的往事,其稀罕的程度实在不亚于大顺国的那块碑石。

不过,奶奶这记忆并不准确。从史料中可以看到,李自成从在西安建立大顺国到他被害死去,满打满算也就是16个月,怎么也算不到18个月。况且,他和弟兄们打进北京,即使日日花天酒地,把那些日子攒起来总共不过是42天。尽管奶奶的记忆不准确,我还是觉得极其珍贵。在历史的漫长跑道上一闪而过的瞬间,能在一个乡村妇女的头脑中留下印象确实不容易。

当然,若是细想,最为不易的还不是奶奶的记忆,是偏安在东羊村里的那块碑石。修庙,一般多在盛世。在兵荒马乱的年代修葺非常少见,偏偏这里修了,修竣后还立了一尊功德碑,把捐资献物的人名镌进了时光,也就留在了那匆匆而过的大顺朝代。这碑石的功用很明显,是要铭记那些乐善好施的贤达,然而,我看过碑石却对那些贤达的名字一个也未细读,惟一记下的却是大顺国。李自成绝对不会想到在记忆别人的空间里镌进了自己的痕迹。

三

如果说,东羊村对李自成的记忆仅仅是一种捎带,那么,有一个村落却是专门用来记忆李自成的。

那是临汾城东北角的挂甲庄。挂甲庄是李自成悬挂盔甲的地方。你若是要问,他为什么要在这里挂甲卸盔?

村里人会告诉你,临汾是座卧牛城,城墙又高又厚,护城河又宽又深。在历史上,不记得谁的部队能攻进去。李自成率领部队打到这里,也遭到了往日的同样待遇,大军连战好几天,损兵折将,尸体横陈,城墙一点点也没损伤。从西安发兵以来,一路过关斩将风扫残云的李自成哪里受过这般轻慢?下令:再攻。

再攻,也是一样,又损兵,又折将,卧牛城还是头偏然安卧的老牛,皮毛也没损伤了一点儿。李自成气得团团转,转来转去没有一点儿奈何。

没有奈何的李自成总想找到点奈何,这一天他来到了挂甲庄。当然,那时候还没有挂甲庄,只有一座高高的土垣。不过,他的到来标志着挂甲庄就要问世了。李自成登上了城东的那座土垣。他是要凭高远望,探视城中的动静,再根据这动静谋划攻城的方略。

李自成看得很细致,何处是府街,何处是兵营,何处是粮库,何处是水池……他都在一一探寻,寻到了便会确定攻击目标。就在这时,树叶簌簌响动,是微风乍起,不过也就是仅能吹皱一池水的轻风。这轻风当然不会给李自成留下什么记忆,留下记忆的是随着轻风飘来的那支箭。因为那支箭直射他的右眼,疼得他惨叫一声,栽倒在土垣上。将领连忙把他扶住,见他血流不止,只好帮他卸了盔,摘了甲,紧急救治。卸了的盔,摘了的甲,当然不能扔在地上,便顺手就挂在了土垣边的大树上。

挂甲庄就这么在李自成的溅血飞红中生成了,这颇有几分壮烈。

只是,挂甲庄的记忆不是以壮烈为己任的,而是用一种少见的轻慢作为这个故事的结尾。过了好一会儿,李自成苏醒了,沮丧地说:

"这破城,咱不攻了,不攻了。"

于是,部将偃旗息鼓绕过临汾,向北进发。

四

真没想到,在纪念一个人时又牵挂出了李自成。

这个人叫桑拱阳,临汾城西南的桑湾村人。他饱读诗书,尤精儒学。年岁不长,学问很高,也有点怀才不遇的伤感,因而,风尘仆仆南行了。渡黄河,涉长江,一气奔到了苏州。那时的苏州正红盛着一个讲坛,他登台发言,令顾炎武、傅山这些学术大腕们也刮目相看,禁不住为这个晚生拍起巴掌来。

桑拱阳的荣耀和李自成没有关系。

桑拱阳的死亡李自成却难逃干系。

当然,李自成绝对没有和这个知识分子过不去的意思,更没有将他列入臭老九打击迫害。反而,将之视为才俊,恨不能据为己有。其时,桑拱阳中了举人,并被任命为河东书院城社的学正。他意气风发,准备将书生意气全部风发给社会。李自成就在这时候到来了,来了,一眼就盯上了这个意气风发的儒生,而且要把他招为幕僚,为自己打天下出谋划策。

桑拱阳不干。

在他的眼中,李自成是匪,是贼。他那满腹意气只能风发给官府子民,怎么能落草为寇,为虎作伥呢?他找个由头回绝了。他找的由头是患病,并且是会四散蔓延的黄疸病,即当今的传染病肝炎。李自成再求贤若渴,也不敢将黄疸病人拉入营中,他还真怕自己的人马都染上这病呢?桑拱阳就这么躲过了李自成的一劫,用他的话说是守住了名节。为此,他沾沾自喜,自誉为松风学士。不过,他绝不会想到这一把不光玩了李自成,也玩了他自己,他陡然而至生命的终点。

倒不是李自成识透了他的小小伎俩伤害了他,而是他那掩人耳目的小技损毁了他的肢体。为了造成身患黄疸的病相,他冥思苦想,将槐树的槐米熬成汁液,涂满全身。果然全身泛黄,黄得令李自成的心腹慌忙退出,惟恐多看一眼也身染此疴。心腹走了,桑拱阳笑了。他笑得过早了,岂不知槐米有毒,毒侵肌肤,渗透骨髓,悄悄进入膏肓。未及李自成打进北京,坐上龙庭,桑拱阳就闭目长辞了。

五

闲来无事,喜欢到故纸堆里去搜罗过去的世事。这一天,我翻阅一本志书,不意又和李自成碰了个迎面。

这是一部权威地方志书——《平阳府志》,清康熙四十七年编修的。说此版本权威,并非因为成书于康熙盛世,而是缘于主纂是大名鼎鼎的孔尚任。孔尚任因为《桃花扇》出了名,也因为《桃花扇》倒了霉。临汾却因为他的倒霉而沾了光。由于他倒霉后赋闲,他的同窗好友、时任平阳(临汾古称平阳)知府的刘棨才可能把他请来主纂志书。否则,他打坐翰林院忙碌于经国之大业,怎么会有暇来问津地方上这雕虫之小技?这或许也是缘分。

孔尚任与临汾有缘分,不一定就和李自成有缘分,即使志书中不记载这位起事的农民头领也名正言顺。打开多种地方志版本,在他这个志书之前谁也没有列过《兵氛篇》。他初创此篇,并将之嵌进《祥异卷》中,悄悄记下了李自成的踪迹:

崇祯十七年正月,自成二十三日至平阳,知府张邻迎降,留五日而北。

顺治元年五月,李自成从此败归,至平阳府,杀其伪防御使张焜,遣绵侯袁以兵万人,屯挂甲庄而去。

真感谢孔尚任,将李自成的来龙去脉记载了下来。让后人一看就知道,李自成曾经两度来过临汾。临汾留下与之有关的记忆顺理成章。

六

闭合府志,钩沉散佚在城乡的多种记忆,却发现那记忆和这记载有着不小的出入。

就说挂甲庄吧!那里收藏的信息是李自成中箭受伤,不再攻打临汾城,当然也就没有将这卧牛城收入掌中。而志书上写的是,李自成不仅拥有了临汾,而且没费一兵一卒,是知府张邻投降欢迎大军进城的。进城后还驻留了五天。这五天是休整,应该说也是喜庆,举杯欢宴自是难免的。显然,挂甲庄的传说是在贬损这位农民起义的头领。

不过,李自成也确实和挂甲庄有些关系。从府志看,人倒了霉喝凉水都塞牙。李自成从北京败归,连他安插的官员也翻脸不认人,迫使他大动干戈,和那厮较量一场,打开城门将他杀了。杀了叛贼应该欢庆一下,至少也该休整两天吧,不知为何要"遣绵侯袁以兵万人屯挂甲庄而去"? 莫非是在攻城之际屯驻此地? 这志书的记载也留下了模糊之笔。更为让人模糊的是,即使攻城之际李自成屯兵在此,也没有中箭之祸,更没有挂甲之需,那么,挂甲庄的名字到底和李自成有啥瓜葛?

七

此时,再回味和李自成相关的信息,不光挂甲庄的传说是贬损他的,就连奶奶给我讲的故事、桑拱阳保留名节的故事都是贬损他的。这正应了乡村人一句话:"兴者王侯败者贼。"李自成败了,而且大败身亡,当然被视为贼寇。孔尚任笔下的文字,虽然在涉及临汾时以"自成"和"李自成"相称,但在前文曾称之为"闯贼"。"闯贼"之贬没有贯穿始终算是他留下了一点温情。这么一想,那尊"大顺国"的碑石就不是稀罕,而是珍贵了。

历朝历代对变乱造反的贼寇都视为妖魔,最怕其惑众生叛。当然,对于所谓反贼的踪迹一丝一毫都不愿留下,恨不能折枝断株再连根剜掉。"大顺国"那样的碑石自然收存着叛乱的世事,肯定也在清除之列。不知缘何,这尊碑石会免于粉身碎骨的灾祸而幸存于今日,让权势者有意涂抹过的历史仍然挺立在世上? 这实在是奇迹! 这奇迹令我百思不得其解。在没有找到别的原因之前,不妨认定是身处僻所的缘故,使大顺国的历史躲过清除,幸免于难。

这无言的碑石,饱含着耐人咀嚼的世理。

八

相对于挂甲庄而言,桑拱阳的故事不仅在于贬损李自成,而且在于褒扬他的操守。旧时有个成俗,清代和民国的知府、县令到当地赴任,首先要到桑湾村拜祭桑拱阳,之后才敢坐进府署、县衙。可见,桑拱阳已成为皇家竖立的一尊碑石,虽然无形无字,却在那名节中写满了:忠贞。

桑拱阳忠贞赴死的义举是动人的,我曾在纪念他的会上和众多的朋友为之唱赞歌。然而,在读了一个史料后,我无论如何也难为之感动了。史料载:米脂大旱,颗粒无收,民众吃光了树皮草根。知府上奏朝廷,有白银十万两,可安饥民。崇祯不给,陕西民变,之后才有了李自成率领的义军。崇祯不给的原因是国库无银,可李自成打开龙庭不仅白银尚有数千万两,而且黄金还有十多窖。真不知道崇祯皇帝是怎么想的,他到底是爱江山,还是爱白银? 或许在他眼里,白银就是江山,要么江山就是白银。假若崇祯肯用些白银赈灾,民不饥困,还会生变吗? 显然不会。如此,世人也就不会知道李自成这个名字,崇祯皇帝当然不必急慌慌去煤山上吊寻死。那么,历史就是另一种模样了。

我这里要强调的不是崇祯死不死,而是桑拱阳可以不死,可以安心当他的学正,做他的学问。好在桑拱阳不知此事,早就闭目安息了。倘若人有前后眼,倘若桑拱阳明白了他为之献出生命的皇帝竟然是这么个见死不救的东西,那么这浸透仁者爱人的身心还会慷慨赴死,泰然瞑目吗?

这真为难了桑松风桑学士。

天马悲歌

考古工作,在翼城的天马和曲沃的曲村之间发现了晋国遗址,其中有8座晋侯墓,还有白骨叠压的车马坑。

天马,天马,有个村庄叫天马。

天马被叫了上百年,上千年,叫的人却不知道这个村庄为什么叫天马?

有一天,天马这个千古之谜终于被解开了,走近这个谜底的人无一不感到惊诧,受到震撼!

这个谜底就在天马村边、晋侯墓址发掘出的车马坑中。

车马坑,名副其实,有车,有马,有拉着车的马,更多的却是连车也不拉的马。当然,那马早已非马了,而是累累的白骨。正是这一匹一匹、一层一层的白骨震撼着每一个走近它的人,见到它的人。

那一天,我是真正受到了那累累白骨的震撼!

在这之前,我已被震撼过多次了。当骊山脚下的兵马俑从黄土中裸露出来,面对那容貌、形态各异的马俑,我受到了一次震撼。我的目光绞结成为一道直线,牢牢缠绕在那兵上,那马上,一个个缠绕下去,一匹匹感受下去,深深的心池激溅着浪花,那浪花喷涌着艺术之光,闪耀着智慧之光。我禁不住折服于这数千年前的民族创作了!为此,我在那个初覆穹顶的博物馆中弯探着腰身,贪婪着目光,注视、留恋……

另一次震撼，是我看到了齐国故地出土的车马坑。震撼我的也是些白花花的马骨，它们也是被埋下去的。我似乎听得到一匹匹马轰然倒地的声音，它们倒成了一具具尸体，一缕缕白骨。那奔腾如飞、驰骋似电的矫健之躯就这么倒地毙命了，倒得怎能不令人心疼？所幸，那些白骨一具一具排列有序，很明显，苦难的马们是被麻醉后一匹一匹摆放到位的。这便少了坑杀的惨烈，少了活埋的悲壮，我心池的风波也就震荡有限。

　　这天，面对天马村畔的这累累白骨，我才意识到过去的那些震撼不过是平常的撼动，只有这一霎那间迸发的震撼才是超拔的撼动，才让我感到石破天惊，肝胆欲碎！

　　我敢断定，坑中这些叠压的马匹没有一个知道自己就要在这里倒下，虽然它们并没有喝过麻醉药。它们到这里来似乎是赴一个聚会，一个盛大而又热烈的聚会。对它们而言，这聚会就是生命的热点。每一匹马都可以在众多的同伴面前尽展自己的风采，将健朗的形体和光亮的毛色炫耀一番。不用说，这些从各地、各国选拔上来的豪杰都有这样的资本。从先辈的阅历看，每一回聚会后都将是一次生命的亢奋。说不定就要在激越的战鼓声中驮着将士，拉着战车，去狂奔，去征杀，去将浑身的能量释放出戈矛的铿锵，血色的喷溅。那才是对生命的礼赞啊！因而，奔向这个聚会的时候，它们可能是无比兴奋的，兴奋的脚步一路歌吟，铿铿锵锵唱进了这个坑地，众多的同伴便热情洋溢在一起了。然而，当行走的坡道一关，眼前出现陡峭的坑壁时，它们忽然察觉到了异样的危机。这里没有往日的热烈，只有罕见的冷寂，冷寂得似乎在等待着一座火山的爆发。这些骏马无不感到森森的寒气穿透了筋骨。无疑，等待成了最可怕的煎熬。

　　这一刻是突然爆发的。他们不知道什么是落棺，什么是殉葬，只知道仿佛是一眨眼的工夫，烟云般的黄土就铺天盖地地倾倒下来！一霎间，它们醒悟了，顿时明白了这是在结束自己奔腾的生命。结束？就这么唐突？就这么快捷？激烈的征战尚没有展开，生命的光色尚没有绽放，难道就这么了结？不能！不能！无须怂恿，无须发动，马群便爆发了罕见的骚乱。仰天长嘶！踏蹄狂奔！嘶开了，同时张开的大口，让天雷也震得耳鼓直鸣！奔开了，同时跃动的腿蹄令大地战栗着抖动！可悲的是，它们那疯狂的腿蹄却只能踩踏身边的同伴，而同伴的腿蹄蹦跳着又踩踏了自己。怨愤的踩踏成了同伙的倾轧，在倾轧中倒下了一匹，又倒下了一匹，倒下了便立即覆没在黄土之中，不容再呐喊，再踩踏，就被凝固成了往事。这种残暴的杀戮，真是触目惊心，心惊肉跳！时隔数千年，看到那累累白骨我仍然毛骨悚然，头发不由自主地乍了好几天。

看到白骨的那一刻，我听到了自己的心跳，而且是那种揪心撕肝的蹦跳，蹦跳着无法形容的疼痛。我痛苦着那些朝气蓬勃的生命！那一匹高扬头颅的骏马，莫非是造父优选的赤骥之后？它的血脉流荡着先祖攀跃昆仑之巅的风采，它要光大这种风采，夙愿未展，怎甘命断？那一匹蹬直腿蹄的骏马，莫非是塞翁厩中逃离的良骐？逃离本是为了寻找展示生命的机遇，哪里会料到，机遇没来，就要命丧黄泉？那一匹扭动腰胯的骏马，莫非是伯乐相中的骄骥？当初它是那么的感动，感动总算可以抛弃平庸，献身峥嵘了，哪里会想到，峥嵘没现，险恶突至，就要这么死于无常了！……此刻的惟一选择只有拼命了，拼命地挣扎，拼命地嘶喊，让黄尘腾起半天烟云，让长空炸响万里雷霆。这些千古冤魂在倒下的最后一刻升腾成了震惊人寰的天马，天马！

那是一个上午，抑或是一个下午，抑或不过是一个上午、一个下午的短暂瞬间。然而，这个瞬间的响声却震撼着千古。这个瞬间注定要成为历史，而且注定要成为扭转历史的历史。

历史的车轮不得不战栗了，于是，齐国那些殉葬的马匹便被麻醉了，麻翻了，驯服地被抬进了坑道，有序地排成了方阵。天马，用自己的生命叩击着人的灵魂，灵魂的战栗少却了一份惨杀的酷烈。

历史的车轮不得不转弯了，就连暴君秦始皇也怕那狂怒的天马搅乱自己的酣梦，因而用无生取代有生，当他还在到处巡游的时候，陵墓殉葬的兵马俑便在陶窑的火焰中诞生了。

站在车马坑前,我的心灵经受着暴风骤雨的洗礼。我不知道什么时候泪水流过了脸颊。突然觉得,这些早就凝固的天马,是人类应该永远供奉的生命。尽管它们没有死于疆场,没有死于辉煌,它们却用躯体在暴力的战场上做了最后的厮杀,虽然在厮杀中倒下的是自己,震惊的却是那惨无人道的暴力。暴力的王廷禁不住这风云雷霆的激荡,终于动摇了,倾倒了!显然,天马的抗争和死亡驱动了人类文明的车轮。这些夭折的生命,凝固成了罕见的呼声,声声如杜鹃啼血,抨击着冠冕锦衣包裹着的兽性!

　　天马,好个天马,鞭挞残暴的天马,旋转乾坤的天马!

关于举荐国粹足球队的报告

体育办：

时序更新，人类阔步迈入新世纪。我中华儿女奋发图强，开拓进取，经济飞速发展，社会日新月异，正在以瞩目的成绩彪炳于世，急步世界发达国度之列。在此进程中，虽然也有曲折，有坎坷，但是，任何艰难困苦也阻挡不了我们胜利前进的步伐。值此万众一心，共图中华腾飞的大好形势下，惟有一事没能与时俱进，影响我泱泱大国的声誉。这就是众所周知的足球。在所有球类中，足球是最后一个冲出亚洲，走向世界的。消息传来，大河上下，北国江南，翁妪青少无不欢欣鼓舞，奔走相告。孰料，曾几何时，走出亚洲的威风扫地已尽，以尽被世界杯中的球队几脚踢出大门，踢回国门。消息传来，男女老幼，垂泪饮泣。如此惨败，实在有伤中华颜面。为迅速改变此种状况，特拟订组建国粹足球队的报告。

一、建队初衷

体育运动原本是人类强身健体的活动。但是，一进入竞技，便有了"草争高低，人活名望"的意义。因此，据说体育的强弱可以体现综合国力。即使不言及宏观大策，从小处着眼也不可小觑。在球类竞技中，足球、篮球是很残酷的项目。因为其是以规定时间来进行比赛的。其他竞技项目，比如拳击也很残酷。不过，没有规定的时间长度，弱者虽弱，几拳打下播来，不再上去，也就不再丢人现眼。而足球、篮球却没有这般遮掩，承认弱不行，承认输不行,圈内人说是胜负悬殊后的那段赛事是垃圾时间,垃圾是糟糕碍眼的,没办法,垃圾再脏、再臭也要在场上摆够时间,够让失败者伤心了吧!而足球和篮球比较,时间长出一倍之多,也就是说,落后的丢人败兴,要比篮球厉害得多。因此,对足球的重视刻不容缓。

长期以来,我国的足球胜少输多。若要一句话说明,必须借用曾国藩先贤的一句名言:屡败屡战。屡败屡战,显然是屡战屡败的精明说词,这里面有了一股不屈不挠的精神。可是,掀开历史的遮羞布,谁都知道曾国藩是用这话糊弄皇帝老儿的,所以,我们借用这话心里总不美气,总觉得这么说有违众多关心足球的中华儿女。因此,干脆直截了当说,我们是屡战屡败,偶有小胜。可是这么一来,堂堂民众用睽睽炯目虎视着自己的同胞被踢得落花流水,真令人悲哉,痛哉!

为此,我们要调动中国五千年先贤英杰,组成一支国粹足球队,披挂上阵,挫败群雄,踢胜了也不松气,一踢到底,直踢到终场哨声响起,也踢出对方个兵败如山倒,倒下了,再踢上重重的一脚,让我众多球迷好好出一口憋闷了几十年的窝囊气!

二、选员宗旨

此次组建国粹足球队的选员宗旨,初拟剔除成规。本来先前已有成章,“洋为中用,古为今用”。但是,我们决定免除洋为中用,保留“古为今用”。免除洋为中用的原因大家有目共睹,我们曾聘用米卢先生为教练,还算侥幸,走出了亚洲。可是,紧接着便跌了个大跟斗,在“世界杯”中实现了零报告。因而,使得人们怀疑在亚洲出线是分组时使了手段。如今,时过境迁,我们不必深究出线的原因,给自己脸上找难看,但是,应该吸取教训。

基于此,我们应该着眼在国内选员。我中华民族历史悠久,英才辈出,不妨在此国羞当头之时,恭请他们再度出山。相信这些先祖俊杰会招之即来,来之能战,战之能胜,不负炎黄子孙之厚望。

三、组队阵容

1. 队　长:霍去病

2. 教　练:孙　膑

　　副教练:祖　逖

3. 主力队员:

　　盘古、夸父、刑天、后羿、林则徐、戚继光

　　一般队员:(略)

四、选员说明

1. 关于队长

队长是球队的核心,为此,在选员上我们颇费心思。中国古代著名爱国将领比比皆是,曾经想启用岳飞。岳飞是收复失地的好手,将金兵杀得屁滚尿流,大叫:"撼山易,撼岳家军难。"但是,毕竟年已壮硕,体力不支。曾经想启用郑成功,他驱逐荷夷,收复台湾,功绩卓著,但是,战斗中不是屡战不败,也偶有失利。而在5000年战争史上,常胜不败者乃霍去病也!霍去病率兵作战,飞骑如刃,直插敌腹,防不胜防,因而战无不胜。况且,其在作战间歇,时常踢球,是一位精通球艺的内行。内行管理内行,最妙!这就有力抵制了外行胡乱指手画脚的恶习。同时,我们还考虑到霍去病的良知,据说,一次大胜归来,汉武帝为褒奖他的军功,给其建造豪华宅第。霍去病得知却说,匈奴未灭,何以家为!当即谢绝了优厚待遇。选用这样的贤能,决不会向国家和人民讨价还价。世界杯金杯未捧,即使给他建别墅,他也会说:冠军未得,何以家为。为此,特选霍去病为国萃队队长。

2. 关于教练

我们选孙膑任教练,不是套用过去"男人学女人,健全人学残疾人"的常识,而是认为孙膑先生身残智不残,而且智力超群。其智力众所周知,熟读兵法,并且补充完善了几乎失传的《孙子兵法》。最令人称道的是孙膑不光善读兵法,而且善于用兵。他用减灶增兵的假象迷惑庞涓,将庞涓杀了个大败,这一战成为人类战争史的典范。足球比赛,固然要赛体力,也要赛智力,所以,选孙膑执教。当然,启用孙膑还有另外一个原因,因为他深得孙武的练兵之道。据说,孙武在吴国训兵,怕兵士不服,他组建了一个吴王最宠爱的嫔妃队，口令一下，嫔妃非但不行，还嬉笑不止。孙武拔剑杀了两个嫔妃，众皆嗫然从令。孙膑深得孙武之道，因而操练有素，部队令行禁止，无往不胜。这种执教如执法、出令如山倒的严格操训方式，仍需发扬光大。

至于请祖逖当副教练，便是取其两点长处：一是闻鸡起舞，苦练兵法技艺；二是破釜沉舟，大有不胜则死的英雄气概。相信有二位教练的精诚合作，国萃队会成为名副其实的国萃。

3. 关于队员

盘古——这是我们确定的第一位球员。他是中华民族的第一位，开天辟地的英雄。那时候，天和地没有分开，混沌一团，盘古挥掌一抡，辟开了天地，又长高身体，将天地支撑成现在的样子。天开地辟了，一片空旷，盘古毫不犹豫分化了自己。他的气变成了风，声音变成了雷，左眼变成了太阳，右眼变成了月亮，手足变成了山脉，血液变成了江河，筋脉变成了道路，肌肉变成了田土……我们看中的固然是他成就的业绩，更重要的是他的献身精神。用时下流行的话说，是敬业精神。将这种敬业精神引入足球队，才会为其注入活力和生机。

夸父——这是一位历史上的失败者，但是我们也尊他为英雄，而且大胆启用。夸父是上古时的一位巨人，身高几十丈。有一天，看见太阳落山，夸父忽发奇想，要是将太阳挽留在当空，人间不是没有黑暗了吗？于是，他奋力去追。太阳落山时他终于追上，可是却累倒在地，昏了过去。醒来时，太阳也不见了，而他口渴难忍，喝干了黄河、长江，又喝干了雷泽。我们启用夸父是因为他奔跑的速度特快，如果将追日的能量释放在绿茵场上，还有战胜不了的对手？有人可能会指责他的失败，我们认为失败固然是教训，但吸取的教训便会化作经验，经验是难得的财富，这财富也是足球队不可缺少的。

刑天——这是我们在确定主力队员时争议最大的一位。与夸父相比，他更是一位失败的英雄。他和黄帝交战，战不多时即被砍去了头颅。对一般人而言，轻伤不下火线，重伤显然是要休息了，丢了头颅是必死无疑了。然而，刑天非但没有倒下，依然挥动斧头作战。他的双乳变作双眼，肚脐变作口舌,继续奋力厮杀。因此,刑天舞干戚至今仍然十分动人。我们的足球队若是添了这样的虎将,有了这样的精神,便会百折不挠,莫说出师不利,让对方先攻一球,即使连失几球也会越战越勇,反败为胜。

后羿——选定后羿是看中了他的技术。尧时,十日并出,晒焦了禾木,大地上一片混乱。后羿挺身而出,射下九日,使天地恢复了常态。显然,要射落太阳没有高超的技术不行,后羿的精湛技艺可想而知。精湛技艺是足球胜利不可缺少的。只是后羿是射日,而足球是射门。不过,足球射门要比射日容易得多。让后羿这样的高手上阵,相信在"世界杯"上会百发百中,一举夺魁。

林则徐和戚继光——明眼人一看便知道二位是守门员了。小小球门,千变万化,国际大赛,那门就标志着国门。让对方攻进一球,就标志我们失落一方国土。所以,选林则徐守门,是要借助他虎门销烟,敢挫英军的浩然正气。尽管林则徐的守门因鸦片战争失败而告终,但那是因为清政府腐败,无力支撑社稷大厦。如今,国富民强,众望所归,有了盘古、夸父各位的进攻,再加上林则徐的精诚守卫,我们国萃队会攻无不克,战无不胜。不过,我们选用戚继光也不是没有道理的,倘若和日本作战,最好是派他守门。当年在东南沿海窜犯的倭寇,对他的军队闻风丧胆。若是他往国门前一站,射门者自会腿软脚颤,跪倒一边。

以上所述,虽然没有详及每位队员,但是,窥一斑而知全豹,从主力队员可以看出我们确定的阵容十分强大,兼及了体力、智能、技巧各个方面,尤其重视了精神方面的因素。现予报告,请尽快研究批复,以便及早集结训练,形成过硬的团队作风和整体效应,力克群雄,一举夺冠,为中华民族争光。

足球迷协会

二〇〇三年六月二十五日

228

伶魂

伶，优伶也。优伶，曾经是演职人员的专称，当然那是很早前的事了。伶魂，显然是要写这些人了。

产生这样的写作动机纯属偶然。我一向懒得正眼去看这些人，尤其是宫廷中的演员。总以为这是一群靠媚颜巧舌取悦王公贵族，乃至皇帝老儿的可怜虫。在他们身上已经抽去了正常人的脊梁，剥去了正常人的脸皮，活着的目的也就是为了活着。萌发这样的念头，除了对历史的偏见外，自然还有现实的骚扰。近年来，某些歌星、影后或委身于权贵，或卖艺于钱财，人格的缺损、堕落，实在令人不堪入目。我们乡村人常说，眼不见为净。出于这样的动机，我也就疏淡了这个群体。

去年以来，我着手写一本古代戏台的著作。研究戏台的历史，断然不能割绝戏剧的历史，而凭眺戏剧的历史当然看到了不少演艺人员的事迹。不过，这一眺望我吃了一惊，深为自我的偏狭而愧疚。这个演艺群体中，一样不乏刚正不阿之士，他们的脊梁是不屈的，灵魂是纯净的。我不得不怀着敬慕之情记下他们的轶事。

一

掀开历史的书卷，史圣司马迁刻画的优伶栩栩如生。《史记·滑稽列传》即有关于优伶的记载，我们不妨观赏一二。

楚庄王是个爱马的君王,爱马爱到了胜过儿子的地步。他的马不仅穿锦绣衣裳,吃枣脯精食,还要住华美的宫殿,寝典雅的露床。可惜,马就是马,福薄命浅,享受不了这般的荣华富贵,竟然不顾楚庄王的一片仁爱之心,一伸腿,一瞪眼,死了。死了,死了,死了就了。不过,楚庄王的爱马死了和其他马死了却大不相同,他下令厚葬。厚葬到何种程度? 要敛入棺椁,同人一样了;要有声势浩大的葬礼,同大夫一样了! 此令一颁,轰动朝野,爱马岂能爱到这种程度? 主持正义的大臣纷纷进谏:此举不妥。

楚庄王一听,烦了;再听,火了,遂下令:有敢以马进谏者,罪至死。

命令很明白,再要有人反对爱马的厚葬之礼,楚庄王就要杀他了。这一招果然厉害,大夫百官都顾惜自己的小命,不言不语。楚庄王此时一定暗暗窃笑此令的高明,就要堂而皇之厚葬爱马。可就在此时,宫殿门口却传来了撕肝裂胆的号啕哭声。这是何人? 哭为何故?

哭声已伴着脚步到了楚庄王面前。王问:"为何哭泣?"

哭者答道:"以大夫之礼葬马太薄,应以人君之礼葬马。"

楚庄王听得欣喜,忙问:"如何葬之?"

哭者完全止住哭声,十分认真地说:"请用雕刻雅致的美玉做棺,用精挑细选的樟木做椁,派英武的甲士挖墓穴,让老人孩童背土成陵。出殡时,令齐国、赵国的陪侍在前,韩国、魏国护卫随后,还要建庙堂祭祀,封万户那么大的地盘为其奉邑。让天下诸侯都知道大王贱人而贵马!"

楚庄王不笑了,笑不出声了,陷入了沉思。良久才说:"寡人错了。"

这位冒着杀身之祸进谏的哭者是谁? 不是大夫,不是官吏,只是宫中的一位供人欢颜的优伶。司马迁笔下的优孟。

无独有偶,司马迁还记载了一位优旃,他是秦朝宫中的优伶。秦二世胡亥登极后得意扬扬,突发奇想,要油漆咸阳都城的城墙。城墙高巍,环城数十里,别说涂抹油漆,就是打磨平滑也不容易,这真是一件劳民伤财的祸事。可是,文武百官却没有一人敢站出来进谏,敢于站出来的竟然是这位优旃。优旃口呼万岁,先施拜礼,再说:

皇上主意甚好！若是皇上不说，我也要提出。漆城墙固然浪费民众的钱财，可是，漆起来光光亮亮特别好看，敌人来了滑滑溜溜地爬也爬不上去。好主意，好主意！只是，油漆后不能晒干，而要荫干，需要搭建个比城墙还大的大房子！

这比城墙还要大的大房子岂是好建的？秦二世笑了，笑毕，收回成命，城墙不漆了。

在司马迁笔下，优旃和优孟一样是位善于嬉笑逗乐的优伶，也就是后人常说的戏子。是否那时的优伶、戏子还肩负着讽谏朝政的重任？

查考史料，绝没有这种使命。优伶最早出现于西周末年，是贵族豢养的声色之娱的内廷艺人。刘向《古列女传》中写道："桀……收倡优侏儒狎徒能为奇伟戏者，聚子之于旁，造烂熳之乐。"《国语·郑语》中也有关于周幽王"侏儒、戚施，实御在侧"的记载。韦昭释说："侏儒、戚施、皆优笑之人。"由此可以看出，优伶是中国最早的职业演艺人员，其任务是供人笑噱的。让我感动的正在这里，这些身份低下、卖艺逗笑的优伶，竟然敢于犯颜讽谏，以正国是，这是何等难得呀！

二

伴随着演艺事业的成熟繁盛，宫廷优伶也繁多起来。在众多的优伶里头，我牢牢记住了一个名字：敬新磨。

敬新磨是后唐天子李存勖宫中的优伶。史书说这位优伶身长六尺，相貌出众，机敏诙谐，敢说敢做，甚而敢于在"老虎头上拍苍蝇"。优伶相貌出众，我没有动心，历史上的优伶也好，时下的演员也好，相貌出众者比比皆是，不足为奇；优伶机敏诙谐，我没有动心，我以为这是一个优伶或者演员应该具备的基本素质。我看重的是敢于在"老虎头上拍苍蝇"，那倒能反映出一个人的品格灵魂。这么一看，敬新磨果然不凡。

李存勖是个好犬天子，而且多养猛犬。据说，皇宫中恶狗成群，猸猸狂吠，许多有事要奏的大臣因为惧怕恶犬被拒之门外。有人谏告，李存勖不以为然。敬新磨却要天子防犬于未然。

一日，李存勖端坐殿上批阅奏章，忽然传出一阵狂乱的狗叫。抬头看时敬新磨身着五彩斑斓的衣袍匆匆进来，身后紧追着四五只猛犬。敬新磨气喘吁吁地喊：

"陛下，你的儿女咬人了！"

李存勖一听，敬新磨将狗比作自己的儿女，顿时生怒，顺手拿起剑就要砍杀他。敬新磨却不慌不忙地说："陛下杀奴才不吉祥。"

李存勖挥剑发问："为什么？"

敬新磨说："百姓称陛下'同光帝'，杀了奴才，还能同光吗？"

李存勖听了，停了剑，笑了。此后，命人收管起了自己钟爱的猛犬。看到此，我不禁为这位优伶提心吊胆。身为优伶你就插诨逗乐，供人君一笑吧，何必为匡正时弊而招惹杀身之祸？哪知，这位敬新磨还要一意孤行。

是日，李存勖带了大批伶人臣仆去中牟县打猎。天子出行，有恃无恐。马蹄飞扬，田禾遭殃，庄稼苗被踏坏不少。中牟县令是个体恤平民疾苦的芝麻官，匆忙前来跪奏陛下，千万不要再踩踏百姓的庄稼，那是众人的衣食呀！

李存勖追猎兴致正高，不意冒出这么一个丧门星，顿时生怒，喝令："滚开！"

喝毕，打马扑进田地追赶猎物。敬新磨见状，扬鞭催马，禀告天子："不要这么放过县令。"并责问县令："你吃皇粮拿俸禄难道不知天子喜欢打猎？为什么不饿死百姓，空出田地供天子狩猎？"

责毕，又一本正经地禀告天子："杀了他，看谁还敢阻挡陛下打猎？"

其他伶人也随声附和要杀了那县官，李存勖却越听越不对味，低头一想，明白自己错了，放了县令，收敛了马蹄，百姓的庄稼方得以保全。

这位敬新磨哪里还是个优伶？我想，即使那些专司进谏的官员恐怕也有不少自愧弗如！面对皇帝，面对言出即法的天子，随口冒犯就可能身首异处，敬新磨明知如此，又敢于为道义民利而冒犯君主，那是多么难得的精神气节！

为忠臣客体散文

三

恋恋不舍离开敬新磨以及他所在的后唐时代，顺历史的潮流激荡而下，转眼就进入了宋朝。宋朝是中国历史上的一个特殊时代，一方面它的经济、文化都在滋生新的繁盛；一方面戍边的衰弱、吏治的腐败又在酿造着新的变乱。这样一种社会状态，该不只是为一部惊世的名著《水浒传》准备丰富生动的素材吧？我隐隐觉得还潜在什么。当我观瞻到了戏剧的成熟，并在宫廷舞台上看到了丁仙现、焦德等教坊艺人的身姿后，我的目光不由得锁定在他们身上。

历史为什么会有惊人的相似？今天，举国上下正在抵制和反对政绩工程，我却从宋朝的历史进程里发现了类似的举止。有位都水监侯叔献，好大喜功，不管有利无利，乱开河道，劳民毁田，弄得民间怨声鼎沸。这一日，此位工部大人终于走到了人生的末日，他一死，丁仙现便演绎出了一个小杂剧。时逢北宋熙宁九年，朝廷为庆贺太皇生辰举办喜庆宴会，丁仙现便把这个小杂剧塞进演出的戏台。

幕布拉开，身着八卦衣的丁仙现扮成道士，一副仙风道骨的模样飘逸亮相。同伴问他从何而来？他得意地说来自天上。同伴惊喜地问他在天上看到了什么？他故意神秘地说，我乘着五彩祥云飘飘悠悠离开地面，不多时到了个金碧辉煌的宫殿，仔细一看是玉皇大殿，大殿中端坐一人，身披紫金袍服，手中捧着一轴画卷……

说到此，同伴接着问："莫不是前些日韩侍中献给圣上的《金枝玉叶万世不绝图》？"

丁仙现点头称是。如果此剧到此打住，也是逢迎拍马的溜须而已。好在情节延伸下去，舞台上走出来一位身披袈裟的和尚。一上台便说，他也从外界归来。同伴问及去处，答是阴曹地府。他说，在那里面看见了都水监侯工部，手里也挟着一张图……

不待他说下去，同伴遂急切地问："什么图？"

和尚答:"地狱开河图。"

和尚不笑,台上台下笑成了一团。此厮把政绩工程竟然带到阴曹地府去了。看了此剧,不得不叹服丁仙现编导的小杂剧讽刺辛辣,入木三分。

如果说丁仙现的讽刺针砭的虽是时弊,指对的却是死人,无须什么胆略气魄,那么,焦德的《芭蕉》戏却不是平常肝胆的人敢于为之的。

这一日,宋徽宗举行宫廷酒宴,安排教坊演艺助兴,《芭蕉》趁机演到了宴会。

焦德上场亮相,口出赞语数句,宋徽宗美滋滋地想笑,未及笑出声来,台上走出一徒,手持一株梅花。

焦德问:"这是什么?"

小徒答:"芭蕉。"

答毕,又走出一徒,手持一株松枝。

焦德问:"这是什么?"

小徒答:"芭蕉。"

答毕,又走出一徒,手持一枝青竹。

焦德又问:"这是什么?"

又答:"芭蕉。"

话音一落,又走出一徒,手持一株芍药。

焦德再问:"这是什么?"

回答还是芭蕉。

焦德发怒,抬起手给了一徒一个巴掌,喝叱道:"明明是四样东西,怎么都说是芭蕉?"

四徒捂着脸委屈地说:"都是巴蜀运来的,又都枯焦了!"

原来讽喻的目标直指宋徽宗宫廷内苑的艮岳,也就是万岁山。这个误国之君不问民间疾苦,命令蔡京在全国搜挖奇花异草,运到东京,堆砌景致,供他玩赏。路途遥远,费时费心,不论工匠怎样呵护,憔悴枯干的不计其数。焦德这《芭蕉》矛头直指皇权工程,怎么不让人为之揪心提胆?

焦德对宋徽宗的艮岳不满,宋徽宗对焦德讽刺他的《芭蕉》当然也不满。焦德的不满来自民间,是民意,代表多数;宋徽宗的不满发自内心,是私欲,代表少数。偏偏代表多数的焦德左右不了代表少数的皇帝,而代表少数的皇帝,小指头一拧就会让他焦德粉身碎骨。焦德的这个小剧真有点钢骨铮铮的胆识。

这次宋徽宗没有动怒,算焦德这小子侥幸,识点趣吧! 偏偏焦德一点也不识趣。蔡京退休还家,宋徽宗赐予京城一地,他推倒百间民房建造供自己游乐的西园。工程竣工,庆贺,也请了焦德。蔡京得意地问:"我这西园比太师公的东园如何?"

焦德脱口而答:"东园花木繁盛荫绿,如云映照;西园民众流散,泪流如雨!"

气得蔡京能把下巴的胡子颠落。宋徽宗闻知,趁机将焦德赶出了钧天乐部,总算出了一口在胸中憋了好久的恶气。焦德败是败了,但正是这种失败展示了罕见而又难得的正义、正气,时隔数百年我仍为他鼓掌叫好。

四

中华民族的历史久远,戏史也久远;优伶众多,有骨气的优伶也就层出不穷。若是细细数道,实在罄竹难书。我们不妨走进最霸道独裁的清朝看看,不妨走近清朝那个最霸道独裁的慈禧太后身边看看,看看有没有敢于伸张正义的优伶。

还真有个优伶,人称刘赶三。刘赶三本名刘宝山,只因演技超群,一日要赶三场戏,众人不叫他宝山,则称他赶三。刘赶三除了把丑婆演得惟妙惟肖、神灵活现外,还有一个绝活,把一头小毛驴调教得驯服温顺,若是演《探亲家》一戏,他就骑着真驴赫然登台,台下观众喝彩声不绝于耳。刘赶三出了名,他的小毛驴也出了名,众人见它全身漆黑,四蹄白亮,爱称墨玉。慈禧太后闻知,要看刘赶三的戏,刘赶三赶着墨玉进了禁宫。小毛驴颠达着走进雕梁画栋的殿堂,这是多么别致的景象!

这么一个名演员，你就一门心思钻研你的演艺吧，千万别问政事，君不闻上千年前就有夫子呼喊：苛政猛于虎？若涉政事，冷不防哪一天会有恶虎伤身，不活吞了你，也让你鲜血淋淋！可是，这刘赶三偏不是个省油的灯。

一次，刘赶三在阜成园演出《南庙请医》一戏。时逢同治皇帝崩殂，众人传言死于梅毒。演到戏中，他乘兴打诨说："东华门我不去，那里有个阔哥，害了梅毒，我当是天花，一剂药下去要了他的命。"

众人听了大笑，笑毕大惊，这可是指骂皇帝呀，弄不好要掉脑袋。散场后有人提醒他，他却气愤地说："花天酒地，祸由自取，就是指骂他！"

这个刘赶三真有点一意孤行，转天闹到宦官头上了。是日，在宦官家中演戏，又是那出请医，他还是扮演名医。家仆带名医到了主家门前，对他说："先生留神，门里有狗。"

他指指台下说："我知道这门里没狗，有也是走狗。"

台下坐的都是些宦官，刘赶三分明是有意指骂这些狗仗人势、欺压百姓的东西。这些人虽然恼怒，可知道刘赶三是慈禧的红角，不敢把他怎么样。

不过，有个人不这么受委屈，非要把这刘赶三怎么样。那一回演的是妓院戏《思志诚》，刘赶三演老鸨，他见醇王、恭王几个王爷在台下看戏，故意呼喊："老五、老六、老七出来见客！"

当时，京城的妓女以排行相称，偏巧下头坐的三位王爷是老五、老六、老七，刘赶三便趁机影射他们。话语一落，满场哄笑。哪知王爷恼了，散戏后责令太监打了刘赶三四十大板。

这四十大板该把刘赶三打清醒了吧！你一介草民，一个优伶，即使再忧国忧民，又岂能扭转了乾坤大势？趁早安分守己，免得再受皮肉之苦。可惜，江山易移，生性难改。刘赶三仍然是刘赶三，他竟然把他的刚直抖搂到慈禧太后面前去了。

那时候，光绪皇帝主政，一心要维新变法，一心要弃弱图强。这当然冲撞了慈禧太后的老套子。老太后怨恨小皇帝，这怨恨不是藏在心里，揣在怀里，而是露在面上，施在事上。就说看戏吧，她坐着不舒服，就靠着，躺着可让那个小皇帝像个奴才一样侍立着。刘赶三见这架势就有点不顺气,不顺气就想出出气。这一天,机会来了,慈禧太后要看《十八扯》,刘赶三在戏中扮演皇帝,上场演出,他抖抖龙袍,跨上御座,一转身又走下来,对着场下笑说:"我这个假皇帝还有座,那真皇帝却回回侍立,没有座位。"

慈禧太后一听这不是讽喻自己么?不知缘何没有发作,竟然还改过自新,日后看戏给了小皇帝光绪一个合法座位。

刘赶三不仅用他的高超演技倾倒了万千观众,而且用他的闪光人格折服了梨园同行,因而,北京城的戏曲艺人们推举他为精忠庙首,也就是梨园领袖。数年后,甲午海战失败,举国一片哀伤,79岁的刘赶三不仅离开了演艺舞台,而且离开了人生舞台。他死后,爱驴墨玉长嘶不止,不进草料,整日悲鸣,力竭而死!

刘赶三以及和刘赶三同行的优伶故事暂时讲到这里,按照常规叙述完毕还应该评价数语,或者借古讽今,针砭时弊。可是,以我辈的卑微如何去评价他们的高巍?我只能斗胆将他们的往事实录出来,树一面镜子,让当代明星大腕和众多屁颠在他们后头的粉丝趁隙照照眉脸,即使不能知兴替,能明点得失也好!

伶魂

红楼俗话

再阅《红楼梦》,俗话连篇,写活了人物,灵动了文章,读来兴味盎然,思绪翩飞,随兴记之。

白刀子进去,红刀子出来

话出焦大之口。

《红楼梦》第七回,《送宫花贾琏戏熙凤 宁国府宝玉会秦钟》节末,王熙凤同贾宝玉在宁国府散淡了一日,晚饭后天黑了,即归。因那宝玉与秦氏之弟秦钟一见如故,情同手足,叙谈得语重心长,难以尽兴,尤氏派车送秦相公回家。大总管赖二派了焦大,孰料焦大喝醉了,不情愿去,出语伤人。正巧,送王熙凤和贾宝玉出门的贾蓉碰上了,便命人捆起来,喝道:

"等明日酒醒了,问他还寻死不寻死?"

不料,这一招没有吓住焦大,反而火上泼油。焦大立马回敬了好几句硬话,其中就有这句:

"不和我说别的还可,再说别的,咱们白刀子进去,红刀子出来。"

听听这口气,还把谁放在眼里?此话粗野,带着尖厉的威胁。

一个下人,何以会如此胆大妄为?尤氏有话,说明了焦大不凡的底码:

"你难道不知道这焦大,连老爷都不理他的,你珍大哥哥也不理他的。因他

为忠臣客体散文一

从小跟着太爷，出过三四回兵，从死人堆里把太爷背了出来，得了命；自己挨着饿，却偷了东西给主子吃；两日没水，得了半碗水给主子喝，他自己喝马溺。不过仗着这些功劳情分，有祖宗时都另眼相待，如今谁肯难为他。"

正是，焦大话粗，话硬，是因为根底硬，跟太爷出过兵，而且救过太爷的命，祖宗们都另眼相待。每读至此，便有个想法，太爷出兵，自是国事公差，焦大尽忠不仅是效主，而且是报国了。为何太爷不给焦大讨个一官半职？莫非是因为焦大粗俗无知？历史上类似焦大这样的人多得是，封官拜将的也有的是，难以搪塞。倒是可能因为这太爷总是屡战屡败，自己官位难保，自然也就不好为功勋讨赏了。如此，也该对焦大有个合适的交待，这么功高过人的老者，怎么还能让当车夫呢？看来，这太爷是有点不那么护群了。

现今的人，大都接受了太爷的教训，认为把身边的人安顿不好，就等于挨着一颗随时可能引爆的炸弹。这机关里的区长，就把司机照顾得很好。开了个会，二日起床司机即成了非党员副镇长。副镇长走马上任，不胜风光，只是屁股未稳就出了个洋相。镇党委开会，副镇长见主要干部都去了却没通知自己，顿时发怒，大骂别人狗眼看人低，骂着骂着，"白刀子进去，红刀子出来"了。

粗俗和无知有了权力，那祸害的范围要大得多了。如此思之，太爷没有重用焦大是有些道理。只是这么一来，便把祸害留在了家里，留给了子孙。还是凤姐说的有理：

"还不早些打发了没王法的东西！留在家里岂不是害？"

是害，不过这害也有用。或许太爷不外放焦大，就是要留着焦大这害。可能焦大不仅舍身救主，而且利舌谤谏，太爷有过也会直言，太爷留着焦大，是要留个怯邪敛恶的监察。每每焦大净言，太爷都闻过则喜，这更助长了焦大的脾气。

焦大的悲剧正在这里，太爷是太爷，老爷是老爷，少爷是少爷。太爷用过的历书哪会和老爷、少爷用的一模一样？府里的底码，焦大自然比我们要清楚得多，听听他嚷叫的那难听的事体：

要往祠堂哭老爷去。哪里承望到如今生下这些畜生来,每日偷狗戏鸡,爬灰的爬灰,养小叔子的养小叔子,我什么不知道?

真羞得人该遮住脸了。焦大呀焦大,知道归知道,要说应讲究个说法,哪里能直杠杠地把人家偷儿媳妇、养小叔子的丑事亮豁出来?在这一点上,焦大是大受时代局限了。要是当今,就是酒喝多了,亮豁偷儿媳妇的事也比焦大高明多了。曾在酒桌听说,某专员上班要出门,正遇儿媳敞怀奶小孙子。小孙子不吃,儿媳妇无奈,专员哄小孙子:"你吃不吃?你不吃,我就吃呀!"小孙子慌忙去吃。事后,儿媳妇将此话告诉男人,男人一听生怒,来找父亲。儿子说:"爸,你怎么能吃我媳妇的奶?"

父亲更怒:"怎么,你吃我媳妇的奶好几年,我吃你媳妇一回也不行?"

酒桌上笑声热喧。这里的窍门是,说真话上头的不愿意听,说假话众人不愿意听,说笑话大家都愿意听。

试想,焦大若是这么个说法,当然不会惹人讨厌。哪至于被众人揪翻掀倒,拖往马圈里去,用土和马粪满满地填了他一嘴。

拔一根寒毛比咱的腰还壮

话出刘姥姥之口。

《红楼梦》第六回《贾宝玉初试云雨情 刘姥姥一进荣国府》,几乎通篇是写刘姥姥进荣国府求生计的事体。求生计这词当然是旧时的话语,若放在时下该说引进。况且,刘姥姥还算个人物,一引就进,每行不虚。这头一回不算多,也得了银子20多两。恐怕这是女婿狗儿和女儿耕田作务一年也难以获得的。后来那回就更风光了,不仅遍游了大观园,还得了上百两银子,讨赏了好多东西,是贾府雇车拉回来的。"拔一根寒毛比咱们腰还壮",在这一回里刘姥姥说了两次。头一次是在商量事体时。这年秋尽冬初,天气冷将上来,家中冬事未办,狗儿心中未免烦虑。吃了几杯闷酒,在家闲寻气恼,刘氏不敢顶撞。刘姥姥出言相劝,咱们住在天子脚下,长安城中,遍地皆是钱,只可惜没人会去拿罢了,在家跳踏也没用。狗儿仍然跳踏,刘姥姥耐心劝导,终致引出贾家,鼓捣他走动走动,或者人家念旧,有些好处,只要发一点好心,拔一根寒毛比咱们的腰还壮呢!

读到此处,不得不对刘姥姥刮目相看。刘姥姥虽一村妇,又在上百年前,竟然比我辈中不少当代人士要强得多。论说这强,该用一词:独具慧眼。也就是说,引进之行,目标准确,瞅准了那拔一根寒毛比咱腰还壮的贾家,而且,名副其实,知根晓底。不似我们这内陆城中的好些人,一说引进,蜂拥出动,上京过海,跨海出疆,银钱扔出去的没法数,引进的成果却只有一二。有一算一,有二算二,抓紧行动,破土动工,原来的高楼拆了,原有的住户搬了,要建一座星级大酒店。地基挖了个深坑,投资商没了踪影,因而人云:要问引进啥成果?请看城中大圪窝。这么想来,不得不佩服刘姥姥的眼光,确实瞅准了引进对象。

当然,光瞅得准也不行,还要付诸实施。有了引进目标,女儿怯场,怕是连门也进不去,还遭打嘴现世。狗儿更是耍滑头,自己不去也还罢了,竟将刘姥姥硬往前推。刘姥姥只好梳妆上阵,舍副老脸去碰运气。这第二次"拔一根寒毛比咱们的腰还壮"就是进贾府对王熙凤说的,不过小有变动,把咱们说成了我们,也可见刘姥姥拙中寓巧,说话很注意角色的变化。这一句话,用在这里和用在家里大不相同。在家里,是对引进项目的猜测,带有理想色彩;在府上,是实施计划,是对王熙凤和贾府的阿谀奉承,要讨得主家的欢心。说舍副老脸主要是指这样的言行。

不过话说回来,这奉承话可能正是贾府和平民状况的真实写照。我不知道,那时候圣明的皇上搞没搞过"人均收入"统计,若是搞过,拿来统计图表观看,必然龙颜大悦,普天之下,四海之内,早已五谷丰登,共享小康了。岂能知道"朱门酒肉臭,路有冻死骨"?富的腐化了,穷的饿倒了,谁能够把人家贾府的金银财宝绫罗绸缎山珍海味平均到自己寒舍?人家过人家的好光景,你熬你的苦日子,熬不下去了,像刘姥姥那样进侯门礼貌揩油是最善意的。

王熙凤待刘姥姥也还可以,先安排她用饭,趁机让周瑞家的讨了太太的底,而后送了20两银子。这20两银子,在贾府是芝麻绿豆,对刘姥姥说却是个不小的数字了。偏偏王熙凤觉不出刘姥姥心中的重量,似乎怕刘姥姥嗔怪,还谦说:"……外面看着虽是轰轰烈烈,不知大有大的难处,说与人也未必信呢!"

刘姥姥忙接言,我们也知艰难,凭他怎样,你老拔一根寒毛比我们腰还壮哩! 听听,不光把咱们变成了我们,而且,还添了个你老,用你老乖巧地替换了你们。刘姥姥真是不可小瞧,讨了20两银子,还把凤姐奉承了个高高兴兴。这就为下回再进贾府开通了道路。不由人想起村乡俗语:三句好话能顶钱使。正是。

刘姥姥的举止言行,虽然有失脸面,可是,与世道无害。大千世界,芸芸众生,像刘姥姥这般审时度势、察颜行事的人还真不多。远的不说,仅说刘姥姥屈就的那个家里,那个狗儿女婿就没有这种能耐。记得刘姥姥劝导时,他还嘴硬:你老只会在炕头上坐着混说,难道叫我打劫去不成?

打劫,好厉害的言辞。多亏刘姥姥把银钱引回来了,若不然要是饿急了,冷怕了,那个狗儿女婿说不定真会铤而走险,打家劫舍。看来,这寒毛的粗细不是一件小事,关系着国泰民安的稳定大局呢!

井水不犯河水

话出秋桐之口。

《红楼梦》第六十九回《弄小巧用借剑杀人　觉大限吞生金自逝》写了尤二姐之死。一个花为肠肚雪作肌肤的人说死就死,实实地可惜。这尤二姐之死完全是凤姐所为,只是凤姐老谋深算,借剑杀人,杀了人还让人心存恩念。凤姐借的剑是秋桐,秋桐本是贾赦房中的丫环,只因贾琏办了一趟好差,回明事体,贾赦十分欢喜,说他中用,赏了他一百两银子不说,还将秋桐赏他为妾。秋桐仗着贾赦之赐,无人僭越她,连凤姐平儿皆不放在眼里,岂能容那"先奸后娶没汉子要的尤二姐"。这正中凤姐下怀,如此这般一番,秋桐跳跶得可欢了,三下五除二便折腾得尤二姐病了。请来个庸医看病,病未治了,反把个男胎打了下来。这时,凤姐再加一把火,命人出去算卦,回来告知,是属兔的冲犯了。满屋里只有秋桐一人属兔,听了大怒,气得哭骂:

理那饿不死的杂种混嚼舌根!我和她井水不犯河水,怎么就冲了她!

下面的话骂得更难听,我们图个耳根清净不要听了,只明白"井水不犯河水"出自秋桐嘴里也就行了。用村乡人的话说,秋桐这是撇干系、避疑嫌,说明尤二姐的病与己无关。有没有关系,这里暂且不论,只论"井水不犯河水"有无道理。

井水不犯河水,出自秋桐嘴里,却不是秋桐的语录,是民间广泛流行的,也就是说众人都以为是这么回事。用现世的眼光看,当然这话不准确了,应该说是不科学了。从头盘根,水井从啥时起始的,至今是谜。能知道的是尧时天下大旱,河涸苗干,人们面临绝境。此时,尧带领先民挖土掘井,饮水浇苗,幸存了下来。人类大规模使用地下水从此开始了。挖一口井,住几户人;再挖一口井,再住几户人,人们离开河流,逐渐向高地移居。于是,有了村落,有了乡镇,有了都市。水井不光是农耕文明的写照,还是城市文明的源头。因而,现今谈城市文明,人们说是市井文明。水井成了人类生存的家园,人们离家外出,居然是——背井离乡了!

话说到这儿可以先打住,回味回味,一回味知晓了,原来井水一开头就是犯河水的。河边早先熙攘的人们是因为有了井水才离开河水的。离开的原因是井边比河边安全,不会遇到突发的山洪和鱼鳖一同随波漂流。河边冷清了,井边热火了,这一冷一热还不是犯么?显然是井水犯了河水。这还只是就现象而说。

倘从本质说,井水、河水都是水,水都是地下流出来的,区别在:河水是自生的,井水是人工的。试想,哪一条河流的源头不是泉水呢?泉源,泉源,顾名思义。自生的泉和人工的井都是地下一体的水。水的多少是定数,井里多了,河里就少了,这是无可争议的。如果谁有异议,不妨去太原走走,去晋祠看看。晋祠有眼泉,曾是山西大地一颗璀璨的明珠,滔滔的清水涌流不止,出了祠门,流南淌北,化为好多条河溪,浇灌出一大块北国江南鱼米之乡。因而人们恭称其为难老泉。孰料,难老泉竟然老了,干了,河溪也就涸了,没了。究其原因,还不是井么?周围的井越挖越多,越掏越深,深得本该从难老泉流出的水被从井里掏上去了。因而,井口清流潺潺,泉源水落石出。人们慌忙补救,打了深井,抽了水,转送难老泉流出。只是,难老泉再也不是先前的自然风貌了。这种后果,秋桐无法预料,和秋桐共生的众人也无法预料,所以理直气壮地谈论:井水不犯河水。

撇开自然演变不说,秋桐这话也有点过分。试想,你在老爷屋里当丫环时,贾琏是凤姐、二姐两人的,你来了,成了仨人的。如果把贾琏比作街上卖的那串糖葫芦,这糖葫芦和地下水一样是有定数的,他两人享用,且可以二五一十,而添了你就只能三三见九了,剩下一颗少不了你争他夺,惹是生非。况且,自打秋桐你过来,是啥做派还不清楚吗?你不好意思说,曹老夫子好意思说:

"真是一对烈火干柴,如胶投漆,燕尔新婚,连日那里拆得开。贾琏在二姐身上之心也渐渐淡了,只有秋桐一人是命。"

看来,我那三三见九的估计完全错了,你这口井不仅掏光了凤姐的水,而且掏净了二姐的水,怎么能说井水不犯河水呢,秋桐?

万荣人

1

嘿嘿,在我们晋南那儿,一说到万荣人大家都会笑,因为知道万荣人就是从笑话开始的。只是这笑声里略略带着贬义,虽然还算不上嘲笑、讥笑,可这笑声也不那么地道。这还是因为笑话,万荣笑话都是笑话万荣人的。这便和别的笑话有了本质的区别,其他地方的笑话都是取笑别人的,最为有名的是维吾尔族的笑话,笑话了巴依、笑话王子,一直笑话到至高无上的国王。也笑话普通人,不过那些普通人都是有这样或那样明显毛病的人,有的懒惰,有的贪婪,有的财迷……笑话成了疗治道德缺陷的良药。良药虽好,也需要有大夫诊疗,因而就有了阿凡提。这位民间智慧的大师成了正义和智慧的化身。阿凡提随着一个个幽默风趣的维吾尔族笑话深入到了长城内外,大江南北,用时下的话说是好酷呀!有了这样的笑话榜样,万荣人要说笑话跟进追随,不就妥了?随波逐流说不定还会在浪尖上有个露脸的机遇。可是,万荣人偏不,这样不符合他们的性格。万荣人也搞笑,搞笑得很特别,别人的笑话都是针砭别人,而万荣人的笑话却是针砭自己,而且还针砭得入木三分,即便是三九天也要让你汗流满面。人人都说,万荣笑话是爆炒出的一盘艳红艳红的辣椒,吃得人一边龇牙咧嘴,一边喊叫好爽好爽!

这就让诸如我这样的外地人听了好笑,万荣笑话竟是笑话万荣人不入流,不合辙,这普天之下,哪有自己和自己过不去的?哪有自己和自己掰手腕较劲的?万荣人偏偏和自己过不去,和自己较劲。在我们的眼里,这万荣人是另类,是有股子和一般人不一样的劲头。这劲头该怎么说呢?有人说是傻气,有人说是憨气,众人觉得都不合适,合适的应是zeng气,zeng气的意思都清楚,可是咋写,大家都犯了难。写成"争",写成"挣",写成"铮",都不是应有的味道。多少人挖空心思也没找到个合适的词语,到底写成啥?干脆我们听个万荣笑话再说。

2

笑话之一:

老荣要去运城,到汽车站一问,车票要三元,老荣嫌贵没有坐,背着行李朝运城走去。走了半天,到了临猗,实在累得不行,进汽车站一问,去运城的票价是二元,他便骂本县汽车站,都是到运城,你凭啥要三元?还是临猗的东西便宜!

老荣做的这丑事,要是自己不说,别人谁知道?万荣人就是这样,自己拿自己开涮。

笑话之二:

小荣的一个朋友结婚,他上了一百的礼。去赴婚宴吧,正好单位有事;不去吧,他又觉得太吃亏。于是就给了单位看大门的老何二斤黄豆,雇他去赴宴。下午,老何一回来,小荣就问他:"替我吃好了吗?"老何说:"没有,我只吃了个半饱。"小荣问:"那你为什么不吃得饱饱的?"老何说:"你给我的黄豆有一半是坏的,我当然只替你吃个半饱。"

这个故事,就不仅仅是自己涮自己,zeng气有些外露了。

笑话之三:

　　老万和老荣在独木桥上顶住了,谁也不让路,一直顶到日落西山。老万的女儿来了:"爸,妈叫你回家吃饭。"老万瞪了对方一眼之后说:"回去告诉你妈,今天晚上我不回家了!"老荣的女儿也来催他回家,老荣说:"回去叫你妈赶快改嫁,我这辈子都不回去了!"

两相比较,上面的那则笑话zeng气还只是略略有味,这一则就味道十足了。不过,这味道还略显单一,我们再品一则味道丰富的。

笑话之四:

　　前些年,老万家里很穷,可他很有骨气,从不巴结有钱人。有个暴发户不相信花钱买不来巴结和奉承,于是找到老万说:"你没钱我有钱,你不想巴结我吗?"老万说:"你有钱又不给我,我凭啥巴结你?"暴发户说:"我把家产分给你三成,你巴结我吗?"老万说:"我三成,你七成,这不公平,我不能巴结你。"暴发户说:"那我分给你一半呢?"老万说:"你一半我一半,咱俩一样多,我凭啥巴结你?"暴发户生气地说:"我把家产全给了你,这下你该巴结我了吧?"老万说:"这样我比你有钱了,照你的意思,应该是你巴结我了吧!"

品品有味,再品品还有味,这味道就是特有的zeng气,还带着罕见的骨气。骨气里突兀着不服输的倔气。这倔气,虽然不是万荣人独有的,万荣人却把这倔气推向了极致。说来说去,还是不知道那个zeng字咋写,问万荣

万荣人

247

人,也不知道。别人不知道,没法了。万荣人不知道,不甘心,干脆造个字,把万荣两个字摞在一起,去了中间的草字头就是。想想是这么回事,有道理。

3

最能表现万荣人倔气的还不是这些笑话,这些笑话也有味,可是明显带着文雅的痕迹,肯定是秀才们加工润色了。润了色更美,可是这美就美成了城市街头的花卉,再美也美不出野地里的洒脱狂放劲儿。要是品味万荣笑话中活脱脱的野味,还是听听老百姓常挂在嘴上的那些笑话。那股子倔气,倔得最让人过瘾。

有个小伙子骑着自行车带他爸去赶集,车子蹬得飞快。可是还有比他快的,忽闪着从身子边里窜过去了一辆。小伙子一看气坏了,回头对他爸说:"爸,你先下来。"他爸不知有啥事,下了车子。只见儿子把车子蹬得飞快飞快,眨眼工夫窜到了那个超过他的人前面,扭头狠狠瞅了那人一眼,转身蹬回来对他爸说:"爸,咱走。"

这小伙子够倔了吧?那不服输的精神够扎眼了吧?不过,这倔气可不是最经典的。有这么一则笑话,听了不笑破肚子,也得笑掉牙。一天,家里来了客人,主家指着墙上的神祇热情地介绍:这位是我爸,这位是我爷,这位是我老爷爷。主家说一句,客人"嗯"的答应一声。客人走了,主家忽然觉得不对了,我说爸,他答应"嗯",那他不是沾了我的光嘛?不能让他沾光!马上风风火火跑出门,一溜烟追上客人,高声说:"那会儿我说的都是我儿、我孙子!"

别看这则粗陋,其实包含着万荣人性格里的更多元素,堪称万荣笑话的代表性段子。不过,这段子里全是憨、傻、呆的味道。如果据此就说万荣人是憨,您可就上大当了。万荣人不仅不憨,而且精明着哩,精明得咱根本不是人家的对手。

有个大学生上了火车,对面坐的是个农民,就有些看不起他。他对那农民说:"坐着没事,咱们玩个猜谜游戏好不好?"农民问:"怎么猜?"大学生说:"我是知识分子,你是农民,不在一个档次上,这样吧,我出的题你要是猜不出来,你给我一百;你出的题我要是猜不出来,我给你二百。我让着点,你先出题吧!"农民出的题是:什么动物有三条腿,还可以在天上飞?大学生想了半天猜不出来,就说:"我实在猜不上,给你二百。"付完钱后,大学生很不服气,就问:"你说的是什么动物?"农民说:"我也猜不上,给,我付你一百。"

看看,大学生被涮了吧! 这个农民可不是一般的农民,是万荣农民。

耳听为虚,眼见为实,我就活生生领教了一次。万荣城里耸立着一座高楼,名为飞云楼。导游给我讲,这是天下第一楼。我不信,高确实高,可要高到天下第一楼,那可还差得远了。我住的那城里就有一座高楼,是座鼓楼。这鼓楼号称天下第一楼,我却不以为然,每天就从下面过,还不知道它的底细呀! 可是,外地人都说是。这就牵连出一个故事,故事说,某年冬天三位客商住在一家店铺,都想睡热炕头。三人争执不下,东家就让他们报自己那地方的楼阁,谁的楼高热炕头归谁。山东客商说:"山东有个无影塔,离天只差丈七八。"河南客商说:"河南有座玉竹寺,顶得青天咯吱吱。"我们家乡的客商不紧不慢地说:"平阳府有座大鼓楼,半截子盖到天里头。"不用说,家乡人忽悠了外地人睡上了热炕头。家乡人敢忽悠外地人是因为外地人远离我们这个地方。可我站在飞云楼下,万荣人还敢忽悠我,忽悠完了我还得赞叹人家忽悠得有道理。人家是这么忽悠的:

一个万荣人和一个武汉人在火车上遇见之后吹开了牛皮。武汉人说:"黄鹤楼天下第一,高不见顶呀!"万荣人说:"我们万荣有座飞云楼,半截子插在云里头,那年差点把美国的高空无人侦察机撞下来。"武汉人又说:"去年我们黄鹤楼上跳下一个人,三十分钟才落地!"万荣人说:"去年我们飞云楼上也跳下来一个人,可警察却说他没落地就已经死了。"武汉人问:"那他是怎么死的?"万荣人说:"他是饿死的! 楼实在太高了!"这楼能不高吗? 起码我对着导游女士不敢说不高。

万荣人

我说这件事情,探究飞云楼高不高是次要的,证实万荣人智商很高却是主要的。谁要是听了几则万荣人的笑话就说万荣人憨傻呆痴,说不定他被人家卖了还在替人家老老实实一五一十地点钱数票子。

4

曾经疑问,高智商的万荣人为啥会被人当成憨傻,当成呆痴?现在看来这疑问的清浅也让我清浅了不少。根本还在于自己对万荣人了解的实在太少。走进万荣就会觉得不是面对了外国的犹太人,就是看见了中国的温州人,甚而觉得将万荣人比作温州人还有些委屈咱这万荣人。

我说这样的话,你千万不要以为也是从飞云楼上往下掉人——吹牛皮哩!不是,丝毫不夸张,不拔高,有事实为证:

一早,县委书记刚坐在办公室里,有个农民来访了,说是有要事相商。商量啥?听了内容书记不由得瞪大了眼睛。人家要商量的不是自家的事,不是乡里的事,也不是县上的事,是国家的事,要改《国歌》!理由是,"中华民族到了最危险的时候"是抗战时的呼声,现在是啥年代,早新中国了,早改革开放了,都科学发展了,中华民族咋还危险啊?《国歌》要与时俱进,非改不行了!书记不瞪眼睛能行吗?需要瞪着眼睛认识万荣人,也思考这万荣的书记该咋当。

某日,运城市委常委会议室肃穆静寂,书记刚要宣布开会,门一开进来位风尘仆仆的不速之客。进门举起一块画板就说,耽误大家二分钟,我给中华民族设计了个族徽,请领导把把关,看看行不行?一屋子人瞪大了眼睛,别看平日都是说一不二、拍桌子定点的人,可中华民族的族徽是他们能说了算的吗?他们笑,这是什么人?什么人?万荣人。万荣人要给中华民族设计个族徽,理由是中华人民共和国有国徽,中华民族为啥没有族徽?

这万荣人可真是吃自己的饭,操人家的心,而且那心思大得给别人一百个胆也没人敢要。正说着,这不有人管事管到天安门上了。这一天,天安门管理处进来一位游人,工作人员问,您有啥事需要我们帮助?来人说我没啥事要你们帮助,是来帮助你们的。工作人员瞪大眼睛不解,我们有啥事要您帮助啊? 就听人家说夜晚城楼上有一颗灯泡不亮,有损国家形象! 而且,还告诉他们,那不亮的灯泡是从左往右数第889个。工作人员大吃一惊,连忙感谢,是啊,这样认真负责的游客可是头一回遇见啊! 禁不住又问:"请问您贵姓?"那人一边往外走,一边说:"万荣人。"

看看,这就是万荣人,若是换一种眼光来看,这万荣人可真有些管得太宽了,宽得成了杞人忧天。你别说,忧天的杞人还真有,他看见台风造成南方沿海灾害忧心忡忡,吃不下饭,睡不着觉,干脆想灾区之想,急灾区之急,要彻底根治台风。可以根治的理由是,南半球比北半球大得多,南半球没有一处产生台风和飓风。原因是南太平洋的暖流,沿途被几个小岛遮挡了。那么,北半球产生台风的原因也清楚了,不就是少几个小岛嘛! 要是有几个小岛,不就把台风堵住了吗?

可这小岛哪里来? 造呗! 这不是异想天开嘛,怎么造? 移山填海? 不,人家有办法,挺巧妙的办法。造钢筋水泥船,形成一个个小岛。造钢筋水泥船的依据是,江苏省一家乡镇企业已经有成功的先例,何不推而广之? 那这水泥船要多大? 初步设想是,长1000米,宽100米,面积10万平方米。这样重量还不够,再铺上1米厚的土壤。经过计算,每平方米为5吨重,这只船重50万吨。"这样的大船,海风根本刮不动它。而暖流只有300公里,只要造300艘大船就能彻底切断暖流。"这样就能杜绝了总给人们带来灾害的台风,若是再在船上种水稻,还可以解除世界面临的粮荒难题。出这主意的是吴新宇,不用说是万荣人。人家把这个计划称为开创地球空调的新时代。

这个万荣人真是杞人忧天吧? 不对,人家可比杞人强多了,杞人是个什么人,忧天忧得一筹莫展,还把自己折腾得面黄肌瘦。万荣老吴却不是这般,上观天文,下察人寰,挥手一点,改天换地的新时代就要到来了。哈哈,潇洒至极,潇洒至极!

且莫为之叫好,还有比这潇洒的,潇洒到布什面前指手画脚了。这人叫屈根存,是个农民。"2003年2月21日夜,思想寰球凉热辗转难眠披衣而

万荣人

草"。草什么？给布什写信。挥笔写道：

> 尊敬的布什老弟：
> 你好，近日为攻伊拉克战事忙得不亦乐乎吧！
> 按说，我这人微言轻的一介草民，称你老弟似乎有点不恭，但你们美国不是讲民主、人权吗，就连我们中国这个被你们指责为不讲人权的国度，国家领导人也是可尽管直呼其名的，想来我年长于你，称你老弟不算是妄自尊大吧！

怎么样？这个开头精彩吧？我们那些大学文科出身的研究生、博士生未必写得出这样的文章，即使带研究生、博士生的"研导"、"博导"也未必写得出来。不是文笔不行，是骨质酥松，一听老外就腿软，何况是主宰老外的老美，而且还是领导老美的头领。别说是人了，就是我这倒霉的电脑也患有媚外病，你敲布什，它准确出字；你敲尊敬的布什老弟，它怕了，布什成了"不是"。它也吃惊，从来没遇到有敢于称布什老弟的人。可咱这万荣老屈就敢，而且还不是胡搅蛮缠，指划了布什还让他有苦难言。闲话少叙，赶紧往下看他反对打伊拉克的道理：

> 前次海湾战争中，你老爸对伊拉克动武就难避石油之嫌，但不管怎么说伊拉克总是入侵了人家科威特，说你们是借尸还魂也好，说你们是抱打不平也罢，出师还算是有点名堂吧！而这次，在联合国武器核查人员正在执行1441号决议期间，你们却以排山倒海之势，集结前所未有的重兵要对伊开战。伊拉克门户洞开，让彻底核查，科学家随便接触，u-2型侦察机任意盘旋伊领空，这说明萨达姆认输了、服软了，可你们还是不行，就像萨某人所说，不知怎样才行。

话语不长，却把布什所谓维和的画皮一把撕开了，露出了一意孤行要打

吕忠臣客体散文

伊拉克的狰狞面目,真比给他当头一棒还难受。更重要的是万荣老屈没有就事论事,接着跳出伊拉克战争的话题说世界核武器的机趣:

> 最让我想不通的是,你们不让这个国家生产核武器,不让那个国家生产核武器,那就是说明这个东西不是好东西,是毁灭地球的潜伏炸弹,那你们就带个头让大家都把那玩意销毁算了,人们不就都睡得踏实了吗?问题是你们不但不销毁还要生产更先进更厉害的家伙,只是阻止别人都不要生产,我有了就可以保护你们,这不是哄小孩的猫腻嘛!

接下来,万荣老屈举出了小时候的事例,说明霸道背后的猫腻。我们就不照搬了,倒是读读人家举例后得出的结论:

> 要是军事力量能解决一切,希特勒早在半个世纪前就应该成为世界的主宰了,墨索里尼也不会在1943年4月28日暴尸街头了,东条英机等战犯也不会在1948年12月23日被送上绞刑架了。

这话说得够中肯,够有诚意了吧,甚而怕他不听还带有威胁成分,可惜布什还是没听。若是当初听了万荣老屈的忠告何至于在伊拉克深陷泥沼,难以拔腿。再不妄加评论了,咱没有万荣老屈的本事,还是少说为佳。不过还想说的是,我对人家万荣老屈佩服得简直五体投地了,你看他说道起那些战犯的死日,如数家珍,若没有胸怀天下的眼界,怎么会如此通达?而且一身正气地指出:"真理不分总统和平民",历史会有评判,"不是你这个局内者迷——利令智昏,就是我这个旁观者痴——杞人忧天。"俗话说,旁观者清,万荣老屈却说旁观者痴,悄悄幽默了一把。这幽默只是捎带,结尾的那幽默才够味呢!请欣赏:

最后想祝也不能祝了(因为决不能祝你攻打伊拉克一帆风顺)，只好盼老弟好自为之，给美国人民积点阴德，给多灾多难的伊拉克人民留点福祉吧！

妙！实在是妙，行文之妙让我这个被人誉为作家的人万分的汗颜，我与万荣老屈实在相差十万八千里。

高！实在是高，居处之高，高得谁能看出老屈是山高皇帝远的万荣人，而且还不是万荣县的城里人，仅仅是个农民。倒像是哪个国家的元首坐在什么几方会谈的厅堂里，与布什当面侃谈。那绵里藏针的话语，针针刺得布什不光皮肉疼，心肝也疼，可是还不能说疼，咬紧嘴唇强忍着。那情景让万荣人形容是，蝎子蜇贼，再疼也得强忍着。老屈啊，老屈，委屈你了，像你这样的人才不当个国家元首，至少也该当个联合国的秘书长啊！

写到这里，不由得就想起了那张风传全国的万荣名片：

中共中央国务院　山西省委万荣县
地方国营水泥厂　支部书记兼厂长
　　　王二旦

电话：3333333

我不认识这位王二旦，不知道他的做派，若是他像老屈那样，这名片就不是过头了，而是还不够，还应该加上诸如联合国的字样。这才符合万荣人的性格，才像是万荣人的气派。

5

"先天下之忧而忧，后天下之乐而乐。"我原先以为范仲淹老先生的这句名言只是对人们行为准则的企盼，或是有志之士对个人行为的自勉。进入万荣人的世界才发现这里的老老少少早就在把这名句融化在血液里，落实在行动上了。万荣老吴、老屈就是最为有力的明证。有人不是这样，事不关己，高高挂起，就觉得老吴、老屈，还有那管天安门灯泡的人都是吃饱了撑的。在他们眼里这万荣人就是怪异，怪异得有些傻憨呆痴。万荣人不辩解，不反驳，只是继续努力。努力做的不是让人觉得自己聪明，反而是要将傻憨呆痴前的那"有些"去掉。于是，就有了新的说法，运城是万荣的运城，山西是万荣的山西，那中国呢？当然是万荣的中国。这话听了可笑，细一想就明白了，不过是正话反说。其意思无非是万荣人想的不仅是自己的事，还想运城的事，山西的事，中国的事。这还亏待了人家，像老吴、老屈想的是全球的大事。

这一点我丝毫不怀疑，怀疑的是万荣人这心系天下、胸怀世界的品格是从哪里来的？为啥井蛙观天天不小，夜郎自大还知道天有多大，还要天下风云随着自己的心率而变化？这其中必有奥妙，奥妙就在足下的那一方水土里。一方水土养一方人，一方水土成就一方人，一方人也就像那一方水土。万荣这一方水土可不是别处的一方水土，是皇帝跪拜过的水土。

最先跪拜这方水土的是轩辕黄帝，炎黄一统，平息蚩尤，就来此地拜祭。拜祭这一方神奇的水土。这一方水土，神奇就神奇在汾河与黄河交汇处，二水滔滔北来，在此地合为一体。登高远望，交汇之地活脱脱的形如女阴。女阴乃生命之源，在崇尚生殖崇拜的先祖眼里自然无上高贵。于是，史书记载，黄帝"扫地为坛"祭祀后土圣母。之后，尧舜二帝与夏商周的三王继续辟坛敬祀。到了汉代，皇帝的祭祀更见诚意，汉文帝建了庙宇，汉武帝还嫌粗陋，创建后土祠，前后8次到来，跪拜，跪拜，再跪拜。还在跪拜的游船上借景抒怀，吟唱出"秋风起兮白云飞，草木黄落兮雁南归"，"泛楼船兮济汾河，横中流兮扬素波，箫鼓鸣兮发棹歌"。名播千秋的《秋风辞》就在这灵性的水土间唱响，唱响足下，唱响高空，唱响神州大地。自此至宋朝，历代皇帝先后24次顶礼膜拜。万荣就是这么一块神奇的地方，被人跪拜过无数次的皇帝也不得不俯身跪拜，跪拜这一方水土。

万荣人就出生、生长在这皇帝跪拜过一次又一次的水土上，他们的头颅傲视着天下,他们的心胸容纳着五大洲,他们的血液流淌着四大洋。这里人杰辈出不是理所当然,就是天经地义。随便朝历史深处一望,就看到了无数的英杰才俊,张仪、王通、薛道衡、王勃、薛瑄、王绩……

这里姑且不论他人,仅就张仪而言也令人对万荣人刮目相看。万荣有个张仪村,张仪村就因为出了个张仪才改成这个名字。张仪出道秦国拜相时,苏秦已挂六国相印,"合纵"早成定局。但是,为了强秦,他推行连横,以三寸不烂之舌,硬是将已经和六国利益捆绑在一起的魏国分化出来;又用三寸不烂之舌分裂了齐国和楚国的联盟,形成了新的战国格局。可以说,秦国统一天下,张仪功不可没。张仪成功的最大亮点是将不可能变成了可能,亮点之下潜藏着生命的无限活力。顺蔓摸瓜,我们从古代的张仪身上看到了万荣品格;顺瓜摸蔓,我们从今天的万荣人身上看到了张仪的品格。

万荣品格源远流长,一脉相承到今天。

6

上面说得太呆板了,太不符合万荣风格了,换口气,轻松轻松吧!

几个外来的务工人员在北京侃上了。一个说,我一天挣了1千元;另一个说,我一天挣了1万元;接着有人说,我一天挣了10万元。旁边走过个北京人,惊奇地问那个一天挣10万元的人:"一天挣那么多钱,您做啥呢?"那人顺口就答:做梦!

这个做梦的人也是万荣人。

如果说这个人做梦是解嘲,是调侃,那有一个人做梦可是来真的了。这个人13岁父亲去世,因为交不起两块钱的学费辍学,开始了农民生涯。后来出外打工,看到煤矿透水事故,上万名工人被困,居然搞开科研,要解决工程水害了。这不是做梦吗? 是,比做梦还做梦。可这个人不光做梦,还要梦想成真。别人说他做梦也好,说他白日做梦也罢,反正他这梦做不完就不醒来。三年不飞,一飞冲天;三年不鸣,一鸣惊人;三年一梦,梦醒成真,他的"BR型增强防水剂"诞生了! 攻克了煤矿井筒治理淋水这项国内外公认的技术难题,把德国费尽心计打进我国的建井技术淘汰了,也为孟加拉、韩国、摩洛哥、贝宁、香港、台湾解决了系列工程水害问题。

这个人叫王衡,也是万荣人。

2004年,万荣农民王衡站在了北京人民大会堂的领奖台上,以他的"地下工程水害治理新技术"荣获国家技术发明二等奖。

王衡和很早以前的张仪一样成功了!

可是,万荣人不都是成功者啊!从张仪和王衡身上,我忽然悟到了极其聪明的万荣人为啥会留下憨傻的形象。张仪和王衡的成功,是将不可能变成了可能。之所以说不可能,是因为目标和实际状况间的距离太大。可能是成功了,成功的是幸运者。然而,也有费尽心思,殚精竭虑,没有成功的。没有成功就是失败,失败自古以来就会成为别人的笑柄。中国人循规蹈矩惯了,安分守己惯了,自己不会有一点点创见,也看不惯别人不按规矩出牌。看见不按规矩出牌就憋气,别人栽了当然就抓住了嘲笑的把柄,少不了成了茶余饭后的笑料。万荣人就是个性化出牌的典型,万荣人少不了要成为众人的笑柄,被笑得日子久了,万荣人的形象就变了,变成了傻憨的模样。

万荣人完全应该改变这憨傻的模样,君不见多少人为一点点小的名誉损失就和别人急,就和别人争,甚而就和别人上法庭。万荣人从来不服弱,不服输,这种事应该很常见了吧?不,万荣人才不哩!败了就败了,输了就输了,不服弱,不服输,是要汲取教训,东山再起,不是和别人扭脖子,瞪眼睛。咋着汲取教训?就是把失败多说几遍,自己记住,也让别人记住。自己一时忘了,别人就会告诫自己。因而,万荣笑话就多了憨气、傻气。怎么个憨气?傻气?有笑话道:

> 小荣从县城买回来二斤茶叶,老婆问他:"这东西怎么吃?"小荣说:"拿开水一冲就行了。"第二天,小荣刚一回家,老婆就对他说:"你买的那草不好吃,一股怪味。"小荣一看,老婆已经将两斤茶叶都煮到了锅里,气得小荣打了她一耳光。老婆跑到婆婆那里哭诉,婆

婆喝了口茶,责怪道:"难怪他打你,你怎么没放盐呢?"

　　老万在北京逛街,有个人问他是什么地方的人?老万说:"万荣的。"北京人说不知道万荣这么个地方,老万就说:"万荣你都不知道,和你们这儿报社看门房的二虎一个县的呀!"回到儿子家,老万把这事跟儿子讲了,儿子说:"以后到了大地方,不要说自己是万荣的,就说是山西的。"老万记在心头,回万荣时在太原转车,又有人问他是什么地方的人,老万说:"我是山西的!"

　　是这个意思吧,万荣人就是把自己的过错挂在嘴上,自己不挂别人挂,时常听得见过错,就会减少过错。这比有的人掩盖错误,忌讳人家说自己的错误不知道要强多少倍?莫非这也是形成 zeng 气的主要成分?

　　细一想,这 zeng 气不是一日之寒,而是源远流长的,起码可以追溯到张仪那里去。初时,张仪在楚国混饭吃,即使有远大抱负,谁人知道。就这么平安混吧,还混不下去。有一次,楚国相国昭阳丢了有名的和氏璧,竟怀疑是张仪偷了。理由是张仪贫穷,将他打得皮开肉绽,血肉模糊。别人送回家里,妻子一见就哭了。张仪忙劝道,莫哭,莫哭,你看看我的舌头还好吗?舌头当然完好无损,张仪笑着说,这不就好了,将来还要靠舌头吃饭。张仪真是个化解苦难的大师,这品格流传下去,就有了后来的万荣人和万荣人百折不挠的精神。

　　后来的万荣人发展了张仪百折不挠的精神。最有意思的不是面对挫折不放弃,也不是讲自己的过错,让自己的过错流行成笑话,请别人讲。而是发现别人讲自己的过错不仅可以纠正自己的过错,还能给人家带来欢乐,于是,就有意制造笑话,对自己防患于未然,让别人笑一笑,十年少。所以,万荣人的过错没有多,笑话却多得多了。笑话在万荣成长得极为苗壮。

　　春节前,食品站王胖子特意给领导孝敬了十个猪头。猪头瘦肉多,是下酒的好菜。为了把猪头分公道,行政办把十个猪头按大小摆在会议室各位领导开会时固定的座位前,顺便把写着领导名字的三角牌立在各自的猪头前。办公室主任走进会议室一看,不由得哈哈大笑:"哈,猪八戒开会,各就各位!"

这则笑话就很逗,把人们对领导特权的不满表现得淋漓尽致,也把特权领导讽刺了个脸红心跳。可是,有人还觉得不够劲,又加了辣椒添胡椒。新的版本出现了:

县政府办公室给每个领导买了只王八,按个头大小分开,怕拿错了,让小荣在每只王八背上贴上一张纸条,上面写着领导的名字。全部贴完之后,发现贴万县长的那只王八不见了,大家在院里一找,发现那只王八已爬到了井台边跳了下去,小荣大喊:"万县长跳井了!"

这则笑话比前一则进步了吧!是,讽刺得更辛辣了。然而,还有人不过瘾,没过多少日子,故事情节又有了发展。

……小荣大喊:"万县长跳井了!"几个在院里劳动的民工听到了,赶忙下到井里去捞。过了一会,民工爬了上来说:"找不见万县长,只抓到了个大王八。"

小荣说:"就是它,它就是万县长……"

哈哈哈哈……不笑行吗?不行,憋不住,那就痛痛快快笑吧!只是笑过了莫忘了想一想,这个万荣笑话是在成长,成长得像是十七八岁的姑娘、四个牙的骡驹——欢着哩!

　　大约是10年前，我接连和万荣笑话相遇，先是买到了笑话图书，再是看到了笑话光碟，接着又看到了电视上的笑话专题节目……猛然发现万荣人有了新的成长，是把笑话当成无形资源来挖掘，来兜售了。如此一来，万荣人就要走进自己的新时代了。这新时代和过去不同，过去也讲笑话，那笑话功能单一，只在别人的笑声里达到自我的反思和铭记。如今呢，可就不同了，万荣人是把过去那反思和铭记的笑声当成了文化资源，要开发，要包装，要大规模行销了。于是，我说万荣人走进了新时代。这新时代的明显特征是清清楚楚、明明白白地卖笑，既在别人的笑声里记忆自家的过失，更要在别人的笑声里鼓圆自己的腰包。

　　好个精明的万荣人！这点子真贼，贼精，贼精！我隐约觉得以后要面对万荣人的眼睛可要小心警惕，那目光能穿透表皮，直入肝脾肺腑。那笑话给人的是笑声，是快乐，又不仅仅是笑声，是快乐，还有笑声、快乐带来的和谐效应。这就有意思了，其中的关键点是瞄准了笑话市场的无限空间和广阔前景。不是有话说道：说真话有些领导不喜欢听，说假话没有群众喜欢听，说笑话上上下下、老老小小、男男女女都喜欢听。所以，时下凡有人群的地方就有笑话。田间、工地、餐桌、公园就别说了，即使庄严的会议室里，人不齐时往往笑声不断，是有人讲开了笑话段子。万荣笑话生逢盛世，真该直挂云帆济沧海、济苍生了！

　　自以为这样便理解了万荣笑话的时代意义，哪料，走进万荣再看自己这理解，完全是以小人之心度君子之腹。万荣人是咋理解万荣笑话的，人家说："笑一笑，百病消。"最能笑者最健康，最乐观者最长寿。还怕自己人微言轻，让科学家出来发言。科学家认为：笑，对整个身体来说，是最好的健身体操。研究数据表明：笑1分钟，人体可以得到45分钟的放松；大笑10秒钟，相当于划船运动10分钟。大笑时，可以使人体80组肌肉同时运动，并牵动面部13块肌肉。会使人肩膀耸动，胸脯起伏，横膈膜震荡，呼吸加速，血压上升,血液含氧量增加,胸部会释放出一种化学物质,令人心旷神怡;大笑过后,血压会回降,令人紧张的荷尔蒙会减少,免疫系统的功能会提高。

笑的科学作用在万荣人那里说得透彻明白,听了人家的一番高见,才知道自己的清浅。可万荣人还嫌这不够,还要从社会学的角度去看,一看又有了高屋建瓴的发现。笑是人际关系的一种黏合剂,一笑可以增进感情,一笑可以泯去千仇。笑能促进家庭和睦,亲友团结,社会和谐,工作效率提高。听了人家的高见,我才感到,笑不是万能药,胜过万能药,并想用这样的话概括笑对人体的疗效。可是,再往下看,我又羞惭了。万荣人概括得更精辟:数学家说,笑是一个圆;医学家说,笑是一服药;园艺家说,笑是一束艳丽的花朵;音乐家说,笑是一首动人的乐曲。这是数学家说的吗? 这是医学家说的吗? ⋯⋯说了,我咋就听不到一句? 我怀疑是万荣人说的。不管是谁说的,我以为说得都美,美得像诗又像画,文学化了,艺术化了,化得让我这位文学、艺术的爱好者也"民无能名"了。不过,万荣人说这话可不是白说,是要让笑话出效益,因而下面还有话:万荣笑话乃笑中精品,可以使人天天笑,时时笑,笑出智慧,笑出健康,笑出和谐,笑出幸福。哈哈,是要推销万荣笑话哩!

这个推销员是谁? 卫孺牛。知情的人会说,这不把人家大材小用了? 是啊,卫孺牛可不是等闲之辈,是万荣县的一把手。按照惯例,一把手是首脑,首脑是不用动手的,只要动脑即可。可卫孺牛既动脑,又动手。这一动万荣县动了,笑声一波高过一波,一浪高过一浪,远远近近的人们都被吸引来了,走进了万荣这笑话乐园。

笑话乐园名不虚传,一进万荣地界就会看到高大醒目的标牌:中华笑城,欢乐万荣。欢乐万荣,田间村头,街巷庭院,到处是笑声。可他们还嫌这笑声不够,还建了个中国独一、世界无二的笑话博览园。笑话博览园有笑话广场、笑话大门、笑话喷泉、笑话大舞台,是个兴味十足的笑话"王国"。笑话"王国"里有笑话墙、笑话河、笑话街、笑话关,还有笑星馆、哈哈屋、笑话茶座、笑话迷宫、幻影笑话剧场、模拟笑话图书馆,处处都让你笑口常开,笑逐颜开,笑容可掬,笑声不断,可要想要笑里藏刀是万万不行的。

此话怎讲? 到了笑话王国,不笑不由你。见到那大门,就不由得发笑。一个笑咧着嘴的大人头,头上戴顶大大的草帽,一旁的小手却高高撑起一把小小的雨伞。小小的雨伞还要遮掩大大的草帽,这小样你能不笑吗? 就是这个庞大的人物也被自己的滑稽举止逗得咧开大嘴笑了。得,这大嘴就是进出的大门。进了这大门,你能不笑吗? 笑进去,笑出来,把一辈子的烦恼都笑丢了,丢完了。可是,要想笑里藏刀,那可不成,笑话王国有笑话关,过关要验护照,说不定一安检,就把你暗藏的那把小刀给没收了。嘿嘿,逗你一乐!

其实根本不用我逗你一乐,在万荣到处都让你快乐。就连人家的发展战略也没有绷着脸训教人,不用那严肃的词语"一个核心,几个发展",而是"一国三都"。一国,哪个国? 小小的万荣县国什么国? 别发怒,不就是那个笑话王国么! 有国应有都,那一国为啥要三都? 是万荣的三大产业:果都、药都、磁都。而且,这"三都"和王国有关系。别的不说,就说果业。万荣县土地平坦,宜长粮棉,发展工业缺少资源,笑话就是最好的资源。万荣笑话首先嫁接到了苹果上,打出了"万荣笑话万荣果"的品牌。精美的包装箱上印上了万荣笑话,笑话光盘、挂历、扑克成了苹果的嫁妆。中国人喜欢也还罢了,东南亚国家也纷纷抢购。一位新加坡客商乐呵呵地说:"看万荣笑话,吃万荣苹果,天上神仙不如我,哈哈!"

笑话推动了苹果种植业,还拉动了苹果加工业。著名的汇源果汁落户万荣媒介就是万荣笑话。汇源果汁那是个国家级的企业,和这样的企业攀缘结亲当然不是件容易的事。万荣人干的从来就不是容易事,容易事还用万荣人干嘛,谁都能干咱就不干。他们瞄准了汇源果汁是因为全县有30万亩苹果,这苹果一转化家家户户的腰包就更圆了。凭什么和人家拉挂? 就凭万荣人的那股劲,据说还带了点礼品。礼品就是包装精美的一盒笑话,有图书、有光碟,还有一副笑话扑克。外面的包装有一副对联:

乔忠延客体散文

汇源汇源汇集天下财源

万荣万荣万事皆能繁荣

横批是：汇源万荣

　　老总目光一扫，眼球转不动了，被这独特的礼物和风趣的联语吸引住了。赶紧看里面，打开一看醒目的文字老总乐了、服了："书可以倒着看，光碟变动漫，扑克大一半，这就是逆向思维新理念，笑话产品文化大餐。"不乐行吗？见过多少礼品，没见过用笑话送礼的；见过多少产品，没见过笑话产品。万荣人能无中生有，让无形的东西变成资源去赚钱，当然能把有形有色、有滋有味的苹果加工得更好。这合作的事还犹豫吗？干！据说汇源果汁就这么在万荣落户了，干得生气勃勃。就这么，万荣人靠自己的笑话产业，吸引其他产业，干一个成一个，药都、磁都，相继成了。万荣人成就了"一国三都"。

　　万荣人干成就干成了，无声无息，我要不去还真不知道。可有的地方却不一样，喜欢吹呼。一个万荣人和一个外地人在火车上坐到了对面，那人说："我们那儿的牛肉全国有名呀！"万荣人笑笑。那人又说："我舅舅去年做了一块牛肉，你猜猜有多重？嘿，整整两吨半。"万荣人笑笑。那人接着说："那块肉大得没人买得起，县城的人吃了一天才吃完。"万荣人再笑笑。那人说："你怎么不说话啊？"万荣人才说："我舅舅去年养了一头牛，你知道有多大？站起来像一座楼，卧下来像一座楼，走起来还像一座楼。"那人打断他的话说："有那么大的牛吗？别吹牛了！"万荣人说："没有这么大的牛，你舅舅的那块牛肉从哪里来的？"

　　怎么样？万荣人挺逗的吧！不来不知道，一来笑弯腰。才明白中华笑城，欢乐万荣，货真价实。万荣人吃得好，穿得好，住得好，环境也好，不笑不乐不由人。笑了，笑话就是钞票，还不好好笑嘛！

在天上行走

在

在西安飞机场等待起飞已是20多年前的事了。那日浓重的乌云和密集的雨滴似乎仍在眼前飘洒,飘洒出挤满天地的愁绪。

登机的时间到了,我们被阻在候机厅里,广播中传达出的声音是,重庆的能见度太低,飞机无法降落,请乘客耐心等待。说是耐心等待,其实是无奈地焦虑。看看窗外那雨丝,那乌云,比我们的耐心要强得多。那悠长而闲适的雨滴既密集又从容,好像不滴穿我们的耐心誓不罢休。我们的耐心是被压迫出来的,木然呆坐掩盖不了无奈的焦虑。焦虑是因为同重庆早做过联系,报社已着人去接我们。那时候既没有移动电话,固定电话也没普及,焦急也无法告知对方。我们等待起飞,他们等待降落,倒霉的天气让我们失约了。当然,我焦虑的深处还潜在着担心,担心若是飞机升空,满眼迷蒙,盲目瞎闯会栽跌下来。这不祥的念头一闪现,我赶紧将之驱除走。只是驱走了念头,驱不走忧愁,我的胸中如同暗乌的天空一样塞满了浓云,拥堵得难受。

然而,这焦虑显然幼稚了。飞机起飞了,先是钻进了朦胧的云雾,机窗外一片模糊,正提心吊胆,似乎是猛然一跃,眼光豁然放亮,蓝天和艳阳呈现在了窗外。飞机翱翔在丽日下那阔远的天空中,谁会想到阴雨如注的乌云之上竟是这么亮丽的世界?此刻再想刚才等待时的忧愁、焦虑,忽然明白了为什么说人类一思考，上帝就发笑。再有能耐的人，历经的物事都是一个小小的空间，或说圈子。用小空间、小圈子的尺寸去度量世界，即使挖空心思地思考，也只能思考出杞人忧天的可笑，非但于事无补，还留给了自己无穷的烦恼。这便是庸人自扰，庸人自扰！

云下雨霏霏，云上日丽丽，万米高空展现着世间的哲理。

天

天上行走的便捷，是从乌鲁木齐返回时领悟到的。

去乌鲁木齐是从西安坐的火车，几乎三天三夜的行程，憋闷的车厢随时都有爆炸的可能。车窗外的大漠和戈壁交织成同一种空旷，除了铺展的沙粒，还是铺展的沙粒；除了叠压的褐石，还是叠压的褐石。绝没想到我这是乘坐火车去经受漫长的煎熬。原来想的是西出阳关，见识空旷，去感受长河落日圆，去领略大漠孤烟直。岂料这想法太幼稚了，望穿双眼也捕捉不到那古老的诗意。偶尔，闪现了一只灰色的无名雀，车厢里的人就惊喜地叫嚷：吉祥鸟！可惜，只那么一闪，灰不拉碴的吉祥鸟没了踪影，车厢里又陷入深重的憋闷。人人都憋闷得烦躁，烦躁得坐卧不安，而又不得不硬着头皮承受这烦躁。终于，有人坐卧不住了，心底的爆炸声惊起了他们。邻座的两个小青年奋身跃起，拳脚相加，颜脸飞红溅血，众人禁不住揪紧了心，害怕这打斗弄出人命祸端。孰料，这肢体的爆炸释放了心灵的火药，几番拳脚，两人住手，各自揩干血痕，竟和缓地坐了。

难熬啊，难熬！

好不容易熬到了乌鲁木齐，我长出了一口气，出了一口时过二十年仍觉得浑身通泰的长气。

返回时就好多了，从乌鲁木齐到西安仅仅3个小时，几乎没有觉得烦躁。更为可喜的是，经历了去时的漫长，才感受到飞行的迅捷。不过，坐在飞机上，却丝毫觉察不到行进的疾速，还觉得是缓慢地移动。那是个晴日，阳光照亮了大地，大地不再空茫，变成一个被规划师捏制成的微型沙盘。辽远的开阔成了巴掌般的平地,高巍的山脉成了蒸笼里的馒头。人呢？地上的人自然渺小得难以窥视,只是那偶尔一晃而过的几多火柴盒在说明着城市和城市里蜗居的人。世界变小了,真是个小小寰球;人就更小了,小得像微尘一样的可怜。可为什么这可怜的人竟然会萌生腾空的意向？

那意向还是人类很早就有的一个梦想,梦想去天上飞翔。惹发飞翔梦想的肯定是鹰雀,鹰雀扇动自己的翅膀,飞过了高山,飞过了大河,那该是多么轻松自在啊！艳羡,一次又一次的艳羡进入了人的梦想,人们让自己的梦想变成的行为首先是箭。箭带着飞翔的愿望落在了鹰雀的身上,也落在了吴承恩的庭院。吴承恩也往天空放了一箭,于是,无数的中国人看到孙悟空从《西游记》中跃上了高空——

一个筋斗十万八千里,比我从乌鲁木齐飞往西安还快,快成了发射卫星的火箭。

上

上天向人类展示了什么？太阳、月亮、星星,还有银河……不,上天向人类展示的是迷宫,那迷宫潜藏着人们的瑰丽想象。别说女娲补天,别说天神息壤,仅那牛郎织女就会给人以无限的美感,一代一代的炎黄子孙在美丽天空的映照下茁壮成长。这其中长出一个叫郭沫若的人,他用笔写下了一首诗:《天上的街市》。那诗里的街市繁华而闲适,有美丽的街道,有闪亮的街灯,有珍奇的物品,还有提着灯笼来往的人群。当然那些人不是地上的凡夫俗子,而是天帝的宠儿——神仙。满天闪烁的星光,在郭沫若的眼中幻化出了一个奇异的世界。初中读到时,那奇异世界让我百般地痴迷。

颠覆我这痴迷的是广州,在广州的上空。那一天,不,应该说是那一夜,我从黄土高原的太原飞往岭南秀丽的广州,到达时已是晚上10点。从飞机窗户往下一瞥,我惊呆了。惊于这地上的灯火胜过天上的星光,呆于昔日痴迷的沉湎竟是自我的清浅。如今不是人类作诗的时代了,该是天神作诗的时代了,居于天上宫阙的神仙一定在向往地上的繁华。或许,还会把那繁华

乔忠延客体散文

想象成一种闲适，一种自在，一种胜过自己生活的理想境界。进而，像织女向往牛郎一样向往人间。然而，像人们想错了他们一样，他们肯定也想错了人们。人们用自己的忙碌不堪、疲于奔命，或者说用自己的肌肤、灵魂点燃了万家灯火，遍地才布满了瑰丽的燃烧。

行

行走在天空写下的惟——篇日记是飞往杭州的，是机翼下的白云驱动了我的思绪。

那白云让我理解了云海。云真的可以成海，甚而比大海还要壮阔。自然，不是大海缺少云海的壮阔，而是在紧贴水面移动的轮船上无法俯瞰更多的海面，也就无法领略大海的壮阔。机翼下的白云像海水一样无垠展开，直到视野的边沿才和远方淡蓝的天际衔接成一体，阔大、浩瀚、壮观！

让人生爱的不光是云海的博大壮阔，还有机翼下涌溅的浪花。那浪花形似海浪，却又与海浪大相径庭。海浪一闪即逝，而这浪花酷似影视中的慢镜头，缓缓地成形，又缓缓地散开，我已驰过好远了，那浪花还在缓缓地舒展着、开放着。后头的浪花刚过，前面的浪花就涌来了。我真庆幸，庆幸我领略到了这奇妙无比的高天浪花。

真是奇妙，雪白的浪花在人类的头顶上迸溅怒放，也在鹰雀的飞翅上迸溅怒放。

人类用智慧飞跃了自我，也飞跃了他们的榜样——鹰雀。鹰雀虽然是人类飞翔的导师，但是，它们的双翅却只能载动自身，无法载动同类。人类模仿出的飞翔既能载动自己，还能载动同伴，让人们在天空行走。此刻，我便行走着俯瞰曾经仰望过无数回的云层。先祖的那支飞箭不仅射穿了天上的鹰雀，也射进了在他们看来还很遥远的时代。因而，我才能在这个时代的高端俯瞰长空，俯瞰尘寰。

走

走在天空,没有遇到风险时,绝不会想到从离开地面起风险就和自己形影不离。往常不止一次观看过那风险的结果——空难,当然是从电视上看见的。每每看见心头就掠过一股冷气,但那冷气像吹皱池水的轻风,眨眼就在几声叹息中飘逝了。因为,那灾祸于我像是远在天外的风景。

谁会料到,这风景会变成刑枷,突然就钳制了我和我的旅伴。

那是从济南飞往大连。飞机轰然响动,挣脱寒冽地撕扯,奋身跃上高空。此时东天飞红,一轮血红血红的太阳悬在空中,不刺目,不耀眼,尽情地撒播着血染的风采。好在这血色并不恐怖,还有些妩媚。妩媚的天光吸引了我,我打开眼帘竭力地去收藏日色里罕见的血红,收藏得百般贪婪。

猝然,那百般的贪婪和满天的妩媚破碎了,是播音粉碎了醉人的日色:飞机发生故障,需要返回济南检修。那婉柔的声音像恶狼的利爪一下攫紧了我的心!我五脏俱抖,若不是牙关咬紧,准会令四肢战栗不止。这一咬,咬碎了我的胆怯,我突然镇定了,反正平生不做亏心事,上苍要怎么看着办吧!若是上苍要收走某个恶棍,为此而牵连了我,我也是无奈的。想想前朝古代,无辜遭连累的人还少吗?我居然冷静了。冷静的我开始关注机舱里的情形,出奇地寂静震慑着每一个人。登机后虽然没人高声喧哗,谈吐和翻阅的屑碎声音却一直弥漫在机舱。而此刻,声息杳然!交谈的哑口了,阅报的停手了,除了心脏的跳动,再没有一丝丝动静。我才发现消失了的那声音温馨得可爱,温馨得珍贵。

谁会料到,畅行无阻的飞机会将我们载进这可怕的无声处。于无声处听惊雷!我想问:难道我们的生命将化作震动大地的惊雷?没有人搭理我,无声处弥漫着沉默。唉,到底是在沉默中死去,还是在沉默中爆发?死去是死去,爆发还是死去,死去的恐惧撕扯着每一颗心。我回首身后,每一颗心都抽去了脸上的血色,凝定的呆痴撑大了眼睛。眼睛里放射着死亡寒光,和等待行刑的死囚别无二致!

启忠正志客体散文

生命承受着罕见的煎熬，一分一秒都如水煮油煎，短暂的15分钟被煎熬成了一个世纪。就在这煎熬不知要缓慢到何年时，突然，活着的希望复苏了，飞机降落在了机场。哈呀，那一霎间，那一霎间，兴奋的人们几乎能挣脱安全带，破窗而出，蹦跳到跑道上去！风险过去了，阳光不再血红，柔和的金色铺满了机场，酷似迎接我们进入新生的境界。

　　那一天，我没有去了大连，同机的所有人都退了票，不再去天上行走。但是，我也不虚此行。我由此悟得，天空是属于太阳、月亮、星星和云彩的，那里是它们的家园。人类只是过客，而且上苍并没有为这过客在天空准备行走的条件。离开坚实的地面，人们的行走就如履冰涉水，随时会有跌落的危险、死亡的可能。至少，现在还是这种状况。这种状况尽管无法扼制人类膨胀的欲望，人类一次次飞上天空，飞上太空，甚而还一次次去太空行走。但是，脚下没有大地，行走的姿势怎么看也不像是行走，倒像是飘浮。

　　真庆幸我们安全回归大地，有惊有险，却无灾无祸。我刻骨铭心地懂了：大地才是人类的家园，不要轻易毁坏呀，不要！不要轻易离开呀，不要！

　　可是，数月后我又去天空行走，而且去的地方竟然还是上次没有抵达的大连。为什么会是这样？这一切到底是谁设定的呢？至今我也搞不明白。

客体散文:探求散文创作新常态

客体散文:一个新生的概念

客体散文是我拟定的一个新名称。这似乎有点背离文学的规律,文学向来都是作家主观情愫的抒写。无论写什么,也无论怎么写,都逃不开主观思维的主宰和再现。看来客体散文是有点冲撞文学既定的标杆。不过,散文既然作为文学的一个门类,自然就是在主观思维的映照下来进行、来完成的,决然不存在对主观思维的悖逆。所以,当我将散文冠之于客体时,实际是限定在文学天地里的一种舞蹈。

那么,何谓客体散文? 先说客体,客体即写作对象,人、物、事、风、马、牛……凡是进入作家笔下的东西全都在客体的范畴。这么说,给客体加上散文不就成为客体散文了吗? 如果这样理解,那只要是有描写对象的散文就可以称为客体散文,这就有些机械了。我这里的客体散文其实不是那么简单,而是指作家要拥抱生活,贴近、吃透描摹对象,并随着客体质地的不同,不行转换写作手法、写作风格,达到主客观的高度合一,这就是客体散文。通俗地说,客体散文也可以说成是得体散文。所谓得体,是取自人们穿衣服,胖者穿宽些的,瘦者穿窄些的,只要上身的衣服合体匀称即为:得体。得体散文无外是作家的文章跟随不同的对象及时转换,写得符合其体貌特征和内在精魂,恰如穿在其身上合体匀称的衣服,将对象的体貌形象和精神特质展示出来,便可谓之得体散文。

走出散文繁而不荣的囹圄

笔者所以要提出客体散文的概念,不是要为散文贫瘠的理论园圃增添花色品种,而是有感于散文写作繁而不荣的现状作了一番思考。平心而论,新时期以来散文写作较之打开桎梏前简直是天壤之别,可以说是繁花似锦。面对海阔天空,作家既可以搏击长空,也可以独抒性情;既可以写前朝古代,也可以记今朝;既可以纵横寰宇,也可以咏叹私欲。这无疑是放手写作,收获大作的最佳时机。不知缘何,作家写着写着,便疏离了时代,疏离了社会,走进了释放自我欲望的私密空间。因而,我提出客体散文,就是要冲击当下写作的囹圄,来个破茧而出,脱颖新生,翱翔于浩瀚天宇,与时代同呼吸,共悲喜,写出大视野,大胸怀,大气度主导下的大作品。

自然,客体散文的写作,并不是简单地摹写社会现象,摹写生活表象,那样新闻化的新作,虽然省力省事,却会消减一个作家应有的价值。严格说,客体散文是给作家设置的更高标杆。作家面对纷繁的世界,纷纭的生活,非但不能从俗逐流,而且更要秉持自我,透过表象直抵本质,揭示事物的真谛,并用与表现对象所贴近的语言,写出一篇篇质地各异的新作。显而易见,客体散文的写作不仅是走进时代、拥抱生活的需要,还是走出重复写作,尤其是自我重复困境的需要。

这里我尤其要强调客体散文突破自我重复的必要性。我以为,一个作家的作品质量如何,能不能让读者喜欢是一个标准。让读者喜欢一篇容易,喜欢多篇却不易。要是在读作家个人的作品集时也能喜欢,也能一口气追着读下去,始终沉浸在阅读的快感中,那最大的试金石就是看他是不是达到了客体散文的境界。基于这个拙识浅见,客体散文即使不是散文家写作的最高境界，也应是避免重复和雷同的有效手段。

缘此，我以为客体散文是走出当下散文创作低迷状态的一条路子。

甘当探求的独木桥

有了清醒的认识，我便开始新的尝试。说穿了就是自加压力，设置一座散文的独木桥，而且还要自己走过去尝试是否可行。这样，我把自己的视野对准时代，对准寰宇，将丰富多彩的社会现象收纳集聚，进行反思提炼。当纷繁的生活图像凝定于头脑，驱使着我敲击时，每每动手前还要增加一道新的工序。即在有了鲜活细节，有了明确思绪，有了大致链环，仍要继续孕育写作的情绪，或者说找感觉。这感觉，这情绪，不是别的，而是和表达对象相一致的语言旋律。这犹如作曲的基调，又如演奏前的定音，定准了，才能首尾贯通，格调划一。记得，人民文学出版社给我出版的《远去的风景》一书面世，有位读者要我签名，我写下的是："过平常人的日子，想天下人的事情，有了非写不可的感慨再写。不过，动笔前要先想好第一句话。"这里的"第一句话"就是找基调，定琴音，找到和客体相匹配的文章风格。这固然较前费事，但费事的结果是跳开了重复的窠臼。如今我已在独木桥上走过了十数载，也写出了风格全然不同的文章，这里我也以两段文章为例：

船行漓江，向前看去，水往山中流，让人忧虑水到山前疑无路，该往哪里去呢？然而，游船缓缓行进，没等逼近那山，却见水在岭中，在峰间，悄没声息地调个头，扭了个弯，轻手轻脚地去了。不见这江水对那山的恼怒、怨恨，也没见这江水对那山的拍打、攻击。漓江应用了自身的宽怀，将碧水结构成一种山间灵秀的自然。宽怀的结果，漓江曲径通幽，更具有山重水复的美韵，也使这江，这水，少了急湍，少了波浪，少了断崖绝壁，少了礁石险滩。

千军万马厮杀着来了,狂风暴雨呼啸着来了,雷霆霹雳轰鸣着来了,火山岩浆喷吐着来了,来了,来了,凝聚着这人间,这寰球,这宇宙最剧烈的力量,最震慑的声响来了!于是,如石破天惊,如山崩地裂,如倒海翻江,如日月逆转,轰轰然,隆隆然,滚滚然,烈烈然……

——这就是壶口。这就是黄河壶口瀑布那惊心动魄的雄姿!那撕裂肝胆的写照!

前一段是描写漓江风光的,桂林山水甲天下,甲在明丽秀美,文字也就应有这样的质地;后一段是写壶口瀑布的,壶口瀑布以其排山倒海的气势名扬天下,文章就不能再婉柔,而是要有气壮山河的声威。这样就使文章和客体紧紧融为一体,具有了不可分离的个性特征。从单篇文章说,这是对客观事物的活画,画形,画神,画出独有的境界;从整体风貌说,因为所表述的对象不会重复,其形,其神,便各有异趣,读起来一篇一个风味,恰如餐桌上的饭菜,即使一顿上个十道八道,也一道是一道的颜色,一道是一道的味道,绝不会相同,也就不会让人倒胃口。进一步说,在这个大变革时代,作家要应对从步行到车速、音速、光速的飞速的社会变化,必须贴近客体,理解客体,驾驭客体,将其内在本质融入自我反省,笔底文章,使作品既能展示社会常态,又篇篇不同,常写常新。这便是客体散文追求的效应,也可称散文创作新常态。

客体散文的写作,既是作家的自我挑战,也是自我逃遁,将使作家再无成熟之说,永远处于追逐的生长期。按照过去的定式说,成熟即风格,这等于说写作客体散文的作家很难有自己的风格。不过,梢头的成熟之果没有一个不坠落的,从这个角度看,不成熟也未必不是好事。不成熟就需要生长,生长的过程是蓬勃的,还会开花,花朵无疑是美丽而耀眼的。如果将每一篇作品都写成盛开的花朵,那该是多么绚烂生动的风光啊！由此推及,不成熟、无风格说不定才是最难得的风格。

我率先提出客体散文的写作,并不是说我写客体散文已经得心应手,已经独成一家,但至少说明我走过了一个朦胧的摸索阶段,进入了清醒的追求时期。如果我说的还有一定道理,就请诸君和我一起努力为之。为告别散文写作的自我咏叹,自我重复,为散文世界的五彩缤纷,琳琅满目,朝客体散文迈进。